KB043916

크로스
파이어
집착 ❶

A Crossfire Novel
Entwined with you

실비아 데이 지음 | 이주혜 옮김

크로스
파이어
집착 ①

19.0

감사의 말

『크로스파이어 집착』과 '크로스파이어' 시리즈의 전작 두 편에 온 힘을 다해준 편집자 힐러리 세어스에게 감사의 말을 전한다. 두서없는 긴 이야기, 수많은 라틴어 낱말들, 샛길로 빠져든 역사 용어와 기타 오류를 잡아준 덕분에 독자들은 에바를 향한 기데온의 아름다운 사랑 이야기에 집중할 수 있었다. 진심으로 감사해요, 힐러리!

이야기를 쓰는 동안 기데온과 에바의 마법을 소환할 수 있도록 도움을 준 에이전트 킴벌리 웨일런과 편집자 신디 황에게도 크나큰 감사의 마음을 전한다. 도움이 필요한 곳에 늘 그들이 있었다. 킴과 신디, 정말로 고맙습니다!

또한 체계적인 일정 관리에 큰 도움을 준 홍보 담당자 그레그 설리번에게도 감사의 말을 전한다. 힘든 일을 마다하지 않고 내 질문에 참을성 있게 대답해준 에이전트 존 카서에게도 감사의 마음을 전하고 싶다.

 그리고 크로스파이어 시리즈에 엄청난 지지와 열정을 보내 준 모든 해외 출판사에 감사의 마음을 보낸다.

 마지막으로 독자 여러분의 인내와 지지에 대해서는 그 고마움을 말로 표현할 수가 없을 정도다. 여러분과 함께 기데온과 에바의 긴 여행길에 나설 수 있게 되어 진심으로 영광이다.

1

뉴욕의 택시 기사들은 참 독특한 부류다. 단속 따위는 아랑곳하지 않고 붐비는 도로를 부자연스러울 정도로 침착하게 과속으로 빠져나간다. 불안으로 미쳐버리지 않으려면 쌩하고 곁을 스쳐가는 자동차에서 눈을 떼고 오직 휴대폰만 뚫어져라 바라보는 편이 좋다. 깜박 잊고 휴대폰에서 고개를 들 때마다 나도 모르게 브레이크를 밟아야 한다는 본능으로 오른발에 꾹 힘을 주고는 한다.

그러나 지금은 휴대폰에 집중할 필요가 없다. 크라브 마가 수업을 마친 직후라 땀범벅이 되어 있는 데다가 사랑하는 남자 일로 마음속이 온통 어지러웠다.

기데온 크로스. 그 이름만 떠올려도 온몸이 팽팽히 조이며 몸 전체에 뜨거운 갈망의 불꽃이 퍼져 나갔다. 그를 처음 본 순간부터 눈을 뗄 수 없게 만드는 그 매혹적인 겉모습 너머에

도사린 어둡고 위험한 내면을 목격했고, 곧 나의 반쪽을 발견했다는 끌림을 느꼈다. 맥박이 뛰려면 반드시 심장이 있어야 하듯이 나는 그를 필요로 했다. 그런 그가 자신의 전부를 걸고 크나큰 위험 속에 뛰어든 것이다. 다름 아닌 나를 위해서.

자동차 경적 소리에 화들짝 놀라 정신이 들었다.

차창 너머로 버스 옆면 광고판을 장식한 내 룸메이트의 백만 달러짜리 미소가 보였다. 도발적인 미소와 늘씬하고 길쭉한 몸매가 돋보이는 캐리 테일러의 광고 사진이 교차로를 길게 가로막고 있었다. 택시 기사는 그렇게 하면 막힌 길이 뚫리기라도 하듯 계속해서 경적을 울려대고 있었다.

하지만 어림도 없었다. 캐리도 나도 그 자리에 붙어버린 듯 꼼짝도 하지 않았다. 캐리는 맨발에 상반신을 벗은 채 옆으로 길게 누워 있었고, 단추 풀린 청바지 앞섶으로 속옷의 허리밴드와 매끄럽게 갈라진 복근이 고스란히 드러나 있었다. 진한 갈색 머리는 섹시하게 헝클어져 있고 에메랄드 빛 눈동자는 짓궂게 빛났다.

순간 내가 가장 사랑하는 친구 캐리에게는 이 끔찍한 비밀을 털어놓지 말아야겠다고 생각했다. 캐리는 내게 시금석 같은 존재이자 이성의 소리를 들려주는 친구였고 기댈 수 있는 든든한 어깨였다. 모든 면에서 친남매 같은 존재였다. 그런 캐리에게 기데온이 나를 위해 벌인 일을 비밀로 하고 싶지는 않았다.

오히려 간절히 털어놓고 싶었다. 어떻게 하면 좋을지 캐리의 조언을 듣고 싶었다. 그러나 이 이야기는 누구에게도 말할 수가 없었다. 심지어 우리의 심리 치료를 맡아주었던 정신과 의사마저도 이 이야기를 듣는다면 비밀 엄수 의무를 깨고 경찰에게 알려야 하는 윤리적, 법적 의무를 지니고 있을 것이다.

형광색 조끼를 입은 험악하게 생긴 교통경찰이 나타나서 흰 장갑을 낀 권위적인 손짓으로 버스를 향해 얼른 차선 안으로 진입하라고 소리쳤다. 그리고 신호가 바뀌기 직전에 내가 탄 택시를 향해 교차로를 지나가라고 손짓했다. 나는 흔들리는 몸을 두 팔로 감싸 안고 좌석 등받이에 몸을 기댔다.

5번 가에 있는 기데온의 펜트하우스에서 어퍼 웨스트 사이드의 우리 집까지 승차 거리는 길지 않았지만, 그 시간이 영원처럼 느껴졌다. 불과 몇 시간 전에 뉴욕 경찰국의 셸리 그레이브스 형사가 전해준 이야기가 내 인생을 송두리째 바꿔버렸다.

함께 있어줘야 마땅한 사람을 놔두고 올 수밖에 없었다.

그레이브스 형사가 어떤 의도로 내게 그런 정보를 흘렸는지 아직은 신뢰할 수가 없었기에 기데온을 혼자 놔두고 집으로 와야 했다. 당장 기데온에게 달려가 그동안 그와 나의 결별이 잘 짜인 거짓말이었음을 증명하는지 지켜보려고 일부러 정보를 흘렸을 가능성도 배제할 수는 없었다. 오, *맙소사.* 감정이 동요하면서 심장이 마구 두방망이질을 쳤다. 지금 기데온에게는 내가 필요했다. 내가 그를 필요로 하는 만큼이나, 그는 지금 내가 필요했다. 그런데도 그를 홀로 놔두고 와버린 것이다.

그의 전용 엘리베이터 문이 스르르 닫히며 우리 사이를 갈라놓았을 때 그의 눈에 떠오른 쓸쓸함이 내 마음을 갈기갈기 찢었다.

기데온.

택시가 모퉁이를 돌아 아파트 앞에 멈춰 섰다. 기사에게 내일 아침에 다시 태우러 와달라고 말하려는데, 아파트 야간 도어맨이 택시 문을 열어주었다. 끈적거리는 8월의 공기가 쏟아져 들어와 택시 안의 에어컨 바람을 물리쳤다.

"안녕하세요, 트라멜 양."

도어맨은 모자 테두리를 살짝 들어 올리며 인사를 건네고 내가 직불 카드로 택시 요금을 계산하는 동안 참을성 있게 기다렸다. 요금을 내고 도어맨의 도움을 받아 택시에서 내리는 와중에 도어맨은 사려 깊게도 눈물로 얼룩진 내 얼굴을 못 본 척하며 살짝 시선을 돌려주었다.

나는 아무 일 없는 듯 웃으며 곧장 로비로 들어가 프런트 데스크 직원을 향해 손을 흔들며 인사를 건네고 엘리베이터로 향했다.

"에바 트라멜 씨!"

고개를 돌려보니, 블라우스와 치마를 맵시 있게 차려입은 몸매 좋은 갈색 머리 여자가 로비 의자에서 막 몸을 일으키고 있었다. 굵은 웨이브가 진 갈색 머리가 어깨 너머로 흘러내리고 있었고 번들거리는 분홍색 입술이 우아한 미소를 짓고 있었다. 나는 여자가 누구인지 알 수 없어서 살짝 얼굴을 찌푸렸다.

"누구시죠?"

불쑥 경계심이 들었다. 검은 눈동자에 실린 탐욕스러운 열정의 빛이 신경에 거슬렸다. 몸도 마음도 실컷 두들겨 맞은 사람처럼 엉망이었지만, 애써 어깨를 반듯하게 펴고 여자를 똑바로 바라보았다.

"디아나 존슨이라고 합니다."

여자가 매니큐어를 곱게 바른 손을 내밀며 말했다.

"프리랜서 기자예요."

나는 눈썹을 추켜올렸다.

"안녕하세요."

그녀가 웃음을 지으며 말했다.

"그렇게 잔뜩 의심하지 않아도 돼요. 잠깐 이야기를 나누고 싶을 뿐이니까요. 취재 중인 기사가 있는데 당신의 도움이 필요해요."

"기분 나빴다면 미안해요. 하지만 저는 기자와 나눌 이야기 같은 게 없는걸요."

"기데온 크로스 이야기예요."

목덜미의 머리카락이 곤두섰다.

"그 사람 이야기라면 특히 없어요."

뉴욕에 어마어마한 규모의 부동산을 소유한 세계 25위의 부자 기데온은 늘 뉴스거리를 몰고 다녔다. 그가 나를 버리고 옛 약혼녀에게 돌아갔다는 소식 역시 대단한 뉴스거리였다.

디아나가 가슴골이 더욱 도드라지게 앞으로 팔짱을 꼈다. 한층 자세히 살펴봐야 눈치챌 수 있는 동작이었다.

"에이, 그러지 말고요."

그녀가 채근했다.

"당신 이름은 빼줄게요. 신분이 드러날 만한 대목은 철저하게 뺄 거예요. 복수할 수 있는 절호의 기회잖아요."

마음속에 돌덩어리 하나가 뚝 떨어지는 기분이었다. 디아나는 한마디로 기데온의 이상형에 몹시 가까웠다. 키가 크고 늘씬하고 갈색 머리에 황금빛 피부까지 갖췄다. 내 외모와는 거리가 멀었다.

"꼭 이래야겠어요?"

나는 디아나가 과거의 어느 시점에 내 남자와 잔 적이 있다고 직관적으로 확신하며 나지막하게 물었다.

"그 사람을 거스르는 일은 하고 싶지 않아요."

"무서워서 그래요?"

그녀가 되물었다.

"난 무섭지 않아요. 그 인간이 아무리 갑부라고 해도 자기하고 싶은 대로 할 권리까지 주어진 건 아니거든요."

나는 천천히 깊은숨을 들이마셨다. 기데온과 사이가 좋지 않은 또 한 사람, 테렌스 루카스도 디아나와 비슷한 말을 했던 것이 떠올랐다. 그러나 기데온이 무슨 짓을 저지를 수 있는지, 나를 지키기 위해 어디까지 갈 수 있는지 이제는 잘 알고 있기 때문에 나는 주저하지 않고 솔직하게 대답할 수 있었다.

"아뇨, 무섭지 않아요. 하지만 싸움은 신중하게 해야 한다고 배웠어요. 아무 일 없던 것처럼 잘살아가는 게 최고의 복수죠."

디아나가 턱을 치켜들었다.

"하긴 당신이야 멋진 록가수가 기다리고 있으니 아쉬울 게 없겠죠."

"어쨌든요."

전 남자 친구 브렛 클라인에 대한 이야기가 나오자 속으로 한숨을 내쉬었다. 브렛은 한창 떠오르는 밴드의 리드 싱어이자 간판스타로 내가 만나본 사람 중 가장 섹시한 축에 들었다. 기데온처럼 그 역시 온몸으로 섹시한 기운을 뿜어냈다. 그러나 그는 기데온처럼 내 일생일대의 사랑이 아니었다. 다시는 그 웅덩이에 빠지지 않을 것이다.

"들어봐요."

디아나가 치마 주머니에서 명함을 한 장 꺼내 내밀었다.

"기데온 크로스는 코린 지로가 질투심을 느끼고 돌아오게 하려고 당신을 이용했단 말이에요. 그러니 제정신이 들거든 내게 연락해요. 기다릴게요."

나는 냉함을 받아들였다.

"왜 내가 그 사람에 대해 뭔가를 알고 있다고 생각하는 거죠?"

내 질문에 디아나가 관능적인 입술을 얇게 다물며 뭔가를 생각했다.

"크로스가 어떤 동기로 당신을 만났는지는 몰라도 당신이 그 남자에게 영향을 끼친 건 분명한 사실이에요. 그 냉정한 인간이 당신 때문에 조금은 녹아내리는 걸 봤으니까요."

"그랬는지는 모르지만, 이제는 전부 끝난 일이에요."

"그렇더라도 당신은 뭔가를 알고 있겠죠. 그 중 어떤 게 뉴스거리가 될 만한지는 내가 가려낼게요."

"기사의 초점이 뭐죠?"

누군가가 기데온을 향해 총을 겨누는 시점에 내가 뒷짐 지고 물러나 있다면, 지옥에 떨어지고 말 것이다. 이 여자가 기데온을 위협하기로 마음을 먹었다면, 나는 온몸으로 이 여자를 막아내야 했다.

"기데온에게는 어두운 면이 있어요."

"누구나 그렇지 않나요?"

디아나는 기데온에게서 어떤 점을 발견했을까? 이렇게 말해도 좋을지는 몰라도, 두 사람이 사귀는 동안 그는 이 여자에게 어떤 면을 드러냈을까. 정말로 사귀었다면 말이다.

신기하게도 기데온이 다른 여자와 친하게 지낸다는 생각만으로도 맹렬하게 질투심이 솟구치던 버릇이 언제부터인가 사라지고 없었다.

"그러지 말고 우리 어디 가서 이야기 좀 해요."

디아나가 구슬렸다.

나는 예의를 지키느라 애써 우리를 모른 척하는 프런트 데스크의 직원을 흘낏 보았다. 아직도 그레이브스 형사에게 들은 이야기의 충격에서 벗어나지 못한 상태라 디아나를 상대할 만한 마음의 여유가 없었다.

"다음에요."

그녀를 계속 살펴보고 싶은 마음도 있었기 때문에 여지를 남겨두었다.

내 불편함을 감지한 듯 프런트 데스크의 야간 근무자 채드가 다가왔다.

"아, 디아나 존슨 씨는 금방 갈 거예요."

나는 일부러 느긋한 말투로 채드에게 말했다. 그레이브 형사조차도 기데온에게 어떠한 혐의를 둘 수 없는 상황이니, 아무리 참견을 좋아하는 프리랜서 기자라도 딱히 뭔가를 캐내지는 못할 것이다.

하지만 안타깝게도 어떤 종류의 정보든 경찰로부터 새어나갈 수 있다는 사실을 잘 알고 있었다. 나의 아빠 빅터 레이스도 경찰이었고 또 주위에서도 그런 이야기는 수없이 들을 수 있었다. 나는 엘리베이터를 향해 몸을 돌리며 말했다.

"잘 가요, 디아나."

"또 들를게요."

디아나가 내 등에 대고 외쳤다.

엘리베이터를 타고 우리 집 층의 버튼을 눌렀다. 엘리베이터 문이 스르르 닫히자 손잡이에 몸을 기댔다. 기데온에게 디아나가 찾아왔다는 이야기를 전해주어야 했지만, 경찰의 추적을 피해 연락할 방법이 없었다.

가슴이 뻐근하게 아팠다. 서로 연락조차 할 수 없을 정도로 우리 관계는 엉망이 되어버렸다.

아파트로 들어가 넓은 거실을 가로질러서 주방의 바스툴 위에 핸드백을 내려놓았다. 거실의 전면 유리창을 통해 보이는 맨해튼의 전망도 내 마음을 움직이지는 못했다. 심란한 탓에 내가 어디에 있는지 신경조차 쓸 수 없었다. 지금 유일하게 중요한 것은 기데온과 함께 있지 않다는 사실뿐이었다.

내 방을 향해 복도를 지나가는데 캐리의 방에서 조용한 음악 소리가 흘러나왔다. 캐리가 누구와 함께 있는 건가? 그렇다면 그 사람은 누구일까? 최근 캐리는 두 사람과 동시에 연애를 하기로 했다. 한 사람은 그런 캐리의 상황을 있는 그대로 받아들인 여자였고, 또 한 사람은 캐리가 다른 사람과 사귀는 것을 몹시 싫어하는 남자였다.

욕실 바닥에 옷을 벗어 던지고 샤워를 하러 갔다. 비누칠을 하려니, 어쩔 수 없이 기데온과 함께 샤워하던 일이 떠올랐다. 서로를 향한 욕망으로 에로틱한 만남을 이어가던 때, 그때가 몹시 그리웠다. 그의 손길이, 그의 욕망이, 그의 사랑이 절실했다. 열망이 굶주린 짐승처럼 내 마음을 갉아먹어대는 통에 점점 불안하고 날카로워졌다. 기데온과 연락할 방법을 알아내기 전에 잠이나 들 수 있을까 알 수 없었다. 그에게 하고 싶은 말이 너무도 많았다.

목욕 수건으로 몸을 감고 욕실 밖으로 나왔다.

닫힌 방문 앞에 기데온이 서 있었다. 갑작스레 한 대 얻어맞은 것처럼 충격적이었다. 숨이 멎을 정도로 놀라서 심장이 미친 듯이 뛰기 시작했고, 온몸이 강렬한 열망으로 반응했다. 그를 마지막으로 본 게 한 시간 전이 아니라 몇 년 전인 것만 같았다.

사실 그에게 내 집 열쇠를 준 적이 있었고, 게다가 그는 이 아파트 건물의 소유주이기도 했다. 그래서 혹시라도 따라붙었을지도 모를 추적자를 피해 나를 만나러 올 수 있었을 것이다. 사람들 눈을 피해 나단을 찾아갈 수 있었던 것처럼.

"여기 오면 위험해요."

말은 이렇게 했지만, 그가 옆에 있어서 전율하는 내 마음까지 막을 수는 없었다. 나는 그의 넓은 어깨와 늘씬한 체격을 집어삼킬 듯 탐욕스럽게 쳐다보았다.

그는 평소 좋아하는 컬럼비아 대학교 운동복을 입고 있었다. 그렇게 입고 있으니 세상을 호령하는 억만장자 거물이 아니라 스물여덟 살의 청년으로 보였다. 양키스 야구 모자를 푹

17

눌러쓰고 있었지만, 눈동자가 뿜어내는 아름다운 푸른빛까지 가릴 수는 없었다. 두 눈동자가 나를 맹렬히 응시했고 육감적인 입술은 굳게 다물어져 있었다.

"난 당신과 떨어져 있을 수가 없어."

기데온 크로스는 말도 안 되게 멋진 남자였다. 지나가는 사람마다 멈춰 서서 한 번은 쳐다보게 하는 매력을 지녔다. 한때는 그를 섹스의 신이라 생각한 적이 있었고 실제로 훌륭한 솜씨를 열정적으로 자주 발휘하는 모습을 보면 그 생각이 틀리지 않았음을 알 수 있었지만, 그는 동시에 몹시 인간적인 면모를 지니고 있었다. 나와 마찬가지로 그 역시 깊은 상처를 간직하고 있었다.

우리가 그 상처를 이겨낼 가능성은 몹시 희박했다.

그가 이토록 가까이 있다는 사실에 온몸이 반응하며 가슴이 크게 부풀어 올랐다. 그는 몇 발자국 떨어져 있었지만 내 영혼의 반쪽이 가까이 있을 때 느껴지는 자력 같은 끌림이 어지럽게 느껴졌다. 우리는 처음 만난 순간부터 서로에게 미친 듯이 끌리는 자력을 느꼈다. 상대에게 맹렬하게 사로잡힌 마음을 육체적 욕망으로 오해하기도 했지만, 이제는 서로가 없으면 숨을 쉴 수 없다는 것을 깨달았다.

당장 그의 품에 뛰어들고 싶은 충동을 억눌렀다. 그의 품속은 내가 간절하게 원했던 곳이었다. 그러나 그는 자신을 단단히 억누르며 몹시 고요한 상태로 서 있었다. 나는 예민하게 육감을 세우고 그의 신호를 기다렸다.

오, 맙소사. 나는 이 남자를 정말 사랑한다.

그가 몸 양옆에서 주먹을 꼭 쥐었다.

"난 당신이 필요해."

따스하면서도 안달이 난 그의 거친 목소리에 내 중심부가 팽팽히 조였다.

"그런 이야기를 그렇게 행복하게 하면 어떡해요?"

그의 밑에 깔리기 전에 분위기를 가볍게 하고 싶어서 일부러 놀리듯이 말했다.

나는 그의 거친 모습도 좋아했고 부드러운 모습도 좋아했다. 가능한 한 모든 방법으로 그를 가져봤지만, 꽤 오래된 이야기였다. 내 살갗이 그의 손길을 탐욕스럽게 갈망하며 벌써부터 기대감을 품고 파르르 떨려왔다. 내가 이토록 그의 육체에 굶주려 있는 때에 그가 전력을 다해 절정에 이른다면 과연 어떤 일이 벌어질지 두려울 정도였다. 우리는 서로의 몸을 갈기갈기 찢어버릴지도 몰랐다.

그가 낮고 굵은 목소리로 말했다.

"당신이 없으면 죽을 것 같아. 당신이 그리워서. 빌어먹을 내 정신 상태를 당신이 좌지우지하고 있어. 그런데 내가 행복해 보인다고?"

나는 혀를 내밀어 마른 입술을 축였다. 그가 으르렁거리자 온몸에 전율이 일었다.

"뭐, 나는 행복하니까."

그의 긴장감이 눈에 띄게 풀어졌다. 자신이 날 위해 벌인 일을 내가 어떻게 생각하는지 걱정했던 게 틀림없었다. 그러나 솔직히 말해 걱정을 한 건 나였다. 그에게 고마워하고 있는 내 마음은 내가 생각보다 뒤틀린 인간이라는 증거일까?

순간 내 몸을 더듬던 나단의 손길이 떠올랐다. 매트리스 위로 내 몸을 찍어누르던 그 무게감도 떠올랐다. 그가 반복해서 내게 돌진할 때마다 다리 사이에서 느껴지던 찢어질 듯한 통증도 생각났다.

새삼스럽게 분노가 솟구쳤다. 그 개자식이 죽었다는 사실을 기뻐하는 게 뒤틀린 인간이라는 뜻이라면, 그러라지 뭐.

기데온이 깊은숨을 들이마셨다. 그는 가슴께로 손을 올리더니 고통이 느껴지는 것처럼 심장 언저리를 문질렀다.

"사랑해요."

나는 새롭게 솟구친 눈물을 그렁그렁 매달고 말했다.

"당신을 정말로 사랑해요."

"앤젤."

그가 성큼 다가와 바닥에 열쇠를 떨어뜨리고 젖은 내 머리카락 사이로 양손을 밀어 넣었다. 그는 떨고 있었다. 그가 얼마나 나를 필요로 하는지 알 것만 같아서 가슴이 벅차오르며 눈물이 솟구쳤다.

그가 원하는 각도로 내 얼굴을 기울이고 뜨겁게 달아오른 소유욕으로 내 입술을 앗아가더니 느리고 깊게 핥으며 나를 맛보았다. 그의 열정과 굶주림이 내 몸의 모든 감각으로 폭발하듯 느껴졌다. 나는 그의 셔츠 자락을 움켜쥐고 신음을 토해냈다. 대답처럼 그의 신음이 들려오자 내 젖꼭지가 단단해지고 살갗에 소름이 돋았다.

그의 모자를 벗기고 비단처럼 매끄러운 검은 머리카락을 쓸어 넘기며 그의 품속으로 파고들었다. 그의 키스가 품은 풍성한 관능 속으로 휩쓸려 들어갔다. 내 안에서 흐느낌이 새어 나왔다.

"울지 마."

그가 살짝 뒤로 물러나더니 내 턱을 어루만지며 속삭였다. 그는 내 눈을 들여다보며 말했다.

"당신이 울면 내 마음이 갈가리 찢기는 것 같아."

"이렇게 벅찬데 어떻게 안 울어요."

나는 떨었다.

그의 아름다운 눈빛은 내 눈빛만큼이나 지쳐 보였다. 그가 굳은 얼굴로 고개를 끄덕였다.

"내가 한 일은……."

"그게 아니에요. 당신을 향한 내 마음이 벅차다는 뜻이에요."

그가 코끝으로 내 코를 비비며 맨살이 드러난 내 팔을 부드럽게 어루만졌다. 피를 묻힌 맨손이었다. 그의 손길이

21

한층 더 사랑스럽게 느껴졌다.

"고마워요."

나는 속삭였다.

그가 눈을 감았다.

"맙소사, 오늘 당신이 떠났을 때……, 당신이 언제 올지 알수가 없어서……, 당신을 잃는다고 생각하니……."

"나도 당신이 필요해요, 기데온."

"사과하지 않겠어. 그 상황이 찾아오면 똑같이 했을 거야."

그가 내 팔을 꽉 잡았다.

"평생 보안과 경계를 강화하고 활동을 억제하며 살아가는 방법도 있었어. 하지만 나단이 죽지 않으면 도저히 당신의 안전을 보장할 수가 없었어."

"당신은 날 멀리했죠. 나를 밀어냈어요. 당신과 나는……."

"영원할 거야."

그가 손가락으로 내 입술을 눌러 막았다.

"이제 다 끝났어, 에바. 돌이킬 수 없는 일로 다투지 말자."

나는 그의 손을 밀어냈다.

"다 끝났다고요? 그럼 이제 다시 만날 수 있는 건가요? 아니면 경찰에게 계속 우리 관계를 숨겨야 하는 건가요? 아니, 우리가 여전히 관계라는 걸 맺고 있기는 한 거예요?"

기데온이 고통과 두려움을 고스란히 내보이며 내 눈을 바라보았다.

"그걸 물어보려고 왔어."

"내 마음대로 할 수 있는 거라면 난 절대로 당신을 놓아주지 않을 거예요."

나는 힘주어 말했다.

"절대로."

기데온의 손이 내 목을 지나 어깨로 내려왔다. 그 길을 따라 살갗에 뜨거움이 느껴졌다.

"정말이지?"

그가 나지막이 말했다.

"당신이 달아날까 봐 두려웠어. 당신이 겁낼까 봐. 나를 말이야."

"기데온, 그렇지 않아요."

"다시는 당신을 아프게 하지 않을 거야."

나는 그의 허리를 붙들고 내 쪽으로 잡아당겼지만, 그는 꼼짝도 하지 않았다.

"나도 알아요."

육체적으로는 추호도 의심하지 않았다. 그는 언제나 세심하고 조심스럽게 나를 만졌다. 그러나 감정적으로 내 사랑은 세심함이나 조심성과는 거리가 멀었다. 아직 완전히 치유되지 않은 마음 탓에 불쑥 드는 나의 욕구와 경계심을 기데온도 잘 헤아리고 있다고 완전히 믿을 것인가, 말 것인가 여전히 생각 중이었다.

"그래?"

그가 평소처럼 내가 미처 말로 표현하지 않은 것들을 탐색하려는 듯 내 얼굴을 살폈다.

"당신을 잃으면 난 죽어. 하지만 당신을 갖기 위해 아프게 하지는 않을 거야."

"난 아무 데도 가지 않아요."

그가 들릴 정도로 크게 숨을 내뱉었다.

"내일 변호인단이 경찰을 만나 상황이 어떻게 돌아가는지 알아볼 예정이야."

나는 고개를 뒤로 젖히고 그의 입술에 부드럽게 입을 맞추었다. 우리는 범죄를 감추려고 공모 중이었다. 그 사실이 괴롭지 않다고 말한다면 거짓말일 것이다. 누가 뭐래도 난 경찰의 딸이니까. 하지만 다른 대안은 너무도 끔찍해서 생각하기도 싫었다.

"내가 그런 짓까지 저질렀는데, 당신은 여전히 나와 함께 살 수 있겠어?"

"살 수 있어요. 당신은요?"

그가 다시 내 입술에 입을 맞추었다.

"당신을 가질 수만 있다면 난 뭐든 견딜 수 있어."

나는 그의 셔츠 밑으로 손을 뻗어 따스한 황금빛 피부를 더듬었다. 손바닥 밑으로 단단하게 골이 진 근육이 느껴졌다. 그의 몸은 유혹적이고도 웅장한 예술작품이었다. 나는 그의 입술을 핥으며 아랫입술을 살짝 깨물었다. 기데온이 낮게 신음했다. 그 쾌락의 소리가 애무하듯 내 몸 위로 미끄러졌다.

"날 만져."

말은 명령문이었지만 말투는 애원이었다.

"만지고 있어요."

그가 뒤로 손을 뻗어 내 손목을 붙잡아 앞쪽으로 당기더니 과감하게 내 손을 자신의 성기 위로 가져가 문지르기 시작했다. 굵고 묵직한 그의 남성이 내 손 안에 가득 찼다. 그의 바지 밑으로 힘찬 발기가 느껴지자 내 맥박이 빨라졌다.

"맙소사."

나는 숨을 헐떡였다.

"당신, 나를 뜨겁게 달구는군요."

그의 푸른 눈동자가 내 얼굴을 맹렬하게 바라보았다. 그의 뺨이 붉게 달아오르고 조각 같은 입술이 벌어졌다. 그는 내가 자신에게 미치는 영향력을 굳이 감추려 들지 않았다. 나를 향한 반응을 억누르고 참지 않았다. 그는 우리 사이의 끌림에 속수무책이라는 것을 알고 있었기에 침대 위에서 한층 뜨거운 지배력을 발휘했다.

가슴이 뻐근해졌다. 그가 내 것이라는 사실이, 지옥처럼 과감하고 절박하며 섹시한 그를 다시 보게 된 것이 여전히 믿기지 않았다.

기데온이 내 몸에 감긴 목욕 수건을 풀었다. 수건이 떨어지고 완전히 알몸이 드러나자, 그가 날카롭게 숨을 들이켰다.

"아, 에바."

감정이 북받쳐 오르는 그 목소리에 눈물이 핑 돌았다. 그가 머리 위로 거칠게 셔츠를 벗어 옆으로 던져버렸다. 그리고 조심스럽게 다가와 내 몸을 향해 천천히 손을 뻗었다. 서로의 맨살이 닿는 순간이 천천히 늘어졌다.

그가 내 엉덩이를 움켜잡고 불안하게 주무르며 빠르고 거친 숨을 내뱉었다. 내 가슴 끝이 그의 맨살에 닿자 온몸에 돌연 감각이 물결쳤다. 나는 흡하고 숨을 멈추었다. 그가 신음과 함께 내 몸을 번쩍 안아 올리더니 침대 쪽으로 성큼성큼 걸어갔다.

2

허벅지와 엉덩이가 매트리스 위에 닿자마자 기데온이 내 위로 몸을 포갰다. 그는 한쪽 팔로 내 등을 안아 올려 침대 한가운데에 반듯이 눕히고 내 위로 올라탔다. 어느새 그의 입이 내 가슴으로 옮겨갔다. 그의 입술은 부드럽고 따뜻했지만 빠는 힘은 거칠고 탐욕스러웠다. 그는 묵직해진 내 가슴을 손으로 움켜잡고 탐욕스럽게 주물렀다.

"아아, 당신이 그리웠어."

그가 신음했다. 차가운 내 살에 닿는 그의 살은 뜨거웠다. 홀로 오랜 밤을 보내다가 느끼는 그의 무게감이 진심으로 반가웠다.

나는 다리를 들어 그의 종아리를 휘어 감고 허리 밴드 밑으로 손을 밀어 넣어 팽팽하고 단단한 엉덩이를 움켜잡았다. 그를 내 쪽으로 잡아당기며 동시에 내 엉덩이를 위로 치켜들어

옷감 사이로 그의 남성을 느꼈다. 그가 내 안에 들어오기를 간절히 바랐다. 다시금 그가 내 것임을 확실하게 느끼고 싶었다.

"말해봐요."

그의 맹세가 부족하다고 느끼며 구슬려보았다.

그가 윗몸을 들고 나를 내려다보며 이마의 머리카락을 부드럽게 뒤로 쓸어 넘기더니 힘겹게 마른침을 삼켰다.

나는 아름답게 조각된 그의 입술을 찾아 몸을 일으켰다.

"내가 먼저 말할래요. 사랑해요."

그가 눈을 감고 몸을 후드득 떨더니 두 팔로 나를 감싸 안고는 숨을 쉬기 어려울 정도로 꼭 끌어안았다.

"사랑해."

그가 속삭였다.

"정말"

타는 듯 뜨거운 그의 맹세가 온몸에 울려 퍼졌다. 나는 그의 어깨에 얼굴을 묻고 울었다.

"앤젤."

그가 내 머리카락을 꼭 움켜쥐었다.

나는 고개를 들어 그의 입술을 찾았다. 눈물 탓에 우리의 키스는 짭짤한 맛이 났다. 내 입술이 그의 입술 위에서 절박하게 움직였다. 우리 사이에 시간이 얼마 없고, 그가 곧 떠나기라도 할 것 같았다.

"에바. 내가……."

그가 내 얼굴을 감싸 쥐고 내 입속 깊이 혀를 밀어 넣었다.

"당신을 사랑하게 해줘."

"제발 그렇게 해줘요."

나는 양손으로 그의 목을 감싸 안으며 속삭였다. 내 여성 입구에 부풀어 오른 그의 남성이 뜨겁고 묵직하게 닿으며 고동치는 클리토리스 위를 완벽한 압력으로 눌러주었다.

"멈추지 마요."

"절대로. 멈출 수가 없어."

그가 내 엉덩이를 감싸서 위로 들어 올려 자신의 몸과 맞닿게 한 다음 능숙하게 원을 그렸다. 온몸에 쾌감이 번지면서 단단히 도드라진 젖꼭지가 그의 맨 가슴에 닿자 나도 모르게 신음이 새어나왔다. 곱슬곱슬한 가슴 털이 내 가슴에 닿자 참을 수 없을 만큼 자극되었다. 내 중심부가 거침없이 돌진해 들어오는 그의 남성을 갈망하며 찌릿하게 조였다.

나는 손톱을 세우고 그의 어깨부터 엉덩이까지를 할퀴었다. 그가 낮게 신음하며 몸을 구부리고 거친 애무를 시작했다. 맛있고 에로틱하고 거침없는 애무였다.

"한 번 더."

그가 붉게 달아오른 얼굴로 입술을 벌리고 낮게 명령했다.

나는 굽이치듯 윗몸을 들어 올려 그의 심장 바로 위 가슴에 이를 박았다. 기데온이 온몸을 떨며 숨을 헉헉거렸다.

맹렬하게 부풀어 오르는 사랑과 욕망과 분노와 두려움 따

위의 감정을 그대로 담아둘 수가 없었다. 맙소사, 게다가 고통
이라니. 고통이 날카롭게 느껴졌다. 그를 물어뜯고 싶었다. 쾌
락만큼이나 그를 벌주고 싶은 마음이 솟구쳤다. 그가 나를 밀
어냈을 때 느꼈던 고통을 조금이나마 되갚아주고 싶었다. 그
의 가슴에 생긴 희미한 잇자국을 혀로 핥자, 그가 엉덩이를
아래로 돌진시키며 그의 남성을 내 여성의 벌어진 틈 사이로
밀어 넣었다.

"내 차례야."

그가 은밀하게 속삭였다. 그가 아름답고 두터운 이두근을
드러내며 한쪽 팔로 몸무게를 지탱하고 다른 손으로 내 가슴
을 움켜쥐었다. 그는 고개를 숙이고 도드라진 내 젖꼭지를 입
으로 감쌌다. 그의 입술은 델 듯이 뜨거웠고 부드러운 살에
닿는 그의 혀는 벨벳처럼 부드러웠다. 그가 이로 꼿꼿하게 선
젖꼭지를 살짝 물자, 내 중심부에 날카로운 욕망이 내리꽂히
며 온몸이 움찔하고 비명이 터져 나왔다. 더 이상 참지 못하
고 그의 머리카락을 움켜잡았다. 두 다리로 그의 몸을 감싸고
그를 향한 욕망을 천천히 내비치며 단단히 조였다. 그를 소유
하고 싶었다. 그를 다시 내 것으로 만들고 싶었다.

"기데온."

신음이 터져 나왔다. 관자놀이는 눈물로 젖어갔고 목은 아
플 만큼 꽉 잠겼다.

"나 여기 있어, 앤젤."

그가 내 가슴골을 지나 건너편 가슴을 깨물며 속삭였다. 그는 방금 떠나온 젖은 젖꼭지를 악마 같은 손놀림으로 잡아당기고 꼬집었다. 나는 그의 손길을 향해 윗몸을 일으켰다.

"저항하지 마. 당신을 사랑하게 해줘."

나는 그를 향해 다가가려고 하는 동시에 그를 떼어내려고 그의 머리카락을 뒤로 잡아당기고 있었다. 기데온은 내 몸을 포박한 채 경이로울 정도로 완벽한 남성성과 내 몸에 익숙해진 기교로 나를 한껏 유혹했다. 나는 점점 굴복해갔다. 가슴은 묵직해졌고, 여성은 젖은 채로 부풀어올랐다. 나는 양다리로 그의 몸을 감싸고 불안하게 그의 등을 어루만졌다.

그러나 그의 몸은 내게서 더 멀어졌다. 그가 내 배 위에 입을 대고 유혹의 언어를 속삭였다. *당신이 몹시 그리웠어······; 당신이 필요해······; 당신을 가져야겠어······.* 살갗에 뜨거운 물기가 번져갔다. 고개를 들어 내려다보니 기데온이 울고 있었다. 매혹적인 그 얼굴에 내 마음에서 넘쳐나는 것과 똑같은 감정이 흘러넘치고 있었다.

떨리는 손으로 그의 뺨을 어루만지며 눈물을 닦아냈지만 뜨거운 물기가 계속해서 흘러내렸다. 그는 부드럽고도 애처로운 신음을 내뱉으며 내 몸에 얼굴을 묻었다. 그가 무너져내리는 모습을 참을 수가 없었다. 그의 고통은 내 고통보다 더 감당하기 벅찼다.

"사랑해요."

나는 그에게 말했다.

"에바."

그가 몸을 일으켜 내 허벅지 사이에 무릎을 꿇고 앉자 굵고 단단한 그의 남성이 위아래로 까딱까딱 움직였다.

내 안의 모든 것이 굶주림에 시달린 탐욕으로 팽팽히 조였다. 그의 큼직한 몸이 바위처럼 단단하게 단련된 멋진 근육을 내비치며 둥글게 휘어졌다. 그을린 그의 살갗이 땀으로 번들거렸다. 넓은 뿌리와 굵은 핏발을 자랑하는 가히 최고라 할 수 있는 그의 남성을 제외하고 그의 몸은 몹시 우아했다. 그의 음낭 역시 크고 묵직했다. 미켈란젤로의 다비드 상만큼 아름다운 자태를 지녔지만, 남성만큼은 극단적으로 웅장했다.

솔직히 말해 기데온 크로스는 여성과의 광란적인 섹스를 하기 위해 만들어진 사람 같았다.

"내 거야."

나는 몸을 들어 올려 그의 상반신에 내 상반신을 단단히 밀착시키며 간절하게 말했다.

"당신은 내 거야."

"앤젤."

그가 욕망으로 가득한 거친 키스로 내 입술을 앗아갔다. 그는 자세를 바꾸어 침대 머리에 등을 기대고 내 몸을 자신의 몸 위로 올렸다. 땀에 젖은 서로의 살갗이 미끄럽게 마찰했다.

그가 내 온몸을 어루만지며 근육질의 상반신을 내 몸 쪽으로 밀착시켰다. 나는 그의 얼굴을 감싸고 그의 입속에 재빨리 혀를 밀어 넣어 갈증을 해소했다. 그는 거친 손끝으로 클리토리스 위를 어루만지며 떨리는 여성 입구를 감쌌다. 나는 그의 입술에 내 입술을 포개며 엉덩이를 돌려댔다. 그는 느긋한 손길로 나를 만지며 내 욕망을 부풀렸고 깊숙하고도 느리게 내 입을 탐했다.

쾌락으로 숨을 쉴 수가 없었다. 그가 손바닥으로 내 여성을 감싼 채 길쭉한 가운뎃손가락을 여성 속으로 밀어 넣었다. 온몸이 후드득 떨렸다. 그는 손바닥으로 클리토리스 위를 문지르며 손끝으로 섬세한 속살을 건드렸다. 다른 손으로는 내 엉덩이를 감싸고 움직이지 못하게 붙들었다.

기데온의 지배력은 절대적이었다. 사악할 만큼 정확하게 나를 유혹하고 있었지만, 나보다 격하게 떨었고 가슴도 내 가슴보다 한층 더 높이 부풀어 올랐다. 그의 입에서 새어나오는 신음에 가책과 애원의 기운이 묻어났다.

나는 몸을 살짝 뒤로 물리고 양손으로 그의 남성을 움켜잡았다. 나는 그의 몸을 잘 알고 있었고 그가 무엇을 원하는지도 잘 알았다. 뿌리부터 끝까지 그의 남성을 주무르며 넓은 귀두 끝으로 굵은 정액을 한 방울 쥐어짰다. 그가 신음을 내뱉으며 침대 머리에 몸을 기댔고, 내 안에 밀어 넣은 손가락을 구부렸다. 나는 굵은 정액 줄기가 귀두 옆으로 흘러내려 길쭉한 음경을 디고 내 주먹 위로 웅덩이처럼 고이는 모습을 지켜보았다.

"하지 마."

그가 헐떡였다.

"너무 급해."

나는 다시 그의 남성을 쓰다듬었다. 또 한차례 정액 줄기가 흘러내리자 입에 군침이 돌았다. 지독히 야하고 음탕한 짐승을 흔들어 깨우고 있다는 생각에 내 몸이 거칠게 흥분했다.

그가 욕설을 내뱉으며 내 여성에서 손가락을 뺐다. 그는 자신의 남성을 쥔 내 손을 풀어내고 내 엉덩이를 움켜쥐었다. 그는 내 몸을 번쩍 들어 올렸다가 다시 아래로 내려놓으며 동시에 자신의 엉덩이를 들어 올려 잔뜩 성난 남성을 내 안에 밀어 넣었다.

나는 비명을 지르며 그의 어깨를 움켜잡았다. 굵은 남성이 안으로 찔러 들어오자 내 여성이 꽉 조였다.

"에바."

그의 턱과 목이 긴장으로 팽팽해졌다. 그는 내 안에 뜨거운 정액을 거칠게 뿜어내기 시작했다.

매끄러운 정액이 내 몸을 열어젖히고 그의 페니스가 내 안을 가득 채워오자 내 여성이 고동치는 그의 남성을 깊숙이 빨아들였다. 나는 손톱을 세워 단단한 그의 근육을 파고들었고 내 입은 절박하게 공기를 원하며 벌어졌다.

"가져."

그가 내 여성이 페니스 뿌리까지 남김없이 삼킬 수 있게 내 몸의 각도를 조절하며 말했다.

"나를 가져."

그를 깊숙이 받아들였을 때 느껴지는 익숙한 쓰라림이 반가웠다. 뜨거운 쾌락이 내 안을 찢고 들어오자 기습적으로 오르가슴이 느껴지며 등이 활처럼 뒤로 휘었다.

내 엉덩이가 본능에 사로잡혀 저절로 움직였다. 내 심장과도 같은 남자를 되찾은 순간에 집중하는 동안 허벅지가 조이다 풀리기를 반복했다.

기데온은 내 욕망에 굴복했다.

"그거야, 앤젤."

그가 갈라진 목소리로 말했다. 그의 페니스는 아직 절정에 도달하지 않은 것처럼 여전히 단단하게 발기해 있었다.

그가 양팔을 옆으로 늘어뜨리고 침대 시트를 움켜쥐었다. 그 동작에 팔뚝 위로 이두근이 불끈거렸다. 페니스를 뿌리 끝까지 집어삼킬 때마다 그의 복근이 긴장으로 단단히 뭉쳤고 근육 가장자리에는 땀이 번들거렸다. 그의 몸은 기름칠을 잘해둔 기계 같았고, 나는 그것을 최대한도로 활용하고 있었다. 그는 나에게 자신을 송두리째 바치고 있었다.

나는 신음처럼 그의 이름을 부르며 엉덩이를 마구 요동쳤다. 내 중심 깊숙한 곳이 리드미컬하게 조이며 또 한 번 오르가슴이 몰려왔다. 모든 감각이 오르가슴에 사로잡혀버렸다.

"제발."

나는 헐떡였다.

"기데온, 제발."

그가 내 목덜미와 허리를 붙잡고 몸을 밑으로 내리더니 침대 위에 반듯하게 눕혔다. 그는 내 몸을 단단히 붙잡고 위를 향해 찔러 들어왔다. 빠르고 강력한 돌진으로 여러 번 반복해서 내 여성을 공략했다. 굵은 페니스가 문지르며 들어오는 마찰력이 대단했다. 나는 그의 양옆을 단단히 붙잡고 격하게 몸을 비틀며 다시 절정에 이르렀다.

기데온도 후드득 몸을 떨며 나를 따라 절정에 도달했다. 그는 양팔로 내 몸을 꼭 끌어안았다. 격하게 내뱉는 그의 숨결이 타오를 듯 헐떡이는 내 폐 속을 가득 채웠다. 나는 완벽히 무방비 상태에 빠져버렸다.

"맙소사, 에바."

그가 내 목에 얼굴을 묻었다.

"당신이 필요해. 당신이 정말 필요해."

"기데온."

나는 그를 꼭 끌어안았다. 그를 놓아주기가 겁이 날 정도로.

눈을 깜박이며 천장을 바라보다 그새 깜빡 잠이 들었음을 깨달았다. 곧바로 공포심이 몰려왔다. 어쩔 수 없이 황홀한 꿈에서 깨어나 악몽 같은 현실로 돌아와야 했다. 꼭 죄인 가

숨으로 헐떡헐떡 공기를 집어삼키는 사이에 감정이 복받쳐 올랐다.

기데온.

잠든 기데온의 모습을 지켜볼 수 있는 흔치 않은 즐거움을 맛보려고 애써 긴장을 풀고 침대 머리에 몸을 기댔다. 무방비 상태일 때 그의 얼굴은 평소와 달랐다. 그가 얼마나 젊은지 새삼스레 느껴졌다. 깨어 있을 때는 우리가 처음 만났을 때 정말로 엉덩방아를 찧게 했을 만큼 강력한 의지력을 발산하고 있었기 때문에 그가 젊다는 사실을 깜박 잊기 쉬웠다.

부드러운 손길로 그의 뺨을 덮은 잉크 빛깔 머리카락을 쓸어 넘겼다. 그의 눈가와 입 주위에 주름이 보였다. 그새 많이 야위어 있었다. 우리의 이별은 그에게도 커다란 타격이었을 테지만 그는 용케 감춰왔던 것이다. 어쩌면 나는 그를 결점이 전혀 없는 신과 같은 존재로 생각해왔을지도 모르겠다.

나는 상처를 전혀 숨기지 못했다. 우리 관계가 정말로 끝장이 났다고 생각했기 때문에 주변 사람들에게도 쑥대밭이 되어버린 내 마음을 감추지 않았다. 기데온은 바로 그 점을 이용했다. 그는 이 상황을 두고 경찰을 향한 '그럴듯한 발뺌'이라고 불렀다. 나는 지옥이라고 불렀는데, 우리가 결별한 척하는 짓을 그만둘 때까지는 계속 지옥에서 살아갈 수밖에 없다.

조심스럽게 자세를 바꿔 손으로 머리를 받치고 내 침대에 무한한 영광을 안겨준 이 퇴폐적인 남자를 조금 더 감상했다.

그는 양팔로 베개를 꼭 끌어안고 있어서 조각 같은 이두근과 초승달 모양의 손톱자국이 나 있는 근육질 등을 고스란히 드러내고 있었다. 그가 지칠 줄 모르고 내게 달려들며 길고 굵은 페니스로 내 안을 깊이 채우는 사이, 나는 움찔거리며 요동치며 나를 후끈 달아오르게 한 그 엉덩이에도 붉은 손톱자국을 남겼다.

다시, 또다시…….

새롭게 굶주림이 솟구치자 내 다리가 흥분으로 불안하게 움찔거렸다. 기데온은 세련된 도시 남자였지만, 닫힌 문 뒤에는 도저히 길들일 수 없는 짐승이 도사리고 있었다. 그는 사랑을 나눌 때마다 내 영혼까지 벌거벗겼다. 그의 손길이 닿을 때마다 나는 무장 해제를 선언하며 웅장하고도 정열적인 그를 향해 두 다리를 활짝 벌리고 마약과도 같은 쾌락을 거부하지 못했다.

그가 생생한 푸른빛 홍채를 드러내며 눈을 떴다. 그가 느긋하고도 유혹적인 눈길로 내 몸을 쭉 훑어보자, 심장이 쿵 내려앉는 기분이었다.

"흐음……, 제발 덮쳐달라는 표정을 짓고 있군."

그가 느릿느릿 말했다.

"당신이 극도로 덮칠 만하게 생겼거든요."

나는 그의 말을 받아쳤다.

"당신 몸과 함께 잠에서 깨어나는 건, 크리스마스 날 아침에 받는 선물 같아요."

그가 빙긋 웃었다.

"포장은 벌써 풀어놨어. 건전지는 넣지 않아도 되고."

참을 수 없는 열망으로 가슴이 팽팽하게 조였다. 나는 그를 지독히 사랑했다. 그를 놓치고 말까 봐 끊임없이 불안했다. 그는 병 속에 든 번갯불이자 도저히 손으로 잡을 수 없는 꿈이었다.

나는 떨리는 숨을 내뱉었다.

"당신은 여자들에게 맛있는 사치예요. 감미롭고 군침 도는⋯⋯."

"그만해."

그가 별안간 몸을 돌려 내 몸을 자기 밑으로 끌어당겼다.

"나는 추악한 부자이지만 당신은 오직 내 몸 하나 때문에 날 원하지."

나는 그 특별한 얼굴을 감싼 검은 머리카락을 찬탄의 표정으로 쳐다보았다.

"내가 원하는 건 당신 몸 안의 마음이에요."

"가졌잖아."

그가 내 양옆으로 팔을 밀어 넣고 서로의 다리를 얽자, 그의 종아리에 난 털이 극도로 예민해진 내 살갗을 자극했다.

나는 그에게 사로잡혔다. 내 몸에 닿는 따뜻하고 단단한 그의 촉감이 아주 좋았다. 두려운 망설임이 풀리며 한숨이 새어

나왔다.

"잠이 드는 게 아니었어."

그가 조용히 말했다.

나는 그의 머리카락을 어루만졌다. 그의 말이 옳았다. 그는 악몽과 비정형 성적 사건수면증을 앓고 있었기에 그와 함께 잠드는 것은 위험할 수 있었다. 그는 가끔 잠을 자다가 공격적으로 돌변했기 때문에 그의 곁에 가까이 있다가 그 안에 도사린 뜨거운 분노에 공격을 당하기도 했다.

"그래도 당신이 잠들어서 기뻐요."

그가 내 손목을 잡아당겨 입을 맞추었다.

"우리는 한눈팔지 않고 서로만 바라보는 시간이 필요해."

"아, 맙소사. 깜박 잊을 뻔했어요. 오늘 저녁 디아나 존슨이 찾아왔어요."

그 말을 내뱉자마자 후회했다. 눈 깜짝할 사이에 기데온의 눈빛에 서렸던 따스한 기운이 사라지며 우리 사이에 장벽이 드리운 것이다.

"그 여자 곁에 가지 마. 기자야."

나는 두 팔로 그의 몸을 끌어안았다.

"그 여자가 피 냄새를 맡고 찾아온걸요."

"아마 한참 줄을 서서 기다려야 할걸."

"그런데 그 여자가 왜 당신에게 관심을 두는 거죠? 프리랜서니까 신문사의 지시를 받고 당신을 취재하러 온 건 아닐 텐데요."

"신경 쓰지 마, 에바."

애써 화제를 막으려는 그의 태도가 신경에 거슬렸다.

"그 여자랑 잔 거 다 알아요."

"아니, 당신은 몰라. 당신은 내가 곧 당신과 잘 거라는 사실
만 신경 쓰면 돼."

마음에 확신이 섰다. 나는 그의 몸을 풀고 뒤로 물러났다.

"거짓말."

내가 그를 정말로 때리기라도 한 듯 그가 풀쩍 뒤로 물러났다.

"난 절대 당신에게 거짓말을 하지 않아."

"나한테는 지난 2년 동안 한 섹스보다 나를 만난 후로 한
섹스가 더 많았다고 해놓고, 피터센 박사에게는 일주일에 두
번 정도 여자랑 잤다고 했어요. 그건 뭐죠?"

그가 드러누우며 천장을 노려보았다.

"그런 이야기를 지금 해야 하나? 오늘 밤에?"

그가 몹시 긴장하며 방어적으로 나오자, 짜증이 급히 물러
갔다. 그와 다투고 싶지 않았다. 특히 과거 문제로는. 중요한
것은 현재, 그리고 미래였다. 나는 그의 정직함을 믿어야 했다.

"아뇨. 하지 마요."

나는 부드럽게 말하고 옆으로 돌아누워 그의 가슴 위에 손
을 올렸다. 해가 뜨면 우리는 다시 헤어진 척해야 했다. 이 눈
속임을 언제까지 계속해야 하는지, 언제나 그를 다시 만날 수

있을지 알 수가 없었다.

"그냥 그 여자가 당신 주위를 파헤치고 있다고 경고하고 싶었을 뿐이에요. 그러니 조심해요."

"피터센 박사는 성적인 만남에 대해 물었어, 에바."

그가 딱딱하게 말했다.

"그건 꼭 섹스만을 말하는 건 아니었을 거야. 박사의 질문에 대답할 때는 그런 구별이 별로 중요하지 않다고 생각했어. 하지만 지금은 분명하게 해둘게. 나는 그 호텔에 여자들을 데리고 갔지만 늘 섹스를 한 건 아니었어. 섹스를 하지 않을 때가 훨씬 많았어."

그가 소유한 수많은 호텔 중 한 곳에 마련해두었던, 온갖 섹스 용품이 갖춰진 그의 섹스방이 떠올랐다. 고맙게도 그는 스스로 그 방을 정리했지만, 나는 그 기억을 결코 잊을 수 없었다.

"그만 듣는 게 좋겠어요."

"당신이 먼저 시작한 이야기야."

그가 잘라 말했다.

"이미 시작된 이야기란 말이야."

나는 한숨을 내쉬었다.

"그래요. 맞아요."

"혼자 있는 게 견딜 수 없을 때가 있었어. 하지만 대화를 나누고 싶지는 않았지. 뭔가를 느끼기는커녕 생각이라는 것 자체를 하고 싶지가 않았어. 그럴 때는 다른 사람에게 잠시 관심을 돌릴 필요가 있었어. 그래도 내 성기를 이용하는 건 너무 깊이 개입하는 거라고 생각했지. 이해할 수 있겠어?"

나 역시 아무 생각도 하기 싫어서 남자 앞에 무릎을 꿇었던 시절이 있었기에 슬프게도 그의 말이 이해가 되었다. 그런 식의 만남에는 전희도, 섹스도 없었다.

"그러니까 그 여자도 그렇게 만난 사람 중 하나였던 거예요?"

물어보기 싫었지만 어쨌든 짚고 넘어가야 할 문제였다.

그가 고개를 돌려 나를 보았다.

"한 번이었어."

"그 여자는 당신에게 푹 빠져 정신이 없었겠죠."

"그건 말할 수 없어."

그가 중얼거렸다.

"기억이 나지 않으니까."

"취했어요?"

"아니야. 맙소사."

그가 자신의 얼굴을 문질렀다.

"대체 그 여자가 뭐라고 말한 거야?"

"개인적인 이야기는 안 했어요. 그냥 당신에게 '어두운 면'이 있다고 하더군요. 그래서 성적인 것과 관계가 있겠거니 짐작했지만, 자세한 건 묻지 않았어요. 그 여자가 나도 당신에게 버

43

림을 받았다고 알고 있어서 꽤 친밀하게 굴었어요. 기데온에게 버림받은 자매들의 모임이랄까?"

그가 차가운 눈으로 나를 보았다.

"빈정거리지 마. 당신하고 안 어울려."

"이것 봐요."

나는 얼굴을 찌푸렸다.

"미안해요. 못되게 굴고 싶지는 않았어요. 그냥 나쁜 여자 흉내를 내고 싶었을 뿐이라고요. 상황을 따져보면 그 정도는 해도 되는 거 아닌가?"

"도대체 내가 뭘 어떻게 했어야 하는 거지? 난 그때 당신이라는 여자의 존재도 몰랐어."

기데온의 목소리가 깊고 거칠어졌다.

"당신의 존재를 알았다면 당장 사냥했겠지. 단 일 초도 망설이지 않고 당신을 찾아냈을 거라고. 하지만 당신을 몰랐기 때문에 사소한 것에 만족했어. 당신도 마찬가지였지. 우린 헛된 곳에 자신을 낭비했어."

"맞아요. 그랬어요. 바보들."

잠시 침묵이 이어졌다.

"화났어?"

"아뇨. 괜찮아요."

그가 나를 물끄러미 바라보았다.

나는 웃음을 터뜨렸다.

"당신, 싸울 준비를 하고 있었던 거예요? 당신이 원한다면 그렇게 해요. 개인적으로 다시 눕혀지길 바라고 있으니까."

기데온이 내 위로 올라왔다. 그의 얼굴에 안도와 감사의 표정이 뒤섞여 떠오르자 가슴이 날카롭게 저렸다. 그가 나의 신뢰를 얼마나 중요하게 생각하는지 새삼스레 깨달았다.

"당신은 달라."

그가 내 얼굴을 어루만지며 말했다.

당연히 나는 달랐다. 내가 사랑하는 남자는 나 때문에 사람을 죽였다. 그런 희생을 목격한 후로는 많은 일이 대수롭지 않아졌다.

3

"앤젤."

눈을 뜨기도 전에 커피 냄새가 풍겨 왔다.

"기데온?"

"응?"

"7시 전이면 당신 엉덩이를 걷어차버릴 거예요."

그의 부드러운 웃음소리에 내 발가락이 오그라들었다.

"아직 이르지만 할 이야기가 있어."

"응?"

나는 한쪽 눈을 뜨고 이어서 다른 쪽 눈을 마저 뜨고는 스리피스 정장을 차려입은 그의 모습을 완전하게 감상했다. 몹시 먹음직스러워 보이는 그 모습에 당장 이로 그 정장을 벗겨버리고 싶었다.

그가 내 침대 가장자리에 걸터앉았다. 한마디로 유혹의 화신이었다.

"떠나기 전에 우리 사이가 견고한지 확인하고 싶어."

나는 몸을 일으켜 침대 머리맡에 등을 기대고 앉았다. 어쩔수 없이 그의 전 약혼녀 이야기를 하게 될 것 같아서 시트로 가슴을 덮으려는 노력은 하지 않았다. 나는 그럴 만한 때는 뻔뻔하게 굴 줄 알았다.

"그 이야기를 하려면 커피부터 마셔야겠어요."

기데온이 내게 머그잔을 건네주고 손바닥으로 내 젖꼭지 위를 쓰다듬었다.

"정말 아름답군. 당신의 모든 것이 아름다워."

그가 중얼거렸다.

"혹시 내 관심을 딴 데로 쏠리게 하려는 수작이에요?"

"당신이야말로 내 관심을 딴 데로 쏠리게 하고 있어. 그것도 몹시 효율적으로 말이지."

그 역시 나처럼 내 표정과 몸만으로 완전히 얼이 빠질 수 있을까? 그 생각에 저절로 웃음이 나왔다.

"당신의 웃음이 그리웠어, 앤젤."

"어떤 느낌인지 나도 알아요."

그를 만났는데 그가 내게 미소를 선사해주지 않을 때면 나는 가슴에 또 한 번 상처를 입고 끊임없이 피를 흘렸다. 그러한 순간들을 떠올릴 때마다 어김없이 고통이 고스란히 느껴질 정도였다.

"그 정장은 어디에 숨겨두었던 거예요, 에이스? 설마 호주머니에서 꺼낸 건 아니죠?"

그는 옷만 갈아입으면 힘 있고 성공적인 사업가로 변신했다. 그가 입은 정장은 맞춤복이었고 셔츠와 타이도 빈틈없이 어울렸다. 심지어 커프스 단추마저도 우아하게 반짝이고 있었다. 그러나 셔츠 깃에 닿는 그의 검은 머리카락만은 그가 결코 길들지 않는 야생의 존재임을 당당하게 선언하고 있었다.

"바로 그 이야기도 해야 해."

그가 몸을 반듯하게 폈지만, 눈빛에는 여전히 따스함이 깃들어 있었다.

"바로 옆집에 들어왔어. 우린 천천히 화해하는 연인처럼 보여야 해. 그래서 대부분은 내 아파트에서 지내는 것처럼 보이되, 사실은 많은 시간을 당신의 새 이웃으로 보내게 될 거야."

"안전할까요?"

"나는 용의자가 아니야, 에바. 심지어 관심 대상도 아니야. 내 알리바이에는 빈틈이 없고 살해 동기도 알려진 바가 없어. 다만, 형사들의 지성을 모독하지 않으면서 약간의 존경심을 보이고 싶을 뿐이지. 경찰이 더 이상 수사할 게 없다는 결론을 조금 더 쉽게 정당화할 수 있게 도와주려는 거야."

나는 그의 말을 곰곰이 곱씹어보며 커피를 한 모금 마셨다. 즉각적인 위험은 없겠지만, 그가 범죄를 저지른 만큼 위험은 내재해 있었다. 그가 아무리 나를 안심시키려고 애써도 나는 압박감을 느낄 수밖에 없었다.

하지만 우리는 서로에게 돌아가는 과정을 밟고 있었고, 나는 그가 지난 몇 주간의 이별과 긴장감으로부터 우리 관계가 회복될 수 있다는 사실을 확신하고 싶어 한다는 것을 느낄 수 있었다.

나는 일부러 가벼운 말투로 대답했다.

"그렇다면 나의 전 남자 친구는 5번가에 살고 있고 나는 새로 이사 온 멋진 남자와 놀게 되겠군요. 참 재미있겠는걸요?"

그가 한쪽 눈썹을 추켜세웠다.

"역할 놀이를 원하는 거야, 앤젤?"

"내가 원하는 건 당신을 만족시키는 거죠."

나는 솔직하게 대답했다.

"나는 그동안 당신이 다른 여자들에게서 발견한 모든 것이 되고 싶어요."

그가 장난감과 함께 섹스방으로 데려갔던 여자들 말이다.

그의 눈동자는 차갑고 푸른 불처럼 이글거렸지만, 목소리는 부드럽고 편안했다.

"당신에게서 손을 뗄 수가 없어. 그러니 다른 건 더 이상 필요하지 않아."

그가 자리에서 일어섰다. 그는 내 머그잔을 가져가 침대 옆 탁자 위에 올려놓고 시트 가장자리를 붙잡아 능숙하게 옆으로 걷어내자 내 알몸이 완벽하게 드러냈다.

"드러누워."

그가 명령했다.

"다리 벌려."

그의 말에 복종하며 반듯이 누워 다리를 활짝 벌리는 동안 맥박이 빠르게 뛰었다. 꿰뚫어 보듯 강렬한 그의 시선이 부끄러워서 몸을 덮어야 한다는 본능적인 충동이 일었지만, 나는 그 감정에 저항했다. 솔직히 인정하자면 그가 지옥처럼 섹시한 정장을 완벽하게 갖춰 입은 동안 나는 완전히 벌거벗고 있다는 사실이 미치도록 흥분되었다. 그 점이 그에게 즉각적인 힘의 우위를 안겨주며 분위기를 고조시켰다.

그가 내 그곳의 입구를 손가락으로 어루만지며 클리토리스 위를 장난스럽게 만지작거렸다.

"이 아름다운 곳은 내 거야."

그의 안달난 말투에 배가 떨렸다.

그는 손바닥으로 내 여성을 감싸며 내 눈을 바라보았다.

"지금쯤은 당신도 알아차렸겠지만, 나는 아주 소유욕이 강한 사람이야, 에바."

그가 손끝으로 팽팽하게 조이는 내 여성 입구를 동그랗게 어루만지자 온몸이 떨렸다.

"알아요."

"역할 놀이도, 속박 놀이도, 차 안에서나 다양한 장소에서의 섹스도……, 그 모든 걸 당신과 함께 탐색해나갈 날을 손꼽아 기다리고 있어."

그가 눈을 빛내며 내 안에 손가락 하나를 아주 천천히 밀어넣었다. 그가 나지막하게 가르랑거리는 소리를 내며 이로 아랫입술을 깨물고 아주 관능적인 표정을 지었다. 내 안에 남은 자신의 정액을 느끼고 있다는 걸 알 수 있었다.

그 삽입이 안겨주는 부드러운 쾌감 덕분에 순간 아무 말도 할 수 없었다.

"당신, 이런 걸 좋아하는군."

그가 부드럽게 말했다.

"음……."

그의 손가락이 더욱 깊숙이 들어왔다.

"플라스틱이나 유리, 금속, 가죽 같은 것들이 절정을 안겨줄 수 있다고? 말도 안 돼. 자위용 진동기 일당은 아무래도 새 일거리를 찾아야 할걸."

살갗 위로 뜨거운 기운이 퍼져갔다. 그도 알고 있었다.

기데온이 내 위로 몸을 숙이더니 매트리스 위를 한 손으로 짚고 내 입술에 입을 맞추었다. 동시에 엄지손가락으로 클리토리스를 노련하게 문지르며 안팎으로 내 몸을 어루만졌다. 그의 접촉이 안겨준 쾌감이 온몸으로 퍼져 나가면서 배가 단단해지고 젖꼭지가 꼿꼿하게 일어났다. 나는 두 손으로 드러난 내 가슴을 움켜쥐고 한껏 부풀어 오른 가슴을 쥐어짰다. 그의 손길과 욕망은 미법이었다. 그동안 그 없이 어떻게 살아왔던 걸까?

"당신 때문에 아파 죽겠어."

그가 갈라진 목소리로 말했다.

"끊임없이 당신을 욕망하게 돼. 당신이 손가락 한 번만 튕겨도 나는 단단해질 수 있어."

그가 혀로 내 아랫입술을 핥으며 헐떡거리는 내 숨결을 들이마셨다.

"내가 절정에 이르면 그건 당신 때문이야. 당신과 당신의 입과 당신의 손과 도무지 만족이라는 걸 모르는 당신의 그 작은 그곳 때문이지. 당신도 마찬가지일 거야. 내 혀와 내 손가락과 당신 안에 들어간 내 정액 때문이야. 당신과 나만 있으면 돼, 에바. 있는 그대로의 우리."

그가 내 몸을 만질 때는 내가 곧 세계의 중심이고 그가 보고 생각하는 유일한 존재였다. 그렇다고 내내 육체적으로 결합한 상태로 지낼 수는 없는 노릇이었다. 어쨌든 우리는 우리 사이에 눈으로 보이지 않는 것들도 믿으며 사는 법을 배워야 했다.

나는 부끄러운 줄도 모르고 내 안을 찌르고 들어오는 그의 손가락에 맞춰 온몸을 비틀었다. 그가 또 한 손가락을 더하자, 나는 그의 추진력에 맞추려고 발뒤꿈치로 버티며 등을 활처럼 휘었다.

"아아, 제발."

"당신의 눈이 꿈을 꾸듯 부드럽게 풀린다면 그 표정을 심어 준 건 장난감이 아니라 바로 나야."

그가 내 턱을 잘근잘근 씹다가 가슴 쪽으로 내려와 입술로 가슴 위에 올라와 있는 내 손을 밀어냈다. 그가 내 젖꼭지를 부드럽게 깨물고 부드러운 봉오리를 입으로 감싸고는 가만히 빨아댔다. 바늘로 찌르는 듯 날카로운 통증이 일면서 우리 사이에 아직 머뭇거리는 빈틈이 있다는 굶주림이 솟구쳐 올랐다. 우리 사이의 틈은 아직 인정받지도, 해소되지도 못했다.

"더요."

나는 내 것만큼이나 그의 쾌락을 요구하며 헐떡였다.

"기꺼이."

그가 내 살갗에 대고 짓궂게 웃었다.

나는 안달이 나 큰 소리로 신음했다.

"어서 당신 물건을 내 안에 넣어줘요."

"그래야 한다면."

그의 혀가 반대편 젖꼭지 가장자리를 둥그렇게 핥다가 통증이 느껴질 때까지 감질나게 빨아댔다.

"당신은 오르가슴이 아니라 바로 나를 갈망해야 해. 내 몸을. 내 손을. 결국에는 내 살이 당신 살에 닿지 않으면 당신은 결코 절정에 이르지 못하게 될 거야."

나는 미친 듯이 고개를 끄덕였다. 입이 바짝 말라붙어 말을 할 수가 없었다. 중심 깊은 곳에서 욕망이 샘처럼 회오리쳤고,

클리토리스 위에 닿은 기데온의 엄지손가락이 둥글게 원을 그리고 손가락이 안쪽으로 찔러 들어올 때마다 그곳이 팽팽히 조였다. 건전지로 작동하는 믿을 수 있는 남자 친구인 자위용 진동기를 떠올렸다가, 만약 기데온이 지금 손길을 거두어간다면 그 어떤 것도 나를 만족시킬 수 없다는 사실을 깨달았다. 나의 열정은 그를 향한 것이었다. 나의 욕망은 나를 향한 그의 욕망 때문에 불꽃을 피울 수 있었다.

허벅지가 마구 떨렸다.

"나, 절정에 이를 것 같아요."

그가 부드럽고 유혹적인 아름다운 입술로 내 입술을 덮었다. 나를 쓰러뜨린 것은 그의 키스에 담긴 사랑이었다. 나는 빠르고 격렬한 오르가슴을 통과하며 비명을 지르고 온몸을 후드득 떨었다. 내 신음 소리는 끊어질 듯 길게 이어졌고 내 몸은 격하게 떨렸다. 나는 그의 재킷 밑으로 손을 밀어 넣어 그의 등을 꼭 끌어안았고, 산산이 부서지는 쾌락이 잦아들 때까지 내 입술로 그의 입술을 덮었다.

그가 손가락을 핥으며 나의 맛을 음미했다.

"지금 무슨 생각하는지 말해봐."

나는 마구 내달리는 심장 박동을 애써 진정시켰다.

"아무 생각도 안 해요. 그냥 당신을 보고 싶어요."

"늘 나를 볼 수는 없지. 가끔은 눈도 감아야 하니까."

"그건 침대 위에서 당신이 몹시 섹시한 목소리로 말을 하기 때문이에요."

나는 고통을 기억하며 힘겹게 침을 삼켰다.

"당신 음성이 듣고 싶어요, 기데온. 당신이 내게 해준 것처럼 나도 당신을 기분 좋게 해주고 있는지 알고 싶어요."

"그럼 날 빨아."

그가 속삭였다.

"당신 때문에 절정에 이르게 해줘."

나는 단숨에 침대에서 내려와 그의 바지 앞섶을 향해 열렬히 손을 뻗었다. 그는 단단하고 굵었고 잔뜩 발기해 있었다. 셔츠 자락을 빼내고 팬티를 내려 그의 페니스를 풀어주었다. 내 손 안에 묵직하게 떨어져 내리는 페니스 끝이 벌써 정액으로 번들거리고 있었다. 나는 그의 열정의 증거를 핥아 먹었다. 나를 만족시키려고 자신의 굶주림을 애써 참아준 그의 통제력에 감사했다.

나는 그를 올려다보며 입을 한껏 벌려 매끄러운 귀두 부분을 삼켰다. 그의 입술이 벌어지고 눈꺼풀이 무겁게 내려앉는 모습을 지켜보며 날카롭게 숨을 들이켰다. 쾌락은 마약 같은 중독성이 있었다.

"에바."

눈꺼풀이 무겁게 내려앉은 그의 나른한 시선이 내 얼굴 위에 뜨겁게 닿았다.

"이야 ……. 그래, 그거야. 제기랄, 난 당신 입이 미치게 좋아."

그의 칭찬이 박차를 가해주었다. 나는 그를 최대한 깊숙이 삼켰다. 나는 그를 위해 입으로 해주는 게 정말 좋았다. 그 특유의 남성적인 맛과 향기가 아주 좋았다. 나는 길쭉한 페니스를 입술로 물고 위아래로 빨았다. 마치 경배하듯이. 그의 웅장한 남성미를 찬양하는 것에 조금도 저어함이 느껴지지 않았다. 그럴 만한 자격이 충분했다.

"당신도 이게 좋은 거지?"

그가 내 머리카락 속으로 손가락을 밀어 넣어 내 머리를 감싸 쥐고 낮게 말했다.

"내가 좋아하는 만큼 당신도 좋은 거야."

"더 좋아해요. 아주 오랫동안 하고 싶어요. 자꾸자꾸 당신에게 절정을 안겨주고 싶어요."

그의 가슴에서 신음이 울려 나왔다.

"그럴 거야. 난 아무리 해도 충분하지 않으니까."

혀끝으로 고동치는 핏발을 따라 핥다가 다시 그의 페니스를 입안 가득 삼키고 그의 앞에 무릎을 꿇고 앉아 고개를 한껏 뒤로 젖혔다. 나는 나를 통째로 그에게 바쳤다.

기데온이 욕망과 온화함으로 반짝이는 눈빛으로 나를 내려다보았다.

"멈추지 마."

그가 다리를 벌렸다. 그가 내 목 안 깊숙한 곳까지 페니스를 밀어 넣었다가 다시 앞으로 잡아당기며 미리 새어나온 정액 줄기로 내 혀를 적셨다. 나는 정액을 삼키며 풍성한 그 맛을 음미했다.

그가 두 손으로 내 턱을 감싸며 신음했다.

"멈추지 마, 앤젤. 끝까지 빨아줘."

나는 볼이 움푹 꺼지도록 그를 빨며 리듬을 찾아갔다. 우리의 가슴과 호흡과 쾌락을 향한 질주가 하나로 합해지는 우리의 리듬이었다. 우리는 생각이 지나쳐 문제를 일으키는 편이었지만, 우리의 육체는 한 번도 어긋난 적이 없었다. 우리가 서로 손을 잡으면 둘 다 있어야 할 곳에 있어야 할 사람과 함께 있다는 것을 알 수 있었다.

"제기랄, 정말 좋아."

그가 이를 가는 소리가 들려왔다.

"오오, 맙소사, 절정에 이를 것 같아."

내 입속에서 그의 페니스가 부풀었다. 그가 내 머리카락을 잡아당기며 몸을 떨더니 격렬하게 사정하기 시작했다.

기데온이 뭐라 뭐라 욕설을 내뱉는 사이, 나는 그의 정액을 삼켰다. 그는 밤새 사정하지 못한 사람처럼 뜨겁고 굵은 정액 줄기를 뿜어내며 내 입안을 가득 채웠다. 그가 자신을 비워냈을 무렵에는 내가 숨을 헐떡이며 몸을 떨었다. 그가 나를 일으켜 침대로 데려가더니 내 몸을 꼭 끌어안고 침대 위에 풀썩 쓰러졌다. 그의 호흡은 격렬했고 나를 가까이 끌어당기는 손길은 거칠었다.

"커피를 가져다줄 때만 해도 이럴 생각은 없었어."

그가 내 이마에 짧게 입을 맞추었다.

"그렇다고 불만이라는 뜻은 아니야."

나는 그를 다시 내 품에 안을 수 있게 된 사실에 크게 감사하며 더욱 그의 품으로 파고들었다.

"그동안 땡땡이친 수업을 보충해야죠."

오르가슴 탓인지 그의 웃음소리가 허스키했다. 그는 잠시 나를 안은 채 한 손으로 내 머리카락을 쓸어넘기고 내 팔뚝 위를 부드럽게 어루만졌다.

"가슴이 찢어지는 것 같았어."

그가 나지막이 말했다.

"당신이 상처받고 분노하는 모습을 지켜보는 게 정말 힘들었어. 내가 안겨준 고통이었으니까. 당신이 내게서 점점 멀어지고 있다는 걸 알았으니까. 우리 두 사람 모두에게 지옥 같은 시간이었지만, 그래도 당신이 용의자로 지목되게 만들 수는 없었어."

내 몸이 흠칫 굳었다. 그럴 가능성은 생각도 하지 못했다. 내가 기데온의 살인 동기라는 주장은 있을 수 있었다. 내가 범죄를 인지하고 있다는 것도 추측할 수 있었다. 그러나 내가 완전하고 철저하게 상황을 파악할 수 없도록 했던 것은 단지 나를 보호하기 위해서만이 아니었다. 그는 내 알리바이도 확실히 만들고자 했다. 어떤 일이 있어도 나를 지킬 수 있도록.

어떤 대가를 치르더라도.

그가 뒤로 물러났다.

"당신 핸드백에 선불 휴대폰을 넣어놨어. 그 안에 앙구스와 연락할 수 있는 번호가 입력되어 있어. 필요하면 그쪽으로 연락하면 돼."

나는 주먹을 꼭 쥐었다. 남자 친구와 연락하려면 그의 운전기사를 거쳐야 했다.

"싫어요."

"나도 싫어. 하지만 우선 당신에게 돌아갈 길부터 트는 게 급선무야."

"앙구스가 중간에 끼는 것은 위험하지 않아요?"

"그는 영국 비밀 정보국 MI6 출신이야. 은밀한 통화 정도야 앙구스에게는 어린애 장난이지."

그가 잠시 멈추었다가 다시 말했다.

"숨김없이 털어놓을게, 에바. 그 휴대폰에는 추적 장치가 되어 있어."

"뭐라고요?"

나는 침대에서 빠져나와 벌떡 일어섰다. 영국의 비밀 정보국이라는 MI6에서 곧바로 휴대폰의 위치 추적기로 생각이 건너뛰었다.

"절대 안 돼요."

그도 일어났다.

"당신을 만날 수도 없고 연락할 수도 없다면 최소한 당신이 어디에 있는지는 알아야 해."

"그래도 이런 식으로는 안 돼요, 기데온."

그의 얼굴이 부드러워졌다.

"비밀로 할 수도 있었지만, 솔직히 말한 거야."

"지금 농담해요?"

나는 옷장으로 걸어가 가운을 집어들었다.

"어이없는 행동에 대해 미리 경고했다고 해서 핑계가 될 수 없다고 말한 사람은 당신이에요."

"그렇게 몰아붙이지 말고 여유를 줘."

나는 그를 쏘아보며 붉은색 실크 가운에 양팔을 끼우고 거칠게 허리띠를 졸라맸다.

"아뇨. 당신은 내 복종을 좋아하는 통제광 같아요."

그가 앞으로 팔짱을 꼈다.

"내가 좋아하는 건 당신이 살아 있는 거야."

그 말에 흠칫 얼어붙었다. 잠시 생각을 뒤로 돌려 지난 몇 주간의 사건들을 되짚어보았다. 나단의 사진까지 떠올랐다. 돌연 모든 상황이 이해가 되었다. 아침 출근길에 회사까지 걸어가겠다고 하자 기데온이 흥분해서 날뛰었던 일과 앙구스가 매일 그림자처럼 나를 따라다녔던 일, 내가 타고 있던 엘리베이터를 멋대로 조정하며 기데온이 크게 화를 냈던 일……

그때는 어이없게 구는 기데온을 미워할 뻔했지만, 당시 그는 나를 나단의 손길로부터 안전하게 지켜야 한다는 생각뿐이었다.

무릎이 휘청거려서 힘없이 바닥에 주저앉았다.

"에바."

"잠깐 시간을 줘요. 잠깐만요."

우리가 서로 헤어져 있던 시간에 나는 이미 많은 것을 파악하고 이해했다. 나단이 학대당하고 폭행당한 내 사진을 들고 사무실로 찾아왔을 때, 기데온이 그걸 호락호락하게 받아들이고 나단을 곱게 돌려보내지는 않았을 것이다. 브렛 클라인은 겨우 내게 키스를 했다고 기데온에게 흠씬 두들겨 맞았다. 나단은 몇 년 동안 반복해서 나를 강간했고 그 모습을 사진과 비디오로 기록하기까지 했다. 그런 나단을 처음 만났을 때 기데온은 당연히 격렬한 반응을 보였을 것이다.

기데온이 막 샤워를 마치고 나왔고 그가 벗어놓은 셔츠 소맷부리에 주홍색 얼룩이 묻어 있었던 날, 틀림없이 그날 나단이 크로스파이어 빌딩을 찾아왔을 것이다. 내가 립스틱 자국이라고 의심했던 것은 나단의 피였다. 기데온의 사무실 소파와 쿠션이 마구 흐트러져 있었던 것은 코린과의 점심시간 정사 때문이 아니라 나단과의 몸싸움 때문이었다.

그가 나를 노려보며 내 앞에 몸을 웅크렸다.

"제기랄. 내가 당신을 일일이 통제하기를 원한다고 생각해? 그럴 만한 상황이었잖이. 그러니 내가 당신의 녹립과 안전 사이에 균형을 이루려 노력하고 있다고 좀 믿어줘."

맙소사. 뒤늦은 깨달음이 뒤통수를 후려치듯 정신이 번쩍 들게 해주었다.

"알았어요."

"아닌 것 같은데. 이건 말이야."

그가 초조하게 자신을 가리키며 말했다.

"이건 껍데기에 불과해. 나를 움직이는 건 바로 당신이야, 에바. 알겠어? 당신은 내 심장이고 영혼이라고. 당신에게 무슨 일이 생기면 나도 죽어. 당신을 지키는 건 바로 나를 지키는 거란 말이야! 당신을 위해서 못하겠다면 나를 위해서라도 참아줘."

내가 불쑥 달려들자, 그가 균형을 잃고 뒤로 넘어졌다. 나는 격렬하게 키스를 퍼부었다. 심장이 마구 뛰고 귓속에서 피가 웅웅거렸다.

"당신을 미치게 만들기는 싫어요."

나는 격렬한 키스 사이에 띄엄띄엄 말했다.

"하지만 당신은 나 때문에 정말로 심하게 미쳐버렸어요."

그가 신음을 내뱉으며 나를 꼭 끌어안았다.

"그럼 우린 괜찮은 거지?"

나는 코를 살짝 찡그렸다.

"아마 선불 휴대폰은 괜찮지 않을 거예요. 휴대폰 스토킹은 미친 짓이니까. 농담 아니에요. 정말 별로라고요."

"잠시만이야."

"알아요. 하지만……."

그가 손으로 내 입을 덮었다.

"당신 가방에 내 휴대폰을 추적하는 방법도 넣어두었어."

그 말에 할 말을 잃었다.

기데온이 능글맞게 웃었다.

"거꾸로 생각해보면 그리 나쁜 생각은 아닐 거야."

"입 닥쳐요."

나는 그의 품에서 벗어나며 그의 어깨를 한 대 쳤다.

"우린 정말 제정신이 아니에요."

"난 '선별적 도착증'이 정말 좋아. 하지만 그건 우리끼리만 하게 될 거야."

방금까지 느꼈던 따스함이 순식간에 빠져나가고 그 자리에 여전히 우리가 관계를 숨기고 살아가야 한다는 맹렬한 공포심이 찾아왔다. 얼마가 지나야 그를 다시 볼 수 있을까? 며칠? 지난 몇 주간의 일을 반복할 수는 없었다. 그 없이 긴 시간을 보낸다는 생각만으로도 속이 울렁거렸다.

힘겹게 마른침을 삼키고 물었다.

"언제 다시 만날 수 있어요?"

"오늘 밤, 에바."

그의 아름다운 눈에 흥분이 서렸다.

"그런 당신 표정을 보면 견딜 수가 없어."

"나랑 함께 있어요."

나는 눈이 따가워지는 것을 느끼며 속삭였다.

"당신이 필요해요."

기데온이 손끝으로 부드럽게 내 뺨을 쓸어내렸다.

"당신은 나와 함께 있어. 언제나. 당신을 생각하지 않고 단일 초도 보낸 적이 없어. 당신은 나를 소유하고 있어, 에바. 내가 어디에 있든지, 무엇을 하든지 나는 당신 거야."

나는 그의 손길에 얼굴을 내맡긴 채 그의 감촉이 내 안으로 스며들어 차가움을 몰아내게 했다.

"코린은 다시는 안 돼요. 참을 수 없어요."

"그래, 더는 아니야."

그가 흔쾌히 동의하자 나는 깜짝 놀랐다.

"이미 코린에게도 친구로 지내고 싶다고 말했어. 코린은 과거로 돌아가기를 원하지만, 나는 당신을 원하지."

"나단이 죽었던 날, 당신은 코린을 알리바이로 삼았어요."

더는 말할 수가 없었다. 그가 그녀와의 몇 시간을 어떻게 채웠을지 상상만 해도 마음이 아팠다.

"아니야. 내 알리바이는 호텔 주방의 화재 사건이었어. 나는 보험회사를 상대하고 음식 서비스에 응급조치를 취하느라 대부분의 시간을 보냈어. 그 중 일부는 코린과 함께 있었지만, 그녀와 헤어진 뒤 내 행방을 입증해줄 직원도 많았어."

내 얼굴에 급히 안도감이 떠올랐는지 기데온이 눈빛이 누그러들며 그동안 여러 차례 목격해온 가책의 표정이 차올랐다.

그가 일어나 내 손을 잡고 나를 일으켜 세웠다.

"당신의 새 이웃이 늦은 저녁 식사에 당신을 초대하고 싶대. 8시쯤으로 하지. 당신 열쇠고리에 옆집 열쇠가 있을 거야."

나는 그의 손을 잡고 일어나며 일부러 가볍게 놀리듯이 말했다.

"그 남자 정말 화끈하던데. 그 남자도 첫 데이트에서 곧바로 섹스를 할지 궁금하네요."

그가 너무도 짓궂게 웃어서 내 기분이 한껏 고조되었다.

"당신, 눕혀질 가능성이 꽤 높아 보이는데?"

나는 과장되게 한숨을 내쉬었다.

"아아, 낭만적인 사람!"

"그 낭만, 내가 주지."

그가 나를 앞으로 끌어당기더니 익숙한 몸짓으로 내 윗몸을 아래로 젖혔다. 엉덩이부터 발목까지 그의 몸에 기댄 채로 등을 한껏 뒤로 굽히자, 가운이 벌어지며 가슴이 드러났다. 그가 내 허리를 더 굽히자, 부드러운 내 그곳이 단단한 그의 허벅지에 닿았다. 내 몸무게와 자신의 무게까지 지탱하는 그의 힘이 예민하게 느껴졌다.

그토록 빨리 그는 나를 유혹했다. 몇 시간이나 쾌락을 즐기고 좀 전에 오르가슴을 느껴놓고도, 나는 그의 노련한 솜씨와 힘, 사신삼, 사신과 나를 통제하는 힘에 한껏 달아올랐다.

나는 입술을 핥으며 천천히 그의 다리에 올라탔다. 그가 신음을 내뱉으며 뜨겁고 축축한 입술의 열기로 내 젖꼭지를 감쌌다. 그의 혀가 단단해진 내 젖꼭지를 핥았다. 그는 편안하게 나를 안고, 나를 흥분시키고, 나를 소유했다.

나는 눈을 감고 굴복하며 신음했다.

후텁지근한 날씨 탓에 가벼운 리넨 시드 드레스를 고르고 금발 머리를 하나로 묶었다. 귀걸이도 작은 링 하나만 하고 화장도 가볍게 했다.

모든 게 변했다. 기데온과 나는 다시 하나가 되었다. 게다가 나는 이제 나단 베이커가 없는 세상에 살고 있었다. 모퉁이를 돌다가 우연히 그와 마주칠 일은 없을 것이다. 그가 불쑥 내 집 현관 앞에 나타날 일도 없을 것이다. 더 이상 기데온이 내 과거를 알고 결별을 선언할지도 모른다는 두려움에 시달리지 않아도 되었다. 그는 모든 것을 알고서도 여전히 나를 원했다.

그러나 새로운 현실과 함께 평화가 싹트는 한편, 기데온에 관련한 두려움이 찾아왔다. 그가 기소당하지 않을 거라고 확신할 수 있어야 했다. 그는 정말로 저질러버린 범죄에 대해 자신의 무죄를 입증할 수 있을까? 우리는 영원히 두려움과 함께 살아가야 할까? 결코 예전으로 돌아갈 수 없기 때문에 우리 사이가 영영 변해버렸다고 볼 수도 있었다. 그토록 중대한 일이 벌어진 뒤로 당연히 예전 같을 수는 없었다.

방을 나서며 유수의 광고회사 워터스 필드 앤 리먼에서 일
하는 몇 시간 동안만은 다른 일에 정신을 집중할 수 있기를
빌었다. 간이 식탁에 놓아둔 핸드백을 집어들려는데 주방에
서 캐리가 보였다. 그도 나만큼이나 바빴던 모양이었다.

그는 양손으로 조리대 가장자리를 잡고 몸을 기댄 채였고
그의 남자 친구 트레이가 캐리의 얼굴을 두 손으로 감싸 안고
열정적인 키스를 퍼붓고 있었다. 트레이는 청바지와 티셔츠까
지 갖춰 입고 있었지만, 캐리는 날씬한 엉덩이에 운동복 바지
만 낮게 걸쳐 입은 채였다. 두 사람 모두 눈을 감고 서로에게
푹 빠져 있어서 내가 보고 있다는 사실조차 모르고 있었다.

지켜보는 게 무례했지만 어쩔 수가 없었다. 무엇보다 섹시한
두 남자가 서로 엉켜 있는 모습은 늘 매혹적이라고 생각했다.
더불어 캐리의 자세가 뜻하는 바가 상당히 크다고 생각했다.
잘생긴 그 얼굴은 상처에 취약한 내면을 고스란히 드러내고,
사랑하는 남자가 아닌 조리대에 몸을 기대고 있다는 사실이
관계에 대해 망설이는 그의 우유부단한 거리감을 무심코 드러
내고 있었다.

핸드백을 챙겨 들고 가능한 한 조용히 까치발로 아파트를
빠져나왔다.

출근하자마자 쓰러지고 싶지는 않았기에 걸어가는 대신 택
시를 불렀다. 택시 뒷좌석에서 보니 기데온의 크로스파이어
빌딩이 눈에 들어왔다. 눈에 띄는 반짝이는 사파이어 뾰족탑

모양의 건물에 크로스 인더스트리와 워터스 필드 앤 리먼이
모두 입주해 있었다.

광고회사의 대리인 마크 개리티의 조수로 채용되면서 내 꿈
'이 실현되었다. 거물급 금융가인 나의 새아빠 리처드 스탠튼
같은 사람은 내가 왜 엄청난 인맥과 자산을 놔두고 굳이 초
보 수준의 낮은 직급을 받아들였는지 이해하지 못했지만, 나
는 스스로 내 길을 개척하고 있다는 사실에 진심으로 자부심
을 느꼈다. 마크는 직접적으로나 간접적으로나 훌륭한 상사였
다. 나는 그의 가르침을 통해서나 직접 경험을 통해서나 많은
것을 배워나가고 있었다.

택시가 모퉁이를 돌더니 무척 익숙한 검은색 벤틀리 SUV
뒤에 섰다. 그 차를 보자, 기데온이 가까이 있다는 생각에 심
장이 덜컥 내려앉았다.

택시 요금을 내고 시원한 택시 안에서 벗어나 후텁지근한
아침 공기 속으로 들어섰다. 혹시 기데온을 잠깐이라도 볼 수
있을까 하는 마음에 벤틀리 쪽을 계속 바라보았다. 밤새 그와
함께 벌거벗고 뒹구는 영광을 누려놓고도 또다시 그가 보고
싶어서 흥분하는 건 아무래도 미친 짓 같았다.

씩 웃으며 틀이 구리로 된 크로스파이어 빌딩의 회전문을
통과해 광활한 로비로 들어갔다. 건물이 사람의 화신이 될 수
있다면, 크로스파이어 빌딩은 기데온의 화신이었다. 대리석
바닥과 벽은 힘과 풍요의 아우라를 뿜어내고 있었고, 코발트

색 유리로 된 외관은 기데온의 정장만큼이나 두드러져 보였다. 한마디로 크로스파이어 빌딩은 그 건물을 창조해낸 남자처럼 매끈하고 섹시하며 어둡고 위험했다. 나는 이곳에서 일하는 게 정말 좋았다.

보안용 게이트를 통과해 엘리베이터를 타고 20층까지 올라갔다. 엘리베이터에서 내리자 안내데스크의 메구미가 자리에 앉아 있는 모습이 보였다. 그녀는 유리 보안문 너머로 손을 흔들며 자리에서 일어나 나를 맞아주었다.

"안녕."

메구미가 인사했다. 검은색 정장 바지와 금색 실크 민소매 블라우스를 입은 모습이 세련되어 보였다. 검은 자두색 눈동자가 흥분으로 반짝였고 예쁜 입술에는 도발적인 붉은색 립스틱이 칠해져 있었다.

"토요일 저녁에 뭐 할 건지 물어봐도 돼요?"

"아……."

기데온과 함께 있고 싶었지만 아직은 확신할 수가 없었다.

"모르겠어요. 아직은 계획이 없거든요. 왜요?"

"마이클 친구가 결혼하는데, 토요일에 총각 파티를 한다네요. 집에 혼자 있으면 미쳐버릴 것 같아서요."

"마이클이라면 소개팅했다는 그 남자?"

메구미의 룸메이트가 최근 남자를 하나 소개해줘서 만나고 있다는 이야기를 들은 적이 있었다.

"예."

메구미의 얼굴이 잠깐 밝아졌다가 다시 어두워졌다.

"난 정말로 그 남자가 좋아요. 그 남자도 날 좋아하는 것 같기는 하지만……."

"어서 말해봐요."

내가 재촉했다.

메구미가 거북한 몸짓으로 한쪽 어깨를 으쓱하더니 내 시선을 피했다.

"그는 충실한 관계를 두려워해요. 나한테 관심이 있다는 건 느껴지는데, 계속해서 우리 사이는 진지한 게 아니고 그저 즐기고 있을 뿐이라고 말해요. 그래도 많은 시간을 함께 보내지만요."

그녀가 말했다.

"그 사람, 나랑 함께하려고 생활을 많이 바꾸고 있기는 해요. 꼭 육체적인 면만 그러는 게 아니라니까요."

어떤 유형인지 알 것도 같아서 씁쓸했다. 이런 식의 관계는 끊어버리기가 어려웠다. 이런저런 신호들이 뒤섞이며 계속해서 사연을 만들어내고, 아드레날린 수치도 높아져서 남자가 모험을 받아들일지도 모른다는 희망을 쉽게 놓지 못하게 만든다. 쉽게 손에 넣을 수 없는 것을 원하지 않는 여자가 어디 있겠는가?

"토요일에 시간 있어요."

나는 메구미 곁에 있어주고 싶었다.

"하고 싶은 일이라도 있어요?"

"술도 마시고 춤도 추고 신나게 놀고 싶어요."

메구미의 미소가 돌아왔다.

"에바도 섹시한 실연남을 만나게 될지 모르잖아요."

"아……."

이런, 거북하기 짝이 없었다.

"난 잘 지내고 있으니까, 걱정 마요."

메구미가 한쪽 눈썹을 추켜세우며 나를 보았다.

"피곤해 보이는데요?"

그야 기데온 크로스와 밤새 한 침대에서 뒹굴었으니까……

"어제 크라브 마가 수업이 힘들었거든요."

"그래요? 그럼 됐고. 아무튼, 현장 답사 한 번 한다고 큰일이야 나겠어요?"

나는 어깨의 가방 끈을 고쳐 맸다.

"그래도 실연남은 안 돼요."

나는 확실히 못박았다.

"에이."

메구미가 군살 없는 엉덩이에 양손을 올리며 말했다.

"그냥 다른 사람을 만날 가능성도 열어두라는 말이에요. 기데온 크로스가 극복하기 어려운 남자라는 건 알지만 내 말을 믿어요. 보란 듯이 잘사는 게 최고의 복수라고요."

그 말에 웃음이 나왔다.

"명심해두죠."

　그 정도 선에서 합의를 보았다.

　메구미의 책상 전화가 울리는 걸 보고 손을 흔들며 내 자리로 향했다. 아무래도 싱글 여성인 척하려면 어떤 것들이 필요한지 잠시 생각해볼 필요가 있을 것 같았다. 내가 기데온을 소유하고 있다면, 그도 나를 소유하고 있었다. 다른 사람에게 속하는 것은 상상도 할 수 없었다.

　기데온에게 토요일 저녁 이야기를 어떻게 꺼내야 하나 생각하는데, 뒤에서 메구미가 불렀다. 뒤를 돌아보았다.

"당신을 찾아요. 전화 돌려줄게요."

　그녀가 말했다.

"개인적인 전화면 좋겠네요. 이 남자, 목소리가 끝내주게 섹시하거든요. 초콜릿을 휘감고 휘핑크림까지 얹은 섹시 목소리예요."

　불안한 흥분으로 목덜미의 머리카락이 곤두섰다.

"누군지 이름을 밝혔어요?"

"예. 브렛 클라인이래요."

4

내 책상으로 가서 자리에 앉았다. 브렛과 통화할 생각을 하니 손바닥에 땀이 축축하게 배어 나왔다. 그의 목소리를 듣는 순간 찾아올지도 모르는 약간의 떨림과 뒤따라올 죄책감에 대해서도 마음의 준비를 단단히 했다. 그에게 돌아가고 싶다거나 그와 사귀고 싶다거나 한 것은 절대로 아니었다. 다만, 우리 사이에는 역사가 있었고 순전히 호르몬에 의한 성적 끌림이 있을 뿐이었다. 그것까지 차단할 수는 없었지만, 그 때문에 행동으로 옮기고 싶은 마음은 추호도 없었다.

핸드백과 운동화를 담은 가방을 책상 서랍에 넣고 기데온과 함께 찍은 사진 콜라주 액자를 바라보았다. 그는 언제나 내 마음속에 있겠다며 이 액자를 내게 주었다. 그가 나를 떠난 것처럼 행동했을 때, 나는 그를 꿈꾸기까지 했다.

전화가 울렸다. 안내데스크에서 돌려준 전화였다. 브렛은 아

직 나를 포기하지 않았다. 나는 지금 근무 중이고 사적인 대
화는 나눌 수 없는 상황임을 분명히 일깨워주기 위해서라도
최대한 사무적인 태도를 유지해야겠다고 마음을 단단히 먹고
전화를 받았다.

"마크 개리티 사무실의 에바 트라멜입니다."

"에바, 드디어 받았구나. 나 브렛이야."

초콜릿을 휘감은 섹시한 목소리를 음미하며 눈을 감았다.
식스나인스 밴드를 스타덤에 올려놓은 노래할 때의 음성보다
훨씬 퇴폐적으로 섹시한 목소리였다. 이유는 알 수 없지만, 기
데온이 막대한 지분을 차지한 음반 회사이자, 새아버지 크리
스토퍼 비달 시니어의 회사인 비달 레코드의 전속 가수였다.

아, 그냥 사소한 세상 이야기나 하자.

"안녕."

나는 인사를 건넸다.

"순회공연은 어떻게 돼가요?"

"꿈만 같아. 지금도 어질어질하다니까."

"오래전부터 원했던 일이잖아요. 그럴 자격도 충분하고요.
그러니 실컷 즐겨요."

"고마워."

그가 잠시 침묵을 지켰다. 그사이 얼른 머릿속으로 그의 모
습을 그려보았다. 지난번 보았을 때도 그는 대단한 모습을 하
고 있었다. 삐죽하게 솟은 머리카락 끝을 백금색으로 염색했

고, 나를 원하는 에메랄드빛 눈동자는 어둡고도 뜨거웠다. 문신으로 덮인 황금빛 피부에 몸집은 그렇게 우람하지 않으면서도 키가 큰 근육질이었고, 지속적인 운동으로 록 가수답게 잘 단련된 몸을 하고 있었다. 내가 그의 딱딱해진 페니스를 몹시 원했던 시절, 애무하는 법을 배웠던 젖꼭지 위에는 피어싱을 하고 있었다.

그러나 그는 기데온과는 비교조차 할 수 없었다. 피가 붉은 다른 여자들처럼 브렛에게 경탄할 수는 있었지만, 그는 기데온과는 급이 달랐다. 기데온은 독보적인 존재였다.

브렛이 말했다.

"있잖아, 지금 근무 중인 거 아니까 용건만 말할게. 뉴욕에 돌아가면 널 만나고 싶어."

나는 책상 밑에서 다리를 꼬았다.

"그다지 좋은 생각은 아닌 것 같아요."

"타임스퀘어 광장에서 '골든Golden' 뮤직비디오 시사회가 있어. 너랑 같이 가고 싶어."

"시사회에 같이? 와."

나는 이마를 문질렀다. 순간, 얼굴을 함부로 문질렀다고 엄마가 나무라는 소리가 들리는 것 같았다. 엄마는 그렇게 하면 주름살이 생긴다고 질색했다.

"대단히 고맙지만, 분명히 하고 싶은 게 있어요. 그냥 친구 사이로 가도 괜찮겠어요?"

"말도 안 돼."

그가 웃었다.

"넌 싱글이야, 골든 걸. 크로스를 잃었으니 이제 내 차례지."

오, *맙소사!* 기데온과 코린의 연출된 재회 사진이 가십 블로그에 오른 지 거의 3주가 되어가고 있었다. 다들 내가 다른 남자를 만날 시기라고 생각할 것이 분명했다.

"그렇게 간단한 일이 아니에요. 난 아직 다른 사람을 만날 준비가 안 됐어요, 브렛."

"청혼하는 거 아니잖아. 그저 데이트를 신청하는 거야."

"브렛, 난 정말⋯⋯."

"꼭 와야 해, 에바."

그가 유혹적인 음색으로 목소리를 낮췄다. 늘 내 팬티를 내리게 만든 그 목소리였다.

"그건 네 노래야. 거절은 받아들이지 않겠어."

"받아들여야 해요."

"네가 오지 않으면 난 무척 상심할 거야."

그가 조용히 말했다.

"게다가 그렇게 말도 안 되는 짓도 아니라고. 네가 원한다면 친구 사이로 갈게. 하지만 넌 꼭 와야 해."

나는 무겁게 한숨을 쉬며 고개를 숙였다.

"괜한 오해는 사고 싶지 않아요."

게다가 기데온의 심기를 건드리고 싶지도 않아⋯⋯.

"친구끼리의 호의 정도로 생각할게. 약속해."

빌어먹을 만약에. 나는 대답하지 않았다.

그도 포기하지 않았다. 그는 절대로 포기하지 않을 것이다.

"응?"

그가 재촉했다.

팔꿈치 근처에서 커피잔이 나타났다. 고개를 들어보니 마크가 서 있었다.

"알았어요."

그래야 전화를 끊을 수 있을 것 같아서 마지못해 동의했다.

"좋았어."

그의 말투에 첫 번째 섹스에 성공한 남자처럼 의기양양함이 묻어났다.

"아직 확실한 건 아닌데, 아마 목요일이나 금요일 저녁이 될 거야. 휴대폰 번호를 알려주면 나중에 문자 보낼게."

나는 서둘러 내 번호를 말했다.

"됐죠? 그만 가봐야 해요."

"좋은 하루 보내."

급히 서두르고 불친절하기까지 한 내 태도가 미안했다. 그는 언제나 멋진 남자였고 좋은 친구가 될 수도 있었지만, 내가 그에게 키스한 순간 그럴 기회는 날아가버렸다.

"고마워요, 브렛. 덕분에 기분이 좋아졌어요. 안녕."

수화기를 내려놓고 마크를 향해 웃었다.

"안녕하세요?"

"별일 없는 거야?"

그가 갈색 눈을 살짝 찌푸리며 물었다. 진청색 정장에 진한 보라색 타이가 가무잡잡한 그의 피부색과 잘 어울렸다.

"예. 커피 고마워요."

"별말을. 일할 준비는 됐나?"

나는 씩 웃었다.

"그럼요."

얼마 지나지 않아, 마크야말로 무슨 일이 있다는 걸 깨달았다. 자꾸만 딴생각에 빠져들었고, 울적해 보였으며, 평소의 그 답지 않았다. 우리는 외국어 학습 소프트웨어의 광고를 맡고 있었는데 그는 일에 전혀 집중하지 못했다. 국산 식품 배달 회사 광고 건으로 넘어가자고 제안했지만, 크게 달라지지 않았다.

"괜찮으세요?"

결국, 둘 다 회사에서는 웬만해서 넘지 않으려고 노력하는 친구의 영역으로 들어가며 불편하게 물어보았다.

우리는 2주일에 한 번씩 일을 미뤄두고 그의 파트너 스티븐과 함께 점심 식사를 하며 어울렸지만, 직장 상사와 부하 직원으로서 각자의 역할을 유지하려고 조심해왔다. 마크가 내 새 아빠가 얼마나 부자인지 아는 걸 생각하면 날 평범한 부하 직원으로 대해주는 게 얼마나 고마운지 몰랐다. 나는 사람들이 내 손으로 일구지 않은 것에 과도한 관심을 기울이는 걸 원하지 않았다.

"방금 뭐라고 했어?"

마크가 나를 올려다보았다가 곧바로 바짝 자른 머리카락을 손으로 훑었다.

"미안해."

나는 태블릿 PC를 무릎 위에 올려놓았다.

"뭔가 고민이 있어 보여요."

그가 어깨를 으쓱하더니 몸을 돌려서 자신의 에어론 의자로 돌아갔다.

"일요일이 스티븐과 만난 지 7주년이 되는 날이야."

"와, 굉장해요."

나는 활짝 웃었다. 지금까지 만나본 커플 중 마크와 스티븐이야말로 가장 안정적이고 사랑스러운 연인이었다.

"축하해요."

"고마워."

그가 애써 웃어 보였다.

"외식하세요? 예약할 생각이면 제가 좋은 곳으로 잡아드릴까요?"

그가 고개를 저었다.

"아직 결정을 못했어. 어떻게 해야 좋을지 모르겠어."

"같이 생각해봐요. 안타깝게도 저야 기념일을 챙겨본 적이 거의 없지만, 우리 엄마는 그 분야의 달인이거든요. 한두 가지 코스를 골라드릴 수 있어요."

세 명의 갑부 남편의 안주인 역할을 해본 모니카 트라멜 바커 미첼 스탠튼이 굳이 생계를 위해 직업을 구해야 한다면 전문적인 이벤트 플래너가 제격일 것이다.

"사적인 분위기를 원하세요?"

내가 살짝 물었다.

"단둘이서만 보내는 분위기? 아니면 친구와 가족을 초대하는 파티를 원하세요? 선물은 교환할 생각인가요?"

"난 결혼하고 싶어!"

그가 불쑥 말했다.

"아, 그렇군요."

나는 의자 등받이에 기댔다.

"로맨스에 관해서라면 저를 따라올 사람이 없을걸요."

마크가 재미없는 웃음을 토해내더니 곧바로 우울한 표정을 짓고 나를 쳐다보았다.

"당연히 로맨틱해야지. 몇 년 전 스티븐이 내게 청혼했을 때는 하트와 꽃으로 도배를 했었다고. 스티븐의 중간이름이 '드라마'라고 해도 손색이 없을 정도였다니까. 그는 말 그대로 최선을 다했어."

나는 깜짝 놀라 그를 보았다.

"그런데 청혼을 거절했던 거예요?"

"아직 대답하지 않았을 뿐이야. 당시 나는 이 회사에서 자리를 잡기 시작했고, 스티븐은 여기저기 보수가 센 곳에서 러브콜을 보내 올 때였어. 그때 우린 고통스러운 결별을 극복하고 겨우 정상으로 돌아가고 있었지. 아무래도 결혼하기에는 적당하지 않은 때 같았어. 그가 적당한 이유로 청혼을 하는 것인지 확신도 서지 않았고."

"그런 걸 확실히 아는 사람은 없어요."

나는 마크에게만이 아니라 나 자신에게도 이렇게 말했다.

"하지만 내가 우리 관계를 의심하는 것처럼 보이고 싶지는 않았어."

마크는 내가 마치 아무 말도 하지 않은 것처럼 계속해서 말을 이어갔다.

"그래서 결혼 제도 자체에 거부감을 느끼는 것처럼 굴었지. 완전히 바보짓이었어."

나는 애써 웃음을 참았다.

"바보 아니에요."

"지난 2년 동안 스티븐은 그때 내가 청혼을 거절한 게 꽤 잘한 일이었다고 몇 번이나 말하더라고."

"거절하지 않았다면서요. 아직 대답을 하지 않았을 뿐이죠."

"모르겠어. 맙소사, 내가 뭐라고 말했는지 생각도 안 나."

그는 책상 위에 팔꿈치를 괴고 양손에 얼굴을 묻었다. 손바닥에 막혀 그의 목소리가 작게 들렸다.

"난 너무 두려웠어. 겨우 스물네 살이었으니까. 뭐, 그 나이에도 충실한 관계에 준비가 된 사람들도 있겠지만, 나는……, 나는 아니었어."

"그런데 지금은 스물여덟 살이 되었고 또 준비도 되었다는 말이죠?"

마크는 기데온과 동갑이었다. 그 생각을 하니 마음이 떨렸다. 아마 마크가 청혼에 대답하지 못했던 때가 지금의 내 나이였던 만큼 나와도 관계가 있다는 생각이 들었다.

"응."

마크가 고개를 들고 내 눈을 바라보았다.

"난 준비가 되고도 남았어. 마치 카운트다운이 시작된 기분이야. 시간이 흐를수록 점점 초조해지고 있어. 그런데 스티븐이 거절할까 봐 두려워. 어쩌면 그의 결혼 적령기는 4년 전이었고 지금은 이미 끝나버렸을지도 모르니까."

"빤한 이야기 같아서 죄송하지만요, 먼저 물어보지 않는 한은 알 수 없는 일 아닐까요?"

나는 위안을 담아 미소를 보냈다.

"스티븐은 당신을 사랑해요. 많이요. 긍정적인 대답을 들을 가능성이 꽤 크다고 생각해요."

그가 매력적으로 굽은 치아를 드러내며 웃었다.

"고마워."

"예약할 일이 있으면 저한테 알려주세요."

"그것도 고마워."

그의 표현은 소박했다.

"자네도 이별해서 힘들 텐데, 이런 이야기를 꺼내서 미안해."

"제 걱정은 마세요. 전 괜찮아요."

마크가 잠시 내 안색을 살피더니 고개를 끄덕였다.

"점심 드실래요?"

고개를 들어보니 윌 그레인저가 진지한 얼굴을 하고 서 있었다. 윌은 워터스 필드 앤 리먼의 신입사원이었고 나는 그의 적응 과정을 돕고 있었다. 짧은 구레나룻에 검은색 사각 테두리 안경을 쓰고 있어서 살짝 복고풍으로 보였는데, 그에게는 꽤 잘 어울렸다. 그는 무척 느긋한 사람이었고 나는 그런 점이 마음에 들었다.

"물론이죠. 뭐 먹고 싶어요?"

"파스타와 빵 그리고 케이크도요. 아, 구운 감자도 좋고요."

내가 눈을 휘둥그레 떴다.

"좋아요. 그런데 내가 탄수화물 중독으로 기절해서 책상 위에 침을 흘리게 되면 마크한테 자기가 대신 혼나야 해요."

"선배는 나의 구세주예요. 나탈리가 요즘 저탄수화물 다이어트에 푹 빠져 있는데, 저는 전분과 설탕 없이는 하루도 못 버틴단 말이에요. 요즘 점점 기력이 쇠하고 있어요. 세 끼 좀 보세요."

짐작건대 윌과 고등학교 시절부터 연인이었던 나탈리가 요즘 다이어트를 하는 모양이었다. 나탈리의 요란한 다이어트에 대해 볼멘소리를 늘어놓기는 해도, 사실 윌은 자신의 여자 친구를 위해 고행을 자처했다. 나탈리도 그런 윌을 잘 보살펴주는 것처럼 보였다.

"정말 그렇네."

갑자기 그리움이 불쑥 느껴졌다. 기데온과 헤어져 있는 것 자체가 심한 고통이었지만, 특히 주변에 열심히 만나는 연인들이 보일 때는 더욱더 힘들었다.

정오가 다가왔다. 윌을 기다리는 동안 마크의 시누이나 다름없는 쇼나에게 잠깐 문자메시지를 보내서 토요일에 같이 어울릴 수 있겠느냐고 물었다. 전송 버튼을 누르자마자 책상 위의 전화가 울렸다.

나는 서둘러 전화를 받았다.

"마크 개리티 사무실의……."

"에바."

기데온의 빠르고 낮은 목소리를 듣자마자 발가락이 오그라들었다.

"안녕, 에이스."

"우리 사이가 괜찮다고 말해줘."

심장이 저미는 것을 느끼며 아랫입술을 깨물었다. 그도 나만큼이나 우리 사이의 불안정한 틈새를 느끼고 괴로워하고 있었던 것이다.

"괜찮아요. 왜요? 무슨 일이라도 있는 거예요?"

"아니야."

그가 잠깐 말을 멈췄다.

"그냥 다시 듣고 싶었어."

"어젯밤에 확실하게 했잖아요."

내가 당신 등을 할퀴고 있었을 때…….

"또 오늘 아침에도요."

내가 당신 앞에 무릎을 꿇고 있었을 때…….

"내가 당신 눈앞에 없을 때에도 그렇게 말하는 걸 듣고 싶었어."

기데온의 목소리가 온 감각을 쓰다듬었다. 나는 당혹감으로 뜨겁게 달아올랐다.

"미안해요."

나는 거북함을 느끼며 속삭였다.

"당신을 노리는 여자들에게 분노를 느낀다는 거 알아요. 하지만 내가 그러는 건 참아주지 않아도 돼요."

"당신이 원하는 사람이 되는 건 절대로 불평하지 않을 거야, 에바. 맙소사."

그의 목소리가 퉁명스러워졌다.

"당신이 눈앞에 모이는 내 모습을 좋아해줘서 정말 기뻐. 내가 당신을 바라보는 걸 얼마나 좋아하는지 하늘은 알 거야."

그리움이 몰려와서 눈을 질끈 감았다. 그에게 내가 얼마나 중요한 존재인지 느껴지자, 서로 떨어져 있는 이 시간이 훨씬 힘겨웠다.

"당신이 정말 보고 싶어요. 다들 우리가 헤어진 줄 알고 나더러 다른 남자를 만나라고 말해요. 기분이 이상해요."

"안 돼!"

수화기 너머로 폭발할 듯한 한마디가 들려왔다. 날카로운 말투에 깜짝 놀라서 풀쩍 뛰어오를 정도였다.

"제기랄. 날 기다려, 에바. 나는 평생 당신을 기다렸어."

힘겹게 마른침을 삼켰다. 눈을 떠보니 윌이 내 쪽으로 걸어오고 있었다. 나는 목소리를 낮추었다.

"당신을 영원히 기다릴 거예요. 당신이 내 것인 한은."

"영원까지는 필요 없어. 가능한 한 모든 노력을 기울이고 있으니 날 믿어줘."

"믿어요."

건너편에 또 다른 전화가 울리는 소리가 들렸다.

"8시 정각에 만나."

기데온이 재빨리 말했다.

"예."

전화 끊기는 소리가 들리자 곧바로 외로움이 몰려왔다.

"먹으러 갈 준비 됐어요?"

월이 기대감으로 양손을 비비며 물었다. 메구미는 충실 공포증을 앓고 있는 남자 친구와 점심 약속이 있어서 다음을 기약하기로 했다. 오늘은 월과 나, 그리고 윌이 한 시간 안에 먹어치울 온갖 파스타뿐이었다.

지금의 나야말로 탄수화물이 유도하는 무감각 상태가 절실히 필요하다고 생각하며 자리에서 일어났다.

"물론이죠."

점심을 먹고 돌아오는 길에 마트에 들려서 탄수화물 제로 에너지 음료를 샀다. 5시 무렵 퇴근 시간이 가까워지자, 아무래도 러닝머신 위에서 뛰어야겠다는 생각이 들었다.

에퀴녹스 헬스클럽의 회원권을 갖고 있었지만, 마음은 크로스 트레이너 헬스클럽에 가고 싶었다. 기데온과 나 사이의 틈새가 날카롭게 느껴지는 때인 만큼 그와의 추억이 깃든 곳에 가면 한결 나아질 것 같았다. 게다가 그를 향한 충성심도 느껴졌다. 기데온은 내 남자였다. 그와 여생을 보낼 수 있다면 뭐든 할 것이다. 그 말은 그가 하는 모든 일에 대해 그를 지지한다는 뜻이었다.

어차피 헬스클럽에 다녀오면 엉망이 될 게 뻔해서 형편없는 몰골은 신경도 쓰지 않고 집을 향해 걸어갔다. 엘리베이터에서 내리자, 곧바로 시선이 옆집 문으로 향했다. 내 손가락이 저절로 기데온이 준 열쇠를 만지작거렸다. 그의 아파트에 들어가보고 싶은 마음은 몹시 유혹적이었다. 5번가에 있는 그의 펜트하우스와 비슷할까? 아니면 완전히 다를까?

기데온의 펜트하우스는 전쟁 전 건축 양식과 구시대의 매력을 지닌 굉장한 모습을 하고 있었다. 풍요로움이 넘쳐흘렀지만, 온기와 아늑함도 간직하고 있었다. 그 집에 있으면 왠지 모르게 단란한 외국 고위층 가족의 모습이 떠올랐다.

그의 은신처는 어떻게 생겼을까? 그림은커녕 가구도 거의 없고, 부엌은 횅할까? 대체 어떻게 이사를 왔을까?

아파트 앞에 멈춰 서서 그의 집 문을 뚫어져라 바라보며 자신과 싸웠다. 결국, 유혹을 물리쳤다. 그를 따라 들어가는 편이 나았다.

거실로 들어서는데 웬 여자의 웃음소리가 들렸다. 하얀색 소파에 캐리와 다리가 긴 금발 여자가 나란히 앉아 있었다. 여자의 손이 캐리의 무릎을 쓰다듬고 있었다. 캐리는 여전히 셔츠를 입지 않은 상태였고 한쪽 팔로 타티아나 셜린의 어깨를 감싸고 손끝으로 천천히 그녀의 팔뚝 위를 어루만지고 있었다.

"안녕, 자기야."

캐리가 씩 웃으며 나를 맞았다.

"일은 어땠어?"

"늘 똑같지, 뭐. 안녕, 타티아나."

그녀는 턱을 한 번 까딱하는 것으로 인사를 대신했다. 그녀는 모델인 만큼 눈에 띄게 아름다웠다. 나는 그녀를 처음 보았을 때부터 외모를 제외한 다른 점들은 별로 좋아하지 않았다. 하지만 캐리를 보면 지금 당장은 그녀가 캐리에게 도움이 될지도 모른다는 생각이 들었다.

캐리의 멍은 사라졌지만, 아직도 야만적인 폭력으로부터 회복하는 중이었다. 지금 나와 기데온 사이를 갈라놓은 여러 사건의 시발점이 된, 나단의 매복 공격 탓이었다.

"옷 갈아입고 운동하러 갈 거야."

나는 복도 쪽으로 움직이며 말했다.

등 뒤에서 캐리가 타티아나에게 말하는 소리가 들렸다.

"잠깐 기다려. 우리 자기하고 할 이야기가 있거든."

나는 방으로 들어가서 침대 위로 핸드백을 던졌다. 옷장을 뒤지고 있는데 캐리가 어슬렁거리며 들어왔다.

"몸은 좀 어때?"

내가 물었다.

"나아졌어."

그의 초록색 눈동자가 짓궂게 빛났다.

"넌 어때?"

"나아졌어."

그가 벗은 가슴 앞으로 팔짱을 꼈다.

"어젯밤 너랑 밤새 뒹군 꼴사나운 자식 덕분에?"

나는 엉덩이로 서랍을 닫으며 되받아쳤다.

"농담이지? 네 방에서는 아무 소리도 안 들리던데? 넌 대체 내 방 소리를 어떻게 듣는 거야?"

그가 관자놀이를 톡톡 두드리며 말했다.

"나한테는 섹스 레이더가 있거든."

"그게 무슨 소리야? 나한테는 섹스 레이더가 없다는 거야?"

"그보다는 크로스와 섹스 마라톤을 벌이다가 네 회로가 망가졌다고 봐야지. 그 작자의 정력은 도무지 당해낼 수가 없으니까. 크로스가 나한테 넘어와서 나를 좀 녹초로 만들어주면 안 될까?"

나는 캐리에게 스포츠 브래지어를 던졌다.

캐리가 능숙하게 그것을 받더니 웃음을 터뜨렸다.

"그래서? 어젯밤 누구였어?"

늘 내게 솔직한 친구에게 거짓말을 하고 싶지 않아서 입술을 깨물었다. 비록 솔직한 말들이 때론 상처를 줄지라도. 그러나 어쩔 수가 없었다.

"크로스파이어 빌딩에서 일하는 남자야."

캐리가 미소를 거두고 방 안으로 들어와 방문을 닫았다.

"그래서 그 남자를 집에 데려와 밤새 그 자식 머리를 날려버리기로 작정한 거야? 난 네가 크라브 마가 수업에 갔다고 생각했어."

"갔어. 그 남자도 가까운 데 사는데, 수업 중에 우연히 만난 거야. 뭐, 그러다 보니 일이 엮이고 엮여서……."

"걱정해야 하는 거야?"

캐리가 브래지어를 건네며 내 얼굴을 조심스럽게 살폈다.

"너 아무 남자하고나 자는 거 관둔 지 꽤 오래됐잖아."

"그런 거 아니야."

나는 캐리의 눈을 피하지 않으려고 애썼다. 만약 그의 눈을 피하기라도 하면 거짓말인 게 들통나고 말 것이다.

"나……, 그 남자랑 데이트 중이야. 오늘 밤에도 같이 저녁 먹을 거야."

"나도 만나볼 수 있어?"

"그럼. 하지만 오늘은 아니야. 내가 그 사람 집으로 갈 거거든."

캐리가 굳게 입을 다물었다.

"뭔가 숨기는 게 있어. 빨리 토해내."

나는 질문을 피했다.

"오늘 아침에 주방에서 트레이랑 키스하는 거 봤어."

"응."

"두 사람 잘되어가는 거야?"

"불만은 없어."

잘됐다. 캐리는 뭔가에 꽂히면 쉽게 놓아주지 않았다. 나는 다시 화제를 피했다.

"오늘 브렛이 전화했어."

가능한 한 대수롭지 않은 듯, 심상한 말투로 말했다.

"회사로 전화했더라고. 그런데 앗! 어젯밤 그 남자는 브렛이 아니야."

캐리가 눈썹을 추켜세웠다.

"그 자식, 대체 뭘 원하는 건데?"

구두를 벗어 던지고, 화장을 마저 지우려고 화장실 쪽으로 갔다.

"뮤직비디오 시사회가 있어서 뉴욕에 오는데, 나더러 같이 가재."

"에바……."

캐리가 말썽꾸러기 꼬마를 나무라는 부모처럼 낮은 경고의 말투로 입을 열었다.

"너도 같이 가자."

그 말에 그가 주춤했다.

"보호자가 필요해서 그래? 너 자신을 못 믿겠어?"

나는 거울에 비친 캐리의 모습을 보았다.

"브렛과 다시 사귈 일은 없어, 캐리. 무엇보다 예전 관계로 돌아갈 일은 절대로 없을 거야. 그러니까 걱정은 하지 않아도 돼. 너도 시사회에 가면 즐거울 것 같고, 또 너랑 같이 가면 브렛에게도 헛된 희망을 심어주지 않게 될 테니까. 브렛도 친구 사이로 가는 거라고 동의했지만 아무래도 확실하게 하는 편이 안전할 것 같아. 또 그게 공평하고."

"거절했어야지."

"하려고 했어."

"싫어 한마디면 되는걸, 자기야. 그게 그렇게 어려워?"

"그만해!"

클렌징 티슈로 한쪽 눈을 문질렀다.

"시사회 가는 것에 죄책감을 느끼는 것만으로도 충분히 고약하단 말이야! 내가 누굴 만나게 될 줄도 모르고 신나게 그 콘서트에 갔던 게 너는 퍽이나 재미있었겠지. 너한테까지 욕먹고 싶지 않아."

기데온에게 충분히 받을 게 분명하니까…….

캐리가 나를 노려보았다.

"대체 무엇 때문에 죄책감을 느끼는 건데?"

"나 때문에 브렛이 두들겨 맞았으니까!"

"아니지. 결과는 생각하지도 않고 아름다운 아가씨에게 키스했기 때문에 두들겨 맞은 거지. 그 자식, 너한테 다른 사람이 있을 거라고 예상했어야 해. 그런데 넌 왜 괜한 죄책감을 느끼며 낑낑거리는 건데?"

"브렛에 관해서는 설교 따위 필요 없어, 알겠어?"

내게 필요한 건 기데온과 나의 관계 그리고 내 고민에 관한 캐리의 생각이었지만, 나는 가장 친한 친구에게도 사실대로 털어놓을 수가 없었다. 괜히 솔직히 말했다간 안 그래도 엉망이 된 문제들이 훨씬 더 꼬이고 말 것이다.

"말했잖아. 다시는 옛날처럼 굴지 않겠다고."

"그것 참 반가운 소리군."

나는 내가 할 수 있는 만큼만 진실을 말하기로 했다. 그것

에 대해서는 캐리가 비난하지 않을 것을 알고 있었기 때문이
었다.

"나, 아직도 기데온을 사랑해."

"당연히 그렇겠지."

캐리가 간단히 동의했다.

"이 말이 도움이 될지는 모르겠지만, 크로스도 결별 때문에
힘들어하고 있을 거야."

나는 캐리를 꼭 끌어안았다.

"고마워."

"뭐가?"

"내 곁에 있어줘서."

그가 코웃음을 쳤다.

"크로스를 기다려야 한다는 말이 아니야. 크로스가 어떤 상
태인지는 중요하지 않아. 빈둥거리다가 널 잃겠지. 그렇다고
지금 네가 다른 놈팡이 품에 뛰어들 준비가 되었다고 생각하
지도 않아. 너는 아무렇게나 섹스를 할 수 있는 애가 아니야,
에바. 섹스는 너에게 중요한 의미잖아. 그러니 아무하고나 자
고 그러면, 넌 완전히 엉망으로 구겨지고 마는 거야."

"그래, 그런다고 아무 소용도 없지."

그의 말에 동의하며 옆으로 물러나서 화장을 마저 지웠다.

"뮤직비디오 시사회에 같이 가줄 거야?"

"응, 갈게."

"트레이나 타티아나랑 같이 가고 싶어?"

캐리는 고개를 저으며 거울 쪽으로 다가와 숙련된 솜씨로 머리를 매만졌다.

"그럼 더블 데이트처럼 보이잖아. 내가 괜히 끼어든 사람처럼 보이는 게 나아. 그게 더 효과가 있을 거야."

나는 부드럽게 웃으며 거울에 비친 캐리를 보았다.

"사랑해."

그가 내게 키스를 날렸다.

"그러니까 자신을 돌보란 말이야, 자기야. 난 그거면 돼."

내가 좋아하는 집들이 선물은 워터포드의 마티니 잔이었다. 호화로움과 재미와 실용성이 적절히 배합된 그럴듯한 선물이었다. 워터포드 크리스털이 뭔지는 모르지만 좋아하는 대학 친구에게 애플티니 칵테일을 한 세트 선물한 적이 있고, 마티니를 마시지는 않지만 워터포드를 무척 사랑하는 엄마에게도 선물한 적이 있다. 내가 이해할 만한 수준을 뛰어넘은 막대한 돈을 소유한 남자 기데온 크로스에게도 편안하게 건넬 수 있는 선물일 것이다.

그러나 기데온의 집 문을 두드릴 때 내 손에 들린 것은 크리스털 술잔이 아니었다.

나는 불안하게 자세를 바꾸고 한 손으로 엉덩이를 쓸어내리며 옷매무새를 정돈했다. 헬스클럽에 다녀온 후 새로운 에마 헤어스타일과 스모키 눈화장이 진가를 발휘할 수 있도록 한 껏 멋을 부렸다. 옅은 핑크빛 립스틱은 번지지 않는 최신 제품이었고, 목둘레가 깊이 파이고 등은 훨씬 더 파인 검은색 홀터넥 드레스를 입었다.

드레스가 짧아서 다리가 많이 드러났고 발가락 끝이 보이는 지미추 구두로 강조점을 찍었다. 우리가 첫 데이트를 할 때 골랐던 다이아몬드 귀걸이를 하고 그가 준 반지를 꼈다. 금줄이 서로 엉켜 다이아몬드가 박힌 X자 장식을 감싼 형태의 독특한 반지였다. 여러 가닥의 금줄은 나를, X자는 기데온을 상징했다.

문이 열렸을 때, 나를 맞이하는 매혹적이면서 죄악처럼 섹시한 남자의 모습에 놀라서 다리가 휘청거렸다. 그는 우리가 처음으로 데이트를 했던 나이트클럽에서 입은 검정 스웨터를 입고 있었다. 편안함과 우아한 섹시미가 완벽하게 조화를 이룬 모습이 놀라웠다. 거기에 흑연색 정장 바지와 맨발까지 더해서 순백의 뜨거운 욕망을 안겨주었다.

"맙소사."

그가 낮게 뇌까렸다.

"정말 아름답군. 다음에는 문을 열기 전에 미리 경고해줘."

나는 빙그레 웃었다.

"안녕, 다크 앤 데인저러스."

5

기데온이 넋이 나갈 만큼 황홀한 미소를 띠고 내게 손을 내밀었다. 서로의 손끝이 닿자, 그가 나를 안쪽으로 잡아당기며 내 입술에 부드럽게 입을 맞추었다. 등 뒤에서 문이 닫히자 그가 문을 잠가서 바깥세상을 차단했다.

나는 그의 스웨터를 주먹으로 꼭 쥐었다.

"내가 좋아하는 스웨터를 입었군요."

"알고 있어."

그가 갑자기 몸을 우아하게 굽히더니 잡고 있던 내 손을 자신의 어깨 위에 얹었다.

"편안하게 있어, 앤젤. 당신, 나랑 뒹굴 준비가 될 때까지는 그 하이힐이 필요 없을 거야."

기대감으로 내 깊은 그곳이 조였다.

"만약 지금 준비가 되어 있다면요?"

"아닐걸. 그때가 되면 당신은 알 수 있을 거야."

기데온이 내 구두를 벗기는 동안, 나는 한쪽 발에서 반대쪽 발로 무게중심을 옮겼다.

"내가요? 어떻게요?"

그가 강렬한 파란색 눈동자로 나를 올려다보았다. 그는 무릎을 꿇다시피 하고서 내 구두를 벗기고 있었지만 부인할 수 없이 자신과 나를 통제하고 있었다.

"그때가 되면 내 페니스가 당신 안으로 들어갈 테니까."

나는 다른 이유로 발을 바꿨다. *네, 제발요…….*

그가 몸을 일으키며 또다시 내 앞에 우뚝 섰다. 그가 손끝으로 내 뺨을 쓸어내렸다.

"가방에 든 게 뭐지?"

"아."

그가 내게 건 성적인 주문을 머릿속에서 몰아냈다.

"집들이 선물이에요."

주위를 둘러보았다. 집 안은 내 아파트와 거울처럼 똑같았다. 사랑스럽고 편안하고 아늑한 분위기였다. 필수품만 가져다 놓고 나머지는 거의 비어 있을 거라고 생각했지만 상당히 가정적인 느낌이었다. 오직 촛불만으로 조명을 밝히고 있어서, 기데온의 것과 내 것이 섞여 있는 가구 위에 따스한 황금빛 그림자가 드리웠다.

집 안 풍경에 놀라느라 그가 내 손에서 선물 가방과 핸드백을 가져가는 것도 몰랐다. 그를 지나쳐서 맨발로 집 안을 가로지르는 동안, 그의 집에 있는 소파와 사이드 의자 곁에 내 집에 있는 커피테이블과 사이드테이블이 눈에 들어왔다. 거실용 장식장은 내 것과 같았고, 그 위의 장식품들은 그의 것과 같았으며, 우리 두 사람의 사진 액자들이 놓여 있었다. 조명을 켜지 않은 거실 바닥과 테이블 램프는 그의 것이었고, 커튼은 내 것이었다.

내 것과 똑같은 평면 텔레비전이 걸린 벽에는 그에게 키스를 날리는 거대한 내 사진이 그의 사무실 책상 위에 놓인 내 사진보다 훨씬 더 크게 확대되어 걸려 있었다.

나는 이 모든 풍경을 낱낱이 눈에 넣으려고 천천히 몸을 돌렸다. 그는 전에도 견딜 수 없는 상황이 찾아오면 내가 익숙한 곳으로 도망칠 수 있도록 자신의 펜트하우스에 내 방을 그대로 재현해놓아 나를 깜짝 놀라게 한 적이 있었다.

"언제 이사 온 거예요?"

나는 이 집이 마음에 쏙 들었다. 내 집의 현대적인 스타일과 그의 구시대적 우아함이 완벽하게 조화를 이룬 집이었다. 그는 하나의 공간을 창조하기 위해 딱 들어맞는 조각만을 골라 섞어놓았다. 그 공간은 바로 우리였다.

"캐리가 병원에 입원해 있었을 때."

나는 그를 쳐다보았다.

"정말이에요?"

그때라면 기데온이 나를 밀어내기 시작했을 때였다. 그는 당시 코린을 다시 만나기 시작했고 연락하기도 어려웠다.

이 공간을 꾸미느라 바빴을 것이다.

"당신과 가까운 곳에 있어야 했거든."

그가 가방을 들여다보며 무심하게 말했다.

"빨리 당신 곁에 갈 수 있어야 했어. 나단보다 먼저."

충격이 온몸을 훑고 지나갔다. 기데온이 내 곁에서 점점 멀어지고 있다고 느끼던 때에 그는 물리적으로 아주 가까운 곳에 있었던 것이다. 나를 지켜보면서.

나는 힘겹게 마른침을 삼켰다.

"그때 내가 병원에서 당신한테 전화했을 때……, 당신은 어떤 사람과 같이 있었어요."

"라울이었어. 그가 이사를 맡아주었거든. 당신과 캐리가 병원에서 돌아오기 전에 일을 마쳐야 했으니까."

그가 나를 올려다보며 물었다.

"이거 수건이야, 앤젤?"

그는 생각보다 내 선물을 재미있어했다.

그가 가방에서 크로스 트레이너라고 자수가 새겨진 수건을 꺼냈다. 헬스클럽에서 집어 온 것이었다. 그때만 해도 그의 집은 기본 중의 기본만 갖춘 독신남의 아파트일 거라고 생각했다. 수건은 한마디로 어이없는 선물이 되어버렸다.

"미안해요."

나는 그가 보여준 아파트 풍경에 아직도 아찔한 어지럼증을 느꼈다.

"아파트가 전혀 다른 모습일 거라고 생각했거든요."

내가 수건을 향해 손을 뻗자, 그가 뒤로 잡아당겼다.

"당신 선물은 늘 사려 깊지. 이걸 살 때 무슨 생각을 했는지 말해봐."

"내 생각을 하게 만들고 싶었어요."

"당신 생각이야 매일 매순간 하지."

그가 중얼거렸다.

"정확히 할게요. 땀에 젖어 당신을 간절히 바라는 완전 섹시한 나 말이에요."

"음⋯⋯, 그건 내가 종종 빠져드는 환상인걸."

갑자기 샤워를 하다가 자위하던 기데온이 모습이 떠올랐다. 얼마나 경이로운 장면이었는지 말로 다 표현할 수 없을 정도였다.

"혼자서 할 때 내 생각 해요?"

"난 자위는 하지 않아."

"뭐라고요? 이봐요. 남자들은 다 해요."

기데온이 내 손을 잡고 천상의 냄새를 풍기는 주방 쪽으로 이끌었다.

"와인 마시며 이야기하지."

"술로 날 유혹할 삭성이에요?"

"아니."

그가 내 손을 놓고 조리대 위에 수건 가방을 올려놓았다.

"당신 마음을 얻으려면 술이 아니라 음식이 필요하다는 걸 알고 있어."

내 집에 있는 것과 똑같은 바스툴에 앉았다. 내 집에 있는 것처럼 편안하게 해주는 그만의 방식이 감동적이었다.

"내 마음을 얻으려는 거예요, 아니면 내 바지 속으로 들어가려는 거예요?"

그가 미리 열어둔 와인병에서 붉은 와인을 따르며 웃음을 터뜨렸다.

"당신은 바지를 입고 있지 않잖아."

"팬티도 입고 있지 않죠."

"조심해, 에바."

기데온이 엄한 눈길을 보냈다.

"안 그러면 적당한 유혹도 없이 당신을 이 아파트 아무 바닥에나 눕힐지도 모른다고."

입안이 바짝 말라붙었다. 내게 술잔을 내밀 때 그의 눈빛 때문에 온몸이 화끈하게 달아오르고 정신이 아찔아찔해졌다.

그가 유리잔 가장자리에 입술을 대며 중얼거렸다.

"당신을 만나기 전에는 샤워를 할 때마다 자위를 했어. 머리를 감기 전에 정해진 의식 같았지."

그 말은 믿을 수 있었다. 기데온은 매우 관능적인 남자였다.

우리가 함께 있을 때에도 그는 자기 전에 나를 가졌고, 아침에 일어나자마자 또 나를 가졌으며 낮 동안에도 잠깐 시간을 내어 짧은 섹스를 했다.

"당신을 만난 이후로는 딱 한 번 했어."

그가 계속 말을 이었다.

"그때도 당신과 함께 있었지."

나는 입으로 가져가던 와인잔을 멈추었다.

"정말요?"

"정말로."

나는 와인을 마시며 생각을 정리했다.

"왜 하지 않았어요? 지난 몇 주간은……, 우리 못 만났잖아요."

그의 입술에 희미한 미소가 떠올랐다.

"당신과 계속 만날 생각이라면 단 한 방울도 낭비할 수 없잖아."

나는 와인잔을 내려놓고 그의 어깨를 슬쩍 쳤다.

"내가 무슨 색광증 환자예요?"

"당신은 섹스를 좋아하잖아, 앤젤."

그가 가르랑거렸다.

"그게 잘못은 아니지. 당신은 욕심이 많고 도무지 만족을 모르지만, 나는 그게 좋아. 당신 안에 들어가면, 당신은 바짝 마를 때까지 날 쥐어짜줄 테니까. 그러면 당신은 그걸 또 하고 싫어 하겠지."

얼굴이 달아오르는 것이 느껴졌다.

"헤어져 있는 동안 단 한 번도 하고 싶었던 적이 없었어요. 우리가 함께 있지 않았기 때문에 충동조차 느끼지 않았어요."

그가 차가운 검은색 화강암 조리대 상판에 한쪽 팔꿈치를 괴고 몸을 앞으로 숙였다.

"흐음."

"당신이 당신이기 때문에 자고 싶은 거지, 내가 거시기에 굶주린 색녀라서가 아니라고요. 그게 싫으면 뱃살을 찌우든지, 샤워 같은 걸 그만두든지 해요."

나는 스툴에서 일어났다.

"아니면 그냥 싫다고 말하든지요, 기데온."

하루 종일 느꼈던 불안하게 들뜬 감정에서 벗어나려고 거실 쪽으로 성큼성큼 걸어갔다.

뒤쪽에서 기데온의 팔이 내 몸을 감싸 안으며 나를 세웠다.

"멈춰."

그가 언제나 나를 달아오르게 하는 권위적인 말투로 말했다.

나는 그의 손에서 벗어나려고 몸부림을 쳤지만, 곧 포기하고 손을 내려 드레스 자락을 움켜쥐었다.

"에바, 이제 왜 기분이 상했는지 설명해봐."

그가 차분하게 말했다.

나는 고개를 숙이고 아무 말도 하지 않았다. 무슨 말을 어떻게 해야 할지 알 수가 없었다. 잠깐의 침묵이 지난 뒤, 그가 내 몸을 돌려 자기 품 안에 끌어안고 소파 쪽으로 데려갔다. 그리고 나를 무릎 위에 앉힌 채로 소파에 앉았다. 나는 그의 품으로 파고들었다.

그가 내 정수리 위에 턱을 괴었다.

"싸움을 하고 싶은 거야, 앤젤?"

"아니에요."

나는 머뭇거리며 말했다.

"좋아. 나도 아니야."

그가 내 등을 위아래로 어루만졌다.

"그러니까 이제 이야기를 나누자고."

나는 그의 목덜미에 코를 지그시 눌렀다.

"사랑해요."

"알아."

그가 고개를 뒤로 젖혀 내가 편안하게 기댈 공간을 만들어주었다.

"나는 섹스 중독자가 아니에요."

"섹스 중독자라고 해도 그게 왜 문제가 되는지 모르겠군. 당신과 사랑을 나누는 건 내가 가장 좋아하는 일이야. 만약 당신이 나를 더 자주 원했다면 아마 낮 동안의 일정에 당신과의 섹스를 끼워 넣었을걸."

"맙소사!"

나는 이로 그를 살짝 깨물었고 그는 가만히 웃었다.

기데온이 내 머리카락을 살짝 쥐고 내 머리를 뒤로 젖혔다. 내 얼굴을 바라보는 그의 시선은 부드럽고도 진지했다.

"당신은 지금 당신의 굉장한 성생활 때문에 기분이 언짢아진 게 아니야. 뭔가 다른 문제가 있어."

나는 한숨을 쉬며 인정했다.

"그게 뭔지는 나도 모르겠어요. 그냥……, 기분이 좋지 않아요."

기데온이 나를 따뜻한 품속으로 더욱 가까이 끌어안았다. 조각 같은 그의 몸매와 내 몸이 이루는 곡선이 꼭 들어맞았다.

"이 아파트는 마음에 들어?"

"마음에 쏙 들어요."

"그거 잘됐군."

그의 말투에 만족감이 묻어났다.

"최종 목표로 향해가는 하나의 예라고 보면 돼."

심장 박동이 약간 빨라졌다.

"우리 집을 어떻게 꾸밀 것인가?"

"물론 우린 새롭게 시작할 거야. 모든 걸 새롭게."

그의 당당한 선언이 감동적이었다. 하지만 어쩔 수 없이 이렇게 말해야 했다.

"상당히 위험한 일을 벌인 거예요. 여기로 이사를 오고 이 건물을 드나드는 거요. 생각만 해도 불안해요."

"서류상으로는 다른 사람이 살고 있어. 당연히 그 사람이 가구를 들이고 건물을 드나드는 거지. 그 사람은 자동차를 소유한 다른 입주자들처럼 주차장으로 드나들어. 그는 평소 나와 약간 다른 옷을 입고 엘리베이터가 아닌 계단을 이용하지. 그리고 다른 사람과 마주치는 일이 없도록 미리 보안 카메라를 확인해."

나로선 믿기 어려울 정도로 막대한 계획이 동원되었지만, 그는 누구의 추적도 받지 않고 나단에게 찾아갔다.

"이 모든 수고와 희생이……, 나 때문이군요. 뭐라고 말해야 할지 모르겠어요."

"나와 함께 살 생각이라고 말해."

그의 말이 안겨준 쾌락의 파도를 천천히 음미했다.

"그 새로운 출발이 언제쯤일지 마음에 둔 시기가 있어요?"

"이 위기에서 벗어나자마자."

그가 내 허벅지를 가만히 움켜쥐었다.

나는 그의 손 위에 내 손을 포갰다. 우리가 함께하는 과정에 너무도 장벽이 많았다. 과거의 트라우마가 끊임없이 우리 뒤를 따라다녔고, 아빠는 부자를 싫어하고 기데온을 사기꾼으로 생각했으며, 나는 내 아파트를 몹시 좋아하고 뉴욕이라는 새 도시에서 내가 할 수 있는 일을 맘껏 하며 사는 것을 성공이라 믿었다.

그러나 그 모든 걸 건너뛰고 가상 큰 문제를 끄집어냈다.

"캐리는 어떡하죠?"

"내 펜트하우스에 손님용 아파트가 붙어 있어."

재빨리 뒤로 몸을 기울이며 그를 빤히 쳐다보았다.

"캐리를 위해 아파트를 내주겠다고요?"

"아니, 당신을 위해 그렇게 하는 거야."

"기데온, 나는……."

할 말이 없어서 말꼬리가 늘어졌다. 두려웠다. 마음속의 뭔가가 조금 움직였다.

"그러니까 당신은 아파트 때문에 기분이 나쁜 게 아니야. 뭔가 다른 문제가 있어."

브렛 이야기는 가장 나중에 꺼내기로 했다.

"토요일에 여자들끼리 뭉치기로 했어요."

그가 흠칫 멈추었다. 나만큼 그를 잘 모르는 사람이라면 그 미묘하고 날카로운 경계심을 눈치채지 못했겠지만, 나는 느낄 수 있었다.

"여자들끼리 뭉친다니, 정확히 뭐지?"

"춤추고 술 마시고. 그런 거 있잖아요."

"남자 사냥인가?"

"아니에요."

나는 그의 변화에 매료되어 마른 입술을 축였다. 그는 장난스럽고 친밀하다가 갑자기 집중하는 자세로 바뀌었다.

"다들 남자 친구가 있어요. 적어도 내 생각에는요. 메구미

룸메이트는 잘 모르지만, 메구미는 남자 친구가 있고 당신도 알다시피 쇼나도 요리사 남자 친구가 있잖아요."

그가 갑자기 완전히 사무적인 태도로 말했다.

"내가 전부 준비해줄게. 자동차랑 운전사랑 보안 요원까지. 내 클럽만 골라 다닌다면 보안 요원은 차 안에서 기다리게 하지. 만약 다른 클럽으로 간다면 보안 요원도 따라 들어갈 거야."

놀라서 눈만 깜박이며 대답했다.

"알았어요."

주방에서 오븐 타이머가 삑삑 소리를 냈다.

기데온이 단 한 번의 우아하고 강력한 동작으로 나를 안은 채 자리에서 벌떡 일어났다. 깜짝 놀라 내 눈이 휘둥그레졌다. 핏줄에서 피가 웅웅거리며 돌았다. 나는 두 팔로 그의 목을 감싸 안고 그의 품에 안긴 채 주방으로 갔다.

"당신이 이렇게 힘이 센 게 정말 좋아요."

"참 쉽게 감동하는군."

그가 나를 바스툴 위에 내려놓고 오래도록 키스한 다음 오븐으로 갔다.

"당신이 직접 요리했어요?"

이유는 모르겠지만, 그가 요리한다는 생각이 놀라웠다.

"아니. 아르놀도가 라자냐랑 샐러드를 준비해주었어."

"멋있네요."

유명 요리사 아르놀도 리치의 요리를 먹어본 적이 있어서 그의 요리가 엄청나다는 걸 알고 있었다.

용기를 내려고 술잔을 들고 아까운 술을 벌컥벌컥 들이켰다. 지금이야말로 그가 듣고 싶어 하지 않는 말을 할 때였다. 나는 과감히 입을 열었다.

"오늘 브렛이 회사로 전화를 했어요."

처음에는 기데온이 내 말을 못 들은 줄 알았다. 그는 오븐용 장갑을 끼고 오븐을 열더니 내 쪽은 쳐다보지도 않고 라자냐를 꺼냈다. 가스레인지 위에 팬을 올려놓고 나를 보았을 때에야 그가 내 말을 놓친 게 아니라는 것을 확실히 알 수 있었다.

그는 조리대에 장갑을 벗어던지고 와인병을 들고는 내 쪽으로 똑바로 걸어왔다. 그리고 차분하게 내 술잔을 채워주고 입을 열었다.

"다음 주 뉴욕에 올 때 당신을 만나고 싶다고 했겠지."

나는 한숨을 들이키고 대답했다.

"브렛이 뉴욕에 오는 걸 알고 있었군요!"

나는 쏘아붙였다.

"물론 알고 있었지."

비달 레코드와 브렛의 밴드가 계약을 했기 때문인지, 기데온이 늘 브렛을 주시하기 때문인지는 알 수 없었다. 어느 쪽이든 가능성이 있었다.

"그래서 만나기로 한 거야?"

그의 목소리는 부드럽고 매끄러웠다. 그만큼 위험했다.

뱃속에 불안감이 퍼덕거리는 것을 무시하고 그의 눈길을 똑바로 받았다.

"예. 식스나인스 뮤직비디오 시사회에 가기로 했어요. 캐리도 함께 갈 거예요."

기데온이 고개를 끄덕였지만 그게 무슨 감정인지 알 수 없어서 불안했다.

나는 스툴에서 내려와 그에게 다가갔다. 그가 두 팔로 나를 감싸 안고 내 정수리에 뺨을 기댔다.

"취소할게요."

나는 빨리 제안했다.

"사실은 가고 싶지 않아요."

"괜찮아."

그가 내 몸을 양옆으로 가만히 흔들며 속삭였다.

"내가 당신 마음을 아프게 했잖아."

"그래서 가겠다고 한 건 아니에요!"

그가 손을 들어 이마로 내려온 내 머리카락을 쓸어 넘겨주고 내 뺨을 부드럽게 쓰다듬자, 눈물이 핑 돌았다.

"우리는 지난 몇 주 동안을 결코 잊지 못할 거야, 에바. 나는 당신에게 깊은 상처를 주었고, 당신은 지금도 피를 흘리고 있어."

순간, 아무 일도 없었던 것처럼 우리 관계의 조각을 다시 이어 붙일 준비가 안 되었다는 생각이 들었다. 나는 아직도 그를 향한 불만을 간직하고 있었고, 그는 그런 내 마음을 꿰뚫어 보았다.

나는 몸을 뒤틀어 그의 품에서 벗어났다.

"지금 무슨 말을 하는 거예요?"

"나한테는 당신 곁을 먼저 떠나고 상처를 줄 권리가 없다는 말이야. 또 당신이 상처를 잊어버리고 하룻밤 사이에 나를 용서해줄 거라고 기대할 권리도 없다는 뜻이야."

"당신은 나 때문에 사람을 죽였어요!"

"당신은 내게 빚진 게 전혀 없어."

그가 잘라 말했다.

"당신을 향한 내 사랑은 의무가 아니니까."

그가 내게 사랑한다고 말할 때마다 아직도 총알이 지나간 듯 내 가슴이 갈가리 찢어졌다. 비록 그가 그 사랑을 행동으로 자주 증명해 보이더라도.

나는 한결 부드러운 목소리로 말했다.

"나는 당신을 아프게 하고 싶지 않아요, 기데온."

"그럼 아프게 하지 마."

그가 심장을 멈출 정도로 부드럽게 키스했다.

"식기 전에 먹자."

크로스 인더스트리 티셔츠와 기데온의 파자마 바지를 입고 바짓단을 발목까지 말아 올렸다. 우리는 커피테이블에 촛대를 가져다 놓고 바닥에 앉아 먹었다. 기데온은 내가 좋아하는 스웨터는 계속 입고 있었지만 바지는 정장 바지를 벗고 편한 바지로 갈아입었다.

나는 입술에 묻은 토마토소스를 핥아 먹으며 그에게 하루 일을 들려주었다.

"마크가 애인에게 청혼하려고 용기를 쥐어짜고 있어요."

"두 사람은 꽤 오래 사귀지 않았나?"

"대학 때부터 사귀었대요."

기데온이 빙그레 웃었다.

"아무리 확실한 대답이 예상되어도 막상 청혼하려면 어려울 것 같아."

나는 접시를 내려다보며 물었다.

"코린이 당신에게 청혼할 때도 불안해했어요?"

"에바."

내가 다시 고개를 들 때까지 그는 침묵하며 기다렸다.

"그 이야기는 하지 말자."

"왜요?"

"중요하지 않으니까."

나는 그의 얼굴을 살폈다.

"청혼을 받으면 허락할 사람이 존재한다는 건 어떤 기분이에요? 이론적으로 말이에요."

그가 짜증스러운 얼굴로 나를 쏘아보았다.

"상대가 자신에게 정말로 중요한 사람이 아니라면 당연히 청혼에 긍정적인 대답을 하지 않겠지. 내가 느낀 감정은……, 공포였어. 코린이 약혼을 파기할 때까지 공포심이 사라지지 않았지."

"코린에게 반지를 사주었어요?"

그가 다른 여자를 위해 반지를 골랐을지도 모른다고 생각하니 마음이 아팠다. 나는 그가 사준 반지를 물끄러미 바라보았다.

"그런 반지는 아니었어."

그가 조용히 말했다.

나는 반지를 지킬 듯이 주먹을 쥐었다.

기데온이 손을 뻗어 내 손 위에 자신의 손을 포갰다.

"처음 들른 상점에서 코린의 반지를 샀어. 별생각이 없었기 때문에 그녀의 어머니 반지와 비슷해 보이는 걸 골랐지. 상황이 아주 달랐어. 이해해?"

"예."

나는 기데온에게 준 반지를 직접 디자인하지는 않았지만 마음에 드는 반지를 찾으려고 상점 여섯 곳을 뒤졌다. 검은 다이아몬드가 박힌 백금 반지는 차갑고 남성적인 우아미와 과감하고 지배적인 태도를 두루 갖춘 내 연인을 떠올렸다.

"미안해요."

내가 움찔하며 말했다.

"난 바보예요."

그가 내 손을 잡아당겨 내 손등에 입을 맞추었다.

"그 일에 관해서는 나도 마찬가지야."

그 말에 웃음이 나왔다.

"마크와 스티븐은 천생연분처럼 보이지만, 마크는 남자들이 결혼하고 싶은 마음이 들 때 빨리 행동에 나서야지, 안 그러면 충동이 금세 사라져버린다고 생각해요."

"시기의 문제가 아니라 상대방이 어떤 사람인가가 중요한 게 아닌가?"

"두 사람에게도 그게 통했으면 좋겠어요."

내가 술잔을 들고 말했다.

"텔레비전 볼래요?"

기데온이 소파 앞에 등을 기댔다.

"난 그저 당신과 함께 있으면 돼, 엔젤. 뭘 하든지 말야."

우리는 함께 저녁 먹은 자리를 치웠다. 기데온이 식기세척기에 넣으라고 내민 접시를 잡으려고 내가 손을 뻗자, 그의 장난기가 발동했다. 그는 내 손을 잡고 접시를 능숙하게 조리대 위에 내려놓았다. 기데온은 내 허리를 감싸 안고 몸을 돌려 춤을 추기 시작했다. 거실에서 웬 여사의 순수하고 들뜬 음성이 섞인 아름다운 음악이 들렸다.

"누구 노래예요?"

내 몸에 닿는 기데온의 강한 몸을 느끼며 호흡을 멈추고 물어보았다. 둘 사이에 피어오르는 욕망은 언제나 우리를 뜨겁게 달구었고, 그때마다 나는 생생한 떨림을 느꼈다. 그의 손길이 닿을 것을 예감하며 온몸의 신경이 민감하게 곤두섰다. 뜨거운 기대감에 빠져 굶주린 욕망이 단단히 똬리를 틀었다.

"모르지."

그가 나를 이끌고 아일랜드 식탁을 돌아 거실 쪽으로 나갔다.

나는 그가 지배적으로 주도하는 대로 순순히 따라갔다. 열정을 나누는 방식으로 춤을 선택한 점이 퍽 마음에 들었고, 그가 나와 함께 있는 것만으로도 기쁨을 느낀다는 사실에 감격했다. 내 안에도 똑같은 기쁨이 차오르며 발걸음이 미끄러지듯 가벼워졌다. 오디오에 점점 가까워지자 음악 소리가 커졌다. 가사 속에 '다크 앤 데인저러스'라는 대목이 들려와서 깜짝 놀라 비틀거렸다.

"와인이 과했던 거야, 앤젤?"

기데온이 놀리며 내 몸을 더 가까이 끌어당겼다.

그러나 나는 계속해서 음악에 집중했다. 가수가 호소하는 고통에 집중했다. 그녀는 자신의 고통이 마치 유령을 사랑하는 것과 같다고 비유하고 있었다. 기데온을 영영 잃어버렸다고 믿었던 시절이 떠올라 마음이 아팠다.

고개를 들어 그의 얼굴을 쳐다보았다. 그도 빛나는 검은색 눈동자로 나를 내려다보고 있었다.

"당신이 아버지랑 춤추었을 때, 정말이지 행복해 보였어."

그가 말했다. 그는 우리 사이에도 그런 보석 같은 추억을 남기고 싶었던 것이다.

"지금 행복해요."

이렇게 그를 위로했지만, 익숙히 알고 있는 그의 갈망과 열망을 직접 보자 눈물이 핑 돌았다. 만약 영혼이라는 것이 원하는 대로 짝 지워질 수 있다면 우리의 영혼은 절대로 풀지 못할 만큼 단단히 엉키리라.

그의 목덜미를 두 손으로 감싸 안고 그의 입을 내 쪽으로 끌어당겼다. 우리의 입술이 만나는 순간, 그의 리듬이 휘청거렸다. 그는 움직임을 멈추고 내 발이 위로 들릴 만큼 단단히 나를 끌어안았다.

고통에 빠진 가수와 달리 나는 유령과 사랑에 빠지지 않았다. 나는 살과 피가 있는 인간, 실수를 저지르지만 교훈을 얻을 줄 아는 사람, 나를 위해 더 좋은 사람이 되고자 노력하는 사람, 나만큼이나 간절히 우리 사이가 잘되기를 바라는 사람을 사랑하고 있었다.

"당신과 같이 있을 때가 가장 행복해요."

내가 말했다.

"아, 에바."

그가 숨을 쉬기 어려울 정도로 격하게 입을 맞추었다.

"범인은 꼬마예요."

내가 말했다.

기데온이 손끝으로 내 배꼽 주위를 둥글게 어루만지며 대답했다.

"그건 너무 억지스러워."

우리는 소파에 길게 누워서 내가 좋아하는 경찰 드라마를 보고 있었다. 그가 내 뒤에 누워 내 어깨에 턱을 묻고 서로 다리를 얽은 채 누워 있었다.

"이런 드라마는 원래 그래요. 충격을 주는 게 목적이라고요."

"할머니가 범인이야."

"맙소사."

고개를 젖혀 뒤에 있는 그를 보았다.

"그거야말로 억지 아니에요?"

그가 씩 웃으며 내 뺨에 입을 맞추었다.

"누가 맞는지 내기 할까?"

"도박은 안 해요."

"에이, 그러지 말고."

그가 내 배 위에 손을 쫙 펴고 내 몸을 단단히 고정한 채 팔꿈치로 윗몸을 일으키더니 나를 내려다보았다.

118

"싫어요."

엉덩이에 단단하고 묵직한 그의 남성이 닿는 게 느껴졌다. 아직 발기하지는 않았지만 그렇다고 내 관심을 끌지 못하는 것은 아니었다. 호기심이 솟구쳐서 그와 나 사이로 손을 뻗어 한 손으로 그의 성기 위를 감쌌다.

그는 즉시 딱딱해졌다. 그가 검은 눈썹 한쪽을 위로 추켜세웠다.

"지금 더듬는 거야, 앤젤?"

나는 그의 물건을 부드럽게 움켜쥐었다.

"나는 후끈 달아올라 미칠 지경인데, 왜 새 이웃 사람은 행동을 개시하지 않는지 궁금해서요."

"당신을 너무 밀어붙이고 싶지 않은 모양이지. 당신이 겁을 먹고 도망갈까 봐."

기데온의 눈이 텔레비전 빛을 받아 반짝거렸다.

"그래요?"

그가 내 관자놀이에 코를 비볐다.

"그 작자의 뇌가 절반만 되어도 당신이 절대 겁먹고 도망갈 여자가 아니라는 걸 알 텐데 말이야."

오......

"그럼 내가 먼저 행동에 나서야겠네요."

나는 그의 손목을 감싸쥐며 말했다.

"그런데 그 남자, 날 너무 쉬운 여자로 오해하면 어찌죠?"

"자기가 엄청난 행운아라고 생각해서 딴생각은 못할 거야."

"자, 그럼."

나는 그를 향해 몸을 틀었다.

"안녕, 이웃 사람."

그가 손끝으로 내 눈썹 위를 쓰다듬었다.

"안녕하세요. 이 아파트 전망이 정말 마음에 드는군요."

"동네 인심도 나쁘지 않아요."

"아, 그래요? 혹시 집에 수건이 많은가요?"

나는 그의 어깨를 툭 쳤다.

"얼굴을 핥고 싶어요?"

"얼굴을 핥아?"

그가 젖히고 웃음을 터뜨렸다. 내 몸에 닿은 그의 가슴이 마구 들썩였다. 온몸을 흔드는 화통한 웃음소리에 내 발가락이 오그라들었다. 기데온이 그렇게 웃음을 터뜨리는 일은 흔치 않은 광경이었다.

나는 그의 스웨터 밑으로 손을 밀어 넣어 따스한 그의 살갗을 쓰다듬었다. 내 입술이 그의 턱 쪽으로 움직였다.

"싫다는 말인가요?"

"앤젤, 나는 입이 닿을 수 있는 곳이라면 당신 몸의 어디라도 핥을 수 있어."

"그럼 여기부터 시작해요."

내가 입술을 내밀자 그의 입술이 부드럽게 포개졌다. 그의 혀가 내 입술선을 따라 핥다가 입안으로 들어와 내 혀를 감질나게 핥았다.

내가 그의 품으로 파고들자 그가 자세를 바꿔 내 위로 반쯤 누우며 신음했다. 나는 손을 들어 그의 등을 어루만졌고 다리를 들어 그의 엉덩이를 휘감았다. 이 사이로 그의 아랫입술을 깨물고 혀끝으로 입술을 쓰다듬었다.

몹시 관능적인 그의 신음에 내 몸이 젖어갔다.

그의 손이 내 티셔츠 밑으로 들어와 가슴을 움켜잡고 엄지와 집게손가락으로 젖꼭지를 잡아 비틀자, 내 등이 활처럼 휘었다.

"당신은 정말 부드러워."

그가 중얼거렸다. 그는 내 관자놀이에 입을 맞추고 머리카락에 얼굴을 묻었다.

"당신을 만지는 게 정말 좋아."

"당신은 완벽해요."

나는 그의 허리 밴드 밑으로 손을 넣어 엉덩이를 움켜잡았다. 그의 살갗이 풍기는 향기와 열기에 중독되었고 욕망과 갈망에 취했다.

"이건 꿈이에요."

"당신이야말로 내 꿈이야. 맙소사, 정말 미치도록 아름다워."

그의 입이 내 입을 덮이 오자 나는 그의 머리카락을 움켜잡고 두 팔과 두 다리로 그의 몸을 감싼 채 그의 몸에 단단히 매달렸다.

내 세계가 그에게 맞춰 점점 좁아졌다. 그의 감촉, 그가 내는 소리에 집중했다.

"당신이 나를 이토록 원하는 게 정말 좋아."

그가 거친 목소리로 말했다.

"이 집에 혼자 있는 걸 참을 수가 없었어."

"이제 내가 함께 있을 거예요."

그의 입에 포갠 내 입을 뜨겁게 움직이며 약속의 말을 밀어 넣었다.

"이렇게 당신과 함께 있잖아요."

기데온이 한 손으로 내 목덜미를 붙잡고 다른 손으로 허리를 붙잡았다. 내 위에 자리를 잡고 단단해진 그의 페니스를 부드러운 내 그곳에 대고 엉덩이를 돌리기 시작했다. 나는 숨을 헐떡이며 단단한 그의 엉덩이 살에 손톱을 박았다.

"아아, 좋아요."

나는 부끄러운 줄도 모르고 신음을 내뱉었다.

"당신 느낌이 정말 좋아요."

"몸 안에 들어가면 더 좋을걸."

그가 가르랑거렸다.

나는 그의 귓불을 깨물며 말했다.

"말로 날 유혹할 생각이에요?"

"유혹할 필요 없어, 앤젤."

그가 내 목을 부드럽게 빨자, 굶주린 내 여성이 팽팽하게 조였다.

"지금 당장 넣을 수도 있어. 당신도 분명히 좋아할 거야."

"모르겠네요. 난 변했거든요. 더 이상 예전의 그 여자가 아니에요."

내 허리를 붙잡고 있던 그의 손이 내 바지를 밑으로 내렸다. 나는 몸을 비트는 시늉을 하며 살짝 저항하는 소리를 냈다. 그의 손길이 닿은 곳이 화끈거리며 내 몸이 그의 요구에 맞춰 잠에서 깨어났다.

"쉿."

그가 입술로 내 입술을 휩쓸며 속삭였다.

"당신 몸 안에 들어갔는데도 마음에 들지 않으면 빼겠다고 약속하지."

"그 말에 넘어간 여자가 있었나요?"

"말만 번지르르하게 당신을 유혹하려는 게 아냐. 내 말은 전부 진심이라고."

나는 강철 같은 그의 엉덩이를 움켜잡고 그를 향해 내 몸을 치댔다. 사실 그에게는 아무 말도 필요 없다는 것을 잘 알고 있었다. 손가락 하나만 까딱해도 원하는 사람을 당장 그 밑에 눕힐 수 있었다.

고맙게도 그는 오직 나만을 원했다.

나는 그의 놀이를 튕기는 척하며 그를 놀려댔다.

"아마 모든 여자에게 그렇게 말했을걸요."

"다른 여자 누구?"

"명단이 너무 길어서 말을 못하겠어요."

"하지만 내 반지를 낀 여자는 당신뿐이야."

그가 고개를 들고 내 관자놀이의 머리카락을 쓸어 넘겼다.

"당신을 만난 날이 내 인생의 첫날이야."

그 말이 나를 강타했다. 나는 힘겹게 마른침을 삼키고 속삭였다.

"좋아요. 당신이 이겼어요. 집어넣어도 좋아요."

그의 얼굴에 드리운 그림자가 물러가고 그 자리에 미소가 돌아왔다.

"맙소사, 나 당신 때문에 돌아버린 것 같아."

나도 웃어주었다.

"알고 있어요."

6

식은땀을 흘리며 잠에서 깨어났다. 심장이 격렬하게 뛰었다. 나는 안방 침대에 누워 헐떡이고 있었다. 정신이 깊은 잠에 빠져 허우적거렸다.

"저리 가!"

기데온. *맙소사.*

"날 만지지 말란 말이야, 개자식!"

이불을 차내고 침대 밖으로 기어나가 복도를 내달려 손님용 방으로 갔다. 미친 듯이 벽을 더듬어 스위치를 치듯이 눌렀다. 방 안에 빛이 쏟아지자 기데온이 다리에 이불을 감은 채 침대 위에서 몸부림을 치는 모습이 보였다.

"하지 마. 아, 제기랄……."

그가 등을 활처럼 뒤로 굽히며 양손으로 시트를 움켜쥐었다.

"아프단 말이야!"

"기데온!"

그가 격렬하게 몸을 뒤틀었다. 나는 침대 옆으로 달려갔다. 붉게 달아오른 채 땀에 흠뻑 젖은 모습을 보니 마음이 아팠다. 나는 그의 가슴에 손을 얹었다.

"날 만지지 마!"

그가 내 손목을 움켜쥐며 씩씩거렸다. 너무 아파서 비명이 나왔다. 그가 눈을 떴지만 아직 악몽에 붙들려 있어서 여전히 초점이 맞지 않았다.

"기데온!"

나는 몸부림을 치며 뒤로 물러났다.

그가 벌떡 몸을 일으켰다. 가슴이 부풀어 오르고 눈은 번들거렸다.

"에바."

뜨거운 것에 닿은 것처럼 그가 내 손을 뿌리치더니 축축하게 젖은 머리카락을 쓸어 넘기며 침대 밖으로 나왔다.

"맙소사. 에바……, 내가 아프게 했어?"

나는 반대편 손으로 손목을 문지르며 고개를 저었다.

"좀 보여줘."

그가 떨리는 손을 내 쪽으로 뻗으며 쉰 목소리로 말했다.

나는 양팔을 떨어뜨리고 그에게 다가가 그를 꼭 끌어안고 땀으로 번들거리는 가슴에 뺨을 기댔다.

"앤젤."

그가 몸을 떨며 내게 매달렸다.

"미안해."

"쉿, 베이비. 괜찮아요."

"당신을 안고 있게 해줘."

그가 속삭이며 내 몸을 안은 채 바닥으로 무너졌다.

"날 놓지 마."

"놓지 않아요."

나는 그의 살갗에 입술을 대고 속삭였다.

"절대로."

욕조에 물을 채우고 그와 함께 삼각형 모서리를 넘어 욕조 안으로 들어갔다. 그의 뒤에 앉아 머리를 감겨주고 가슴과 등에 비누칠을 해주며 악몽으로 인한 차가운 땀을 씻어내렸다. 따뜻한 물속에서 떨림은 멈췄지만, 그 어떤 것으로도 그의 눈빛에 드리운 절망감이라는 어둠은 씻어낼 수 없었다.

"악몽에 대해서 다른 사람과 이야기를 나눠본 적 있어요?"

스펀지를 쥐어짜서 그의 어깨 위로 물을 끼얹으며 물었다.

그가 고개를 저었다.

"이제 할 때예요."

나는 부드럽게 말했다.

"그리고 난 당신의 여자잖아요."

그가 오래 뜸을 들였다가 입을 열었다

"에바, 당신도 악몽을 꿀 때……, 실제 있었던 일이 고스란히 재현돼? 아니면 마음속에서 변형이 일어나?"

"대부분이 있었던 일이죠. 실제 그대로 되풀이돼요. 당신 꿈은 그렇지 않아요?"

"그럴 때도 있지만 달라질 때도 있어. 꿈이 위장을 해."

이럴 때 진심으로 도움이 될 수 있을 만큼 교육받고 지식을 갖추고 있다면 얼마나 좋을까? 그러나 나는 오직 그를 사랑하고 그의 말에 귀를 기울이는 것 말고는 달리 할 수 있는 일이 없었다. 그것만으로 충분하기를 바랄 수밖에. 그의 악몽은 그뿐만 아니라 나까지도 산산조각내고 있었다.

"좋은 쪽으로 바뀌는 건가요? 아니면 나쁘게 바뀌나요?"

"내가 그자에게 맞서 싸워."

그가 조용히 말했다.

"그런데도 그자가 여전히 당신을 아프게 해요?"

"응. 그런데도 그자가 이겨. 하지만 나는 가능한 한 오래 버티지."

나는 스펀지를 다시 적셔서 그의 몸 위로 물을 끼얹었다. 마음을 달래는 리듬을 유지하려고 애쓰며.

"당신을 비난하지는 마요. 당신은 어린아이에 불과했어요."

"당신도 그랬지."

기데온이 내 모습을 찍은 나단의 사진과 동영상을 보았다는 사실을 애써 잊으려고 눈을 질끈 감았다.

"나단은 사디스트였어요. 육체적인 고통에 저항하려면 당연히 몸부림을 쳐야 해요. 그래서 그랬을 뿐이지, 용기는 아니었어요."

"꿈속에서 날 더 아프게 하기를 원했어."

그가 차갑게 내뱉었다.

"내가 그걸 즐기는 게 정말 싫어."

"당신은 즐긴 게 아니에요. 쾌락을 느꼈더라도 즐긴 건 아니에요. 기데온, 우리 몸은 본능적으로 어떤 것들에 반응하게 되어 있어요. 의식적으로 원하지 않더라도 말이죠."

나는 뒤에서 그를 끌어안고 그의 정수리에 턱을 괴었다.

"그자는 정신과 의사의 조수였잖아요. 당신은 믿어도 된다고 생각했겠죠. 그자는 당신의 머리를 갖고 놀 수 있게 교육을 받은 사람이에요."

"당신은 이해 못해."

"그럼 이해시켜봐요."

"그가……, 날 유혹했어. 난 허락했고. 내가 원한 건 아니야. 하지만 확실히 그는 나를 저항할 수 없게 만들었어."

마음이 저려 와서 그의 관자놀이에 턱을 기댔다.

"혹시 당신이 양성애자일까 걱정하는 거예요? 그렇더라도 나는 놀라지 않아요."

"아니야."

그가 고개를 저으며 내 입술에 입을 맞추었다. 그가 손을 들어 내 손을 꼭 쥐었다.

"나는 단 한 번도 남자에게 끌려본 적이 없어. 하지만 내가 그렇더라도 당신이 나를 받아들인다는 게……, 내가 당신을 너무 사랑해서 마음이 아파."

"기데온."

나는 달콤하게 그에게 키스했다. 우리의 입술이 벌어지고 서로 엉켰다.

"나는 그냥 당신이 행복하기를 원해요. 나와 함께 행복하다면 더 좋고요. 그리고 당신에게 일어난 일 때문에 더 이상 아파하지 않았으면 좋겠어요. 당신은 강간을 당했어요. 당신은 피해자였고, 지금은 생존자예요. 그게 부끄러운 일은 아니잖아요."

그가 몸을 돌려 나를 물속으로 더 깊이 끌어당겼다.

나는 그의 허벅지에 손을 대고 그 옆에 자리를 잡았다.

"우리 이야기 좀 할까요? 성적인 이야기?"

"물론."

"당신이 언젠가 항문 놀이는 하지 않는다고 했죠?"

그가 긴장하는 게 느껴졌다.

"하지만 당신은……, 아니, 우리는……."

"내가 당신 안에 손가락을 집어넣었지."

그가 내 안색을 살피며 말했다. 주제가 바뀌자 그의 자세도 바뀌었다. 머뭇거리던 태도가 차분하고 권위적으로 변했다.

"당신은 그걸 즐겼지."

"당신은요?"

용기를 잃기 전에 얼른 물었다.

그가 무겁게 한숨을 쉬었다. 뜨거운 물 때문에 뺨이 붉게 달아올라 있었다. 매끄러운 검은 머리를 뒤로 넘기자 얼굴이 드러났다.

한참 후에도 그는 대답하지 않았다.

"내가 그걸 해주고 싶어요. 당신이 원하면요."

그가 눈을 감았다.

"앤젤."

나는 그의 다리 사이로 손을 뻗어 묵직한 그의 음낭을 감싸쥐었다. 가운뎃손가락을 아래로 쭉 뻗어 주름진 항문 입구를 가볍게 어루만졌다. 그가 격렬하게 몸을 뒤틀며 다리를 굳게 오므리자 욕조 너머로 물이 튀었다. 내 팔에 닿은 그의 페니스가 돌처럼 딱딱해졌다.

나는 다리 사이에 갇힌 손을 빼내 발기한 그의 페니스를 움켜쥐고 쓰다듬으며 신음하는 그의 입을 내 입으로 막았다.

"난 당신을 위해서라면 뭐든 할 수 있어요. 우리에게 침대에서 한계란 없어요. 옛 기억도 없어요. 단지 우리 두 사람만 있어요. 당신과 나. 그리고 사랑. 당신을 정말 사랑해요."

그의 혀가 탐욕스럽고도 살짝 화가 난 채로 내 입안으로 밀고 들어왔다. 내 허리를 잡은 그의 손길이 거세졌고, 다른 손으로 내 손을 덮어 자신의 성기를 더 단단히 쥐게끔 재촉했다.

그의 남성을 잡고 흔들수록 욕조 양옆으로 물이 넘쳐흘렀다. 그의 신음에 젖꼭지가 꼿꼿이 일어섰다.

"당신의 쾌락은 내 것이에요."

나는 그의 입에 대고 속삭였다.

"당신이 주지 않으면 내가 가져갈 거예요."

그가 고개를 뒤로 젖히며 신음했다.

"절정에 이르게 해줘."

"당신이 원하면요."

나는 맹세했다.

"파란색 타이. 당신 눈동자와 어울리는 색깔로 매요."

기데온이 옷 방에 들어가 하루를 시작할 정장을 고르고 있었다.

그가 커피잔을 들고 안방 침대 가장자리에 걸터앉은 내 모습을 어깨 너머로 흘끗 바라보았다. 그의 입가에 너그러운 미소가 번졌다.

"난 당신 눈동자가 정말 좋아요."

나는 느긋하게 어깨를 으쓱하며 그에게 말했다.

"정말 매혹적이에요."

그가 넥타이 걸이에서 타이 하나를 풀어 들고 흑연색 정장을 팔뚝 위에 걸친 채 침실로 돌아왔다. 검은색 사각 팬티만 입고 있어서 그의 늘씬한 근육질 몸과 팽팽한 황금빛 피부를 감상하느라 내 눈이 호강하고 있었다.

"우리 생각이 너무 자주 일치해서 소름이 끼칠 정도야. 난 당신 눈동자 색깔이 떠올라서 이 정장을 골랐거든."

그의 말에 미소가 떠올랐다. 아주 행복하고 기분이 좋아 가만히 앉아 있을 수가 없어서 두 발을 마구 동동거렸다.

기데온이 침대 위에 옷을 내려놓고 내게 다가왔다. 나는 고개를 젖히고 그를 올려다보았다. 심장이 마구 뛰었다.

그가 내 얼굴을 감싸고 엄지손가락으로 눈썹 위를 쓰다듬었다.

"정말이지 아름다운 먹구름 색깔이야. 표현이 풍부한 빛이지."

"정말 불공평하기 짝이 없군요. 당신은 책을 읽듯이 내 마음을 읽어내는데, 내가 볼 수 있는 거라곤 최고의 포커페이스뿐이니."

그가 몸을 숙여 내 이마에 키스했다.

"하지만 나는 당신에 관해서라면 어떤 일도 내 맘대로 할 수가 없지."

"그건 당신 생각이죠."

그가 옷을 입기 시작했다.

"있잖아요. 당신에게 바라는 게 하나 있어요."

"뭐든."

"데이트를 하고 싶은데 내가 없을 때는 아일랜드를 데려가요."

그가 셔츠 단추를 잠그다가 우뚝 멈췄다.

"그 애는 겨우 열일곱이야, 에바."

"그래서요? 당신 여동생은 아름답고 고상하고 무엇보다 당신을 무척 좋아해요. 당신도 동생이 자랑스러워질걸요."

그가 한숨을 내쉬며 바지를 집어들었다.

"그 애가 참석할 수 있는 행사는 몇 개 되지도 않지만, 지루해할 게 뻔해."

"우리 집에 왔을 때에도 당신은 지루해할 거라고 했지만, 아니었잖아요."

"당신이 있었잖아."

그가 바지를 올리며 말했다.

"그 애는 당신과 함께 있어서 즐거웠던 거야."

나는 커피를 한 모금 마셨다.

"뭐든 들어준다면서요."

내가 일깨워주었다.

"나는 데이트를 못하는 게 문제가 되지 않아. 그리고 이미 말했지만 코린도 더는 만나지 않을 거야."

나는 머그잔 너머로 그를 물끄러미 바라보며 아무 말도 하지 않았다.

기데온이 짜증스럽게 셔츠 자락을 바지 속으로 쑤셔넣었다.

"고마워요."

"그렇게 체셔 고양이처럼 웃지 마."

그가 중얼거렸다.

"알았어요."

그가 동작을 멈추고 갸름한 눈을 하고는 벌어진 가운 사이로 드러난 내 맨다리를 훑어보았다.

"아무 생각 마요, 에이스. 오늘 아침은 벌써 문 닫았어요."

"여권 있어?"

그가 물었다.

나는 얼굴을 찌푸렸다.

"있죠. 왜요?"

그가 재빨리 고개를 끄덕이고 내가 좋아하는 타이를 향해 손을 뻗었다.

"필요할 거야."

내 안에서 흥분이 피어올랐다.

"무슨 일이에요?"

"여행을 갈 거야."

"어머, 당신."

나는 침대에서 몸을 일으켰다.

"어디로 가요?"

능숙하고 빠르게 넥타이를 매는 그의 눈동자에 짓궂은 장난기가 반짝거렸다.

"어딘가로."

"날 미지의 세계로 보낼 생각인가요?"

"절대로 마다할 리 없지."

그가 중얼거렸다.

"당신과 내가 열대 무인도에 있다고 생각해봐. 당신은 내내 벌거벗은 상태고, 나는 언제든지 당신을 품을 수 있겠지."

나는 엉덩이 위에 한 손을 올려놓고 그를 쏘아보았다.

"햇볕에 그을리고 다리는 휘어 있고. 참 섹시하겠네요."

그가 웃음을 터뜨리자 나는 카펫 속에서 발가락을 오므렸다.

"오늘 밤 당신을 보고 싶어."

그가 조끼를 입으며 말했다.

"또 하고 싶은 거군요."

"멈추지 말라며. 그것도 여러 번."

나는 코웃음을 치며 커피잔을 탁자에 내려놓고 가운을 벗었다. 벌거벗은 나를 붙잡으려는 그를 빙 둘러 방을 가로질러 갔다. 서랍을 열고 그가 날 위해 준비해둔 사랑스러운 캐린 길슨 브래지어와 팬티 세트를 골라 들었다. 그가 뒤에서 나타나 내 팔 밑으로 양손을 밀어 넣어 내 가슴을 움켜잡았다.

"잊었다면 내가 일깨워주지."

"당신은 직업 없어요? 난 일이 있어서 그만."

기데온이 내 등에 몸을 기댔다.

"나랑 같이 일하자."

"당신이 덮치러 오기만 기다리며 커피나 따르라고요?"

"농담 아니야."

"나도 농담 아니에요."

재빨리 몸을 돌려 그를 쳐다보느라 핸드백을 떨어뜨렸다.

"난 일이 있고 그 일을 무척 좋아해요. 당신도 알잖아요."

"그리고 당신은 그 일을 아주 잘하지."

그가 내 어깨를 붙잡았다.

"그 능력을 날 위해 써줘."

"안 돼요. 내가 새아빠의 도움을 받지 않았던 것과 같은 이유예요. 난 스스로 내 길을 개척해나가고 싶어요!"

"나도 알아. 그 점을 존경해."

그가 내 팔을 쓰다듬었다.

"나도 크로스라는 이름이 날 붙잡고 놓아주지 않았을 때 혼자서 악착같이 내 길을 개척해왔어. 그러니 당신의 어떤 노력도 앗아 가진 않아. 당신도 스스로 벌지 않은 것은 얻지 못할 테고."

아버지로 인해 기데온이 겪어야 했던 온갖 고통이 떠오르면서 아픔이 느껴졌다. 그의 아버지는 폰지 사기 사건을 주도했다가, 감옥에 가느니 스스로 목숨을 끊는 쪽을 택했다.

"내가 그 일을 받아들이면 당신에게 들러붙은 어린 계집애라는 비난 말고 다른 소리를 들을 수 있을 것 같아요?"

"그만해."

그가 내 몸을 흔들었다.

"그 일로 당신이 화를 내는 건 괜찮지만, 우리 사이에 대해 그런 식으로 이야기하지는 마."

나는 그를 밀어냈다.

"다들 그렇게 말할 거예요."

그가 낮게 신음을 내뱉고는 나를 놓아주었다.

"당신, 에퀴녹스 헬스클럽과 크라브 마가 수업까지 받으면서 크로스 트레이너에 회원으로 가입했더군. 이유를 설명해봐."

벌거벗은 채로 말다툼을 벌일 수는 없어서 거칠게 팬티를 끌어올렸다.

"그건 달라요."

"다르지 않아."

다시 그를 향해 돌아섰다가 핸드백에서 쏟아진 물건들을 밟아버리는 통에 화가 더 솟구쳤다.

"워터스 필드 앤 리먼은 크로스 인더스트리의 경쟁 업체가 아니잖아요! 당신도 우리 광고회사 서비스를 이용하고 있어요."

"그럼 당신은 내 경쟁 업체의 광고 일은 절대로 안 할 생각인가?"

단추를 채우지 않은 조끼와 나무랄 데 없는 타이에 신경이 쓰여 제대로 생각하기가 어려웠다. 그는 아름답고 열정적이며 내가 원했던 모든 것이었기 때문에 그의 말을 부정하기란 거의 불가능했다.

"그게 요점이 아니잖아요. 당신과 일하면 난 행복하지 않을 거예요, 기데온."

나는 조용히, 솔직하게 말했다.

"이리 와."

그가 두 팔을 활짝 벌렸고 나는 다가가 그의 품에 안겼다. 그가 내 관자놀이에 입을 맞추며 말했다.

"언젠가는 크로스 인더스트리의 '크로스'가 단지 나 한 사람만을 의미하지 않는 날이 올 거야."

분노와 좌절감이 부글부글 끓어올랐다.

"이 이야기를 꼭 지금 해야 해요?"

"마지막으로 한마디만 할게. 필요하다면 당신은 다른 사람과 똑같이 어떤 자리에든 지원할 수 있어. 당신이 그 자리를 받아들이면 크로스파이어 빌딩의 다른 층에서 일하게 될 거고 당신 스스로 경력을 쌓아가게 될 거야. 당신의 성공은 나한테 달린 게 아니라고."

"하지만 당신에게 중요한 일이겠죠."

질문이 아니었다.

"물론 중요하지. 우리는 함께 미래를 건설하기 위해 열심히 일할 테니까. 그러니 이 문제는 미래로 가는 자연스러운 단계야."

나는 마지못해 고개를 끄덕였다.

"나는 독립해야 해요."

그가 내 목덜미를 감싸며 나를 더 가까이 끌어당겼다.

"무엇이 가장 중요한지 잊지 마. 당신이 열심히 일하면서 능력과 기술을 보여준다면 사람들도 그것에 기초해서 당신을 판단할 거야."

"출근 준비해야 해요."

기데온이 내 얼굴을 살펴보고 부드럽게 입을 맞추었다.

그가 나를 놓아주자 몸을 숙여 핸드백을 집어들었다. 그런데 그만 거울이 달린 콤팩트를 밟았는지 케이스가 깨져 있었다. 그것 때문에 속이 상한 것은 아니었다. 퇴근길에 상점에 들러 또 하나 사면 되니까. 피가 얼어붙을 정도로 놀란 건 깨진 플라스틱 조각 사이에서 나온 전선 가닥 때문이었다.

기데온이 나를 거들겠다고 몸을 웅크렸다. 나는 그의 얼굴을 보았다.

"이게 뭐죠?"

그가 콤팩트를 집어 조각난 케이스를 더 깨뜨렸더니 작은 안테나가 달린 마이크로칩이 드러났다.

"도청 장치 같아. 추적 장치이거나."

나는 공포심에 질려 그를 쳐다보았다. 내 입술이 소리 없이 움직였다. 경찰?

"이 아파트에는 방해전파 발생 장치가 붙어 있어."

그의 대답이 더욱 큰 충격에 빠뜨렸다.

"그리고 경찰 짓은 아니야. 재판부가 당신의 도청을 인정해 줬을 리가 없어."

"맙소사."

나는 메스꺼움을 느끼며 바닥에 주저앉았다.

"사람을 시켜서 어떻게 된 일인지 알아봐야겠어."

그가 무릎을 꿇고 내 앞에 앉아 머리카락을 뒤로 쓸어 넘겨 주었다.

"당신 어머니가 그랬을까?"

나는 무기력하게 그를 쳐다보았다.

"에바."

"오, 맙소사, 기데온."

나는 한 손을 들어 그를 물리치고 다른 손으로 휴대폰을 붙잡았다. 새아빠의 경호원 클랜시에게 전화를 걸어 그가 받자마자 물어보았다.

"내 콤팩트에 달린 도청기, 아저씨 짓이에요?"

잠깐의 침묵 후에 클랜시가 말했다.

"도청기가 아니라 위치 추적기야. 그래."

"말도 안 돼요!"

"그게 내 일이야."

"아저씨 일, 완전 구려요."

나는 머릿속으로 클랜시를 떠올리며 받아쳤다. 클랜시는 단단한 근육질에 치치한 금발 머리를 군인처럼 짧게 자르고 치명적으로 위험한 사람이라는 인상을 마구 뿜어냈다. 그러나 그를 무서워한 적은 없었다.

"아저씨도 완전 어이없는 짓이라는 거 알고 있죠?"

"나단 베이커가 다시 나타난 후로 널 안전하게 지키는 게 가장 큰 관심사가 되었어. 그 자식, 미꾸라지 같아서 난 두 사람을 모두 감당해야 했지. 나단이 죽은 뒤로는 수신기를 껐어."

나는 눈을 질끈 감았다.

"빌어먹을 추적기 때문에 이러는 게 아니에요! 추적기 따위는 상관없어요. 내가 열받는 건, 너무 많은 걸 내게 비밀로 하는 거라고요. 모욕당했다는 느낌이 들어요."

"난 괜찮지만 스탠튼 부인께서 네가 걱정하는 걸 원하지 않으셨어."

"난 성인이에요! 걱정할지 안 할지는 내가 결정해요."

나는 그 말을 하면서 기데온을 바라보았다. 그에게도 해주고 싶었던 말이었다.

그가 눈썹을 추켜세우는 걸 보면 내 메시지를 이해한 것 같았다.

"그 문제에 관해서는 할 말이 없다."

클랜시가 불퉁거리며 말했다.

"아저씨, 나한테 빚졌어요."

이 문제를 어떻게 수습해야 할지 알 것 같았다.

"그것도 커다란 빚이에요."

"기다리고 있을게."

전화를 끊고 엄마에게 문자메시지를 보냈다.

'우리 이야기 좀 해요.'

실망과 좌절감으로 어깨가 축 늘어졌다.

"앤젤."

나는 말리지 말라는 경고의 눈빛으로 기데온을 쏘아보았다.

"뭐든 변명할 생각은 마요. 당신이나 엄마나."

그의 눈빛은 부드러워졌지만 턱은 완강했다.

"당신이 처음으로 나단이 뉴욕에 있다는 말을 들었을 때 나도 곁에 있었잖아. 그때 당신 얼굴을 봤어. 당신을 사랑하는 사람이라면 그 일로부터 당신을 지키기 위해 어떤 짓도 마다하지 않았을 거야."

그리고 그 일은 내가 감당하기에 정말로 벅찼다. 나단이 죽은 다음, 그가 뉴욕에 있었다는 사실을 알게 된 것이 얼마나 다행이었는지 부인할 수가 없었다. 그러나 온갖 나쁜 일로부터 나 혼자 밀려나는 것도 싫었다. 그것들 역시 내 삶의 일부였으니까.

나는 손을 뻗어 그의 손을 단단히 붙잡았다.

"당신 일에 대해서 나 역시 똑같은 생각이에요."

"내 악마들은 내가 감당해왔어."

"내 악마들도 감당했죠."

그러나 우리는 여전히 서로 떨어져서 자고 있었다.

143

"당신, 다시 피터센 박사를 찾아가면 좋겠어요."

나는 조용히 말했다.

"화요일에 갔어."

"그랬어요?"

그가 정기적으로 상담 일정을 지켜왔다는 사실에 놀라움을 감출 수가 없었다.

"응. 약속을 어긴 건 딱 한 번이야."

나단을 죽였던 날…….

그가 엄지손가락으로 내 머리 뒤쪽을 쓰다듬었다.

"이제 당신과 나뿐이야."

그가 내 마음을 읽은 것처럼 말했다.

그 말을 진심으로 믿고 싶었다.

출근길에 발걸음이 무거웠다. 하루를 시작하기에 그리 좋은 기분이 아니었다. 오늘은 금요일이었고 주말에는 완전히 늘어질지도 몰랐다. 토요일 밤 파티에서 너무 열심히 논다면 일요일 아침 시간에는 반드시 쉬어야 할 것이다. 여자들끼리 밤을 보낸 지 꽤 오래되었고 독한 술 한두 잔도 필요했다.

지난 48시간 동안 남자 친구가 나를 강간했던 가해자를 죽였고, 전 남자 친구가 날 되찾고 싶어 하며, 남자 친구의 전 여자 친구 하나가 언론을 통해 그를 짓밟기를 바라고, 엄마가 무슨 개처럼 내게 마이크로칩을 심어놓았다는 것을 차례로 알게 되었다.

한 여자가 감당할 수 있는 상황은 어디까지일까?

"내일, 준비되었어요?"

메구미가 유리 보안문 너머로 부산스럽게 손을 흔들며 물었다.

"그럼요. 내 친구 쇼나도 참석한다고 오늘 아침 문자를 보냈어요."

나는 애써 미소를 쥐어짰다.

"클럽 리무진을 준비해뒀어요. 음……, VIP들을 데려갔다 데려다 주는 그런 거 있잖아요."

"예?"

메구미는 흥분을 감추지 못했지만 이렇게 덧붙였다.

"비용이 얼마예요?"

"아니에요. 친구로서 내 호의예요."

"대단한 호의네요."

그녀가 웃는 걸 보니 나도 덩달아 기분이 좋아졌다.

"굉장해요! 자세한 이야기는 점심 먹으면서 해요."

"그래요. 어제 남자 친구랑 점심 먹은 이야기도 해줘요."

"뒤죽박죽 헷갈리는 신호 말이죠?"

그녀가 불퉁거렸다.

"그냥 즐기는 관계라면서 직장에 나타나 함께 점심을 먹자고? 나라면 그냥 어울리기만 하는 남자 친구가 정신을 먹자고 불쑥 회사로 찾아가지는 않을 거예요."

"남자들이란 정말."

나는 동정심을 담아 맞장구를 쳤지만, 속으로는 내 남자에게 감사했다.

내 자리로 가서 업무를 시작할 준비를 했다. 서랍을 열었다가 기데온의 사진 액자가 보였을 때, 문득 그에게 연락을 해야겠다는 생각이 들었다. 10분 후, 앙구스에게 기데온의 사무실로 마법의 검은색 장미와 쪽지를 보내달라고 부탁했다.

당신은 내게 마법의 주문을 걸었어요.
나는 아직도 당신을 생각합니다.

검색 창을 닫자마자 마크가 찾아왔다. 얼굴을 보니 별로 기분이 좋지 않다는 걸 알 수 있었다.

"커피 드시겠어요?"

내가 물었다.

그가 고개를 끄덕이자 나는 자리에서 일어났다. 우리는 함께 휴게실로 향했다.

"어젯밤 쇼나가 왔었어."

그가 먼저 말문을 열었다.

"내일 밤 자네랑 어울릴 거라더군."

"예. 그런데 괜찮으세요?"

"뭐가 괜찮다는 거지?"

"시누이랑 저랑 어울리는 거."

내가 넌지시 일러주었다.

"아……, 그럼. 물론이지. 난 신경 쓰지 마."

그가 불안한 손길로 짧고 검은 곱슬머리를 쓸어 넘겼다.

"좋은 일이라고 생각해."

"다행이네요."

그의 마음속에 더 하고 싶은 말이 있는 것 같았지만 재촉하
고 싶지는 않았다.

"재미있어야 할 텐데. 기대 만발이에요."

"쇼나도 그렇더군."

그가 한 잔짜리 커피포트 두 개를 꺼내자, 나는 선반에서
머그잔 두 개를 꺼냈다.

"쇼나는 더그가 곧 돌아오는 것도 고대하고 있어. 또 청혼도."

"와, 그야말로 멋진 일인데요. 한 집에 1년에 두 번의 결혼
식이라니. 당신이 약혼 상태를 더 늘릴 계획이 아니라면요."

그가 첫 번째 커피를 내밀었고 나는 하프앤하프를 꺼내러
냉장고로 갔다.

"그런 일은 일어나지 않을 거야, 에바."

마크의 목소리는 낙담으로 무거웠다. 내가 돌아보자 그는
고개를 숙였다.

나는 그의 어깨를 어루만졌다.

"청혼은 하셨어요?"

"아니. 그게 문제가 아니야. 스티븐이 쇼나에게 결혼하면 곧바로 아이를 가질 생각이냐고 묻더라고. 쇼나가 아직 학교에 다니고 있으니까. 쇼나가 아니라고 하자 스티븐이 결혼이란 커플이 가족을 이루기 위해서 하는 게 아니냐고 일장연설을 늘어놓잖아. 그럴 게 아니라면 그냥 간소하게 사는 편이 낫다고 말이지. 내가 한때 그에게 퍼부어댔던 헛소리를 고스란히 반복하더군."

나는 돌아서서 내 커피에 하프앤하프를 탔다.

"마크, 직접 물어보기 전에는 스티븐이 어떤 대답을 할지 알 수 없잖아요."

"두려워."

그가 김이 피어오르는 머그잔을 들여다보며 순순히 인정했다.

"나는 우리가 가진 것 이상을 원하지만, 우리가 가진 것까지 무너뜨릴까 봐 두려워. 그가 내 청혼을 거절하고 우리 관계에 대해 생각이 다르다고 말한다면……."

"순서가 바뀌었어요, 마크."

"그가 거절하면 못 살 것 같아."

아……, 이해할 수 있었다.

"어느 쪽인지 확실한 대답을 듣지 않고서도 살 수가 없잖아요."

그가 고개를 절레절레 흔들었다.

148

"그러니까 일단은 저한테 하신 모든 이야기를 스티븐에게도 말씀하세요."

나는 단호하게 말했다.

그의 입꼬리가 비틀려 올라갔다.

"자네한테 이런 부담까지 안겨줘서 미안하군. 하지만 자넨 늘 좋은 의견을 주거든."

"해야 좋을지는 당신이 알고 있잖아요. 단지 누군가 엉덩이를 차주기 바랄 뿐이죠. 저는 항상 엉덩이를 차드릴 준비가 되어 있어요."

그가 활짝 웃었다.

"오늘은 이혼 전문 변호사 광고 일은 하지 말자."

"대신 항공사 광고는 어때요?"

내가 제안했다.

"저한테 좋은 생각이 몇 가지 있거든요."

"좋아. 그럼, 시작하지."

우리는 오전 내내 열심히 일했고 그 과정에서 힘을 얻었다. 마크가 걱정할 시간 없이 일에 몰두하기를 바랐다. 내게도 일은 좋은 치유법이었고 그 역시 마찬가지라는 것을 알 수 있었다.

태블릿 PC를 내려놓고 점심 먹을 준비를 하러 내 자리에 들렀을 때 책상 위에 사내 서류 봉투가 보였다. 흥분으로 맥박이 빨라졌다. 매듭 올 풀고 봉투 안에 든 카드를 꺼낼 때 손이 살짝 떨렸다.

당신이야말로 마법이지.
내 꿈을 이루어주니까.

카드를 가슴 위에 포개고 내가 안은 게 카드를 쓴 사람이기를 바랐다. 우리 침대에 장미꽃잎이 뿌려져 있는 모습을 상상하고 있을 때 책상 위 전화가 울렸다. 수화기 저편에서 속사포 같은 엄마의 목소리가 들려왔을 때에도 별로 놀라지 않았다.

"에바, 클랜시에게 들었다. 그렇게 기분 나빠하지 마! 너도 이해해야지……"

"알아요."

서랍을 열고 기데온의 소중한 카드를 핸드백에 집어넣었다.

"똑똑히 들어두세요. 이제 엄마는 더 이상 나단의 핑계를 댈 수 없어요. 앞으로 내 물건에 도청 장치든, 위치 추적기든 달려면 깨끗이 자백하는 게 좋을 거예요. 앞으로 뭐든 발견하면 엄마와 내 관계는 돌이킬 수 없을 정도로 망가질 테니까요."

엄마가 한숨을 내쉬었다.

"직접 만나서 이야기할 수는 없겠니? 오늘 캐리랑 점심 먹기로 했는데 네가 퇴근할 때까지 집에서 기다릴게."

"알았어요."

마음을 들쑤시던 짜증이 올 때만큼이나 빠른 속도로 흩어졌다. 엄마가 캐리를 자식처럼 대하는 게 정말 좋았다. 엄마는 캐리가 한 번도 느껴본 적이 없는 모성애를 주었다. 게다가 두 사람 모두 외모와 패션을 몹시 중시해서 쿵짝이 잘 맞았다.

"엄마는 널 사랑해, 에바. 그 어떤 것보다 더."

나는 한숨을 내쉬었다.

"알아요, 엄마. 나도 사랑해요."

안내데스크에서 호출이 들어오고 있었다. 나는 엄마에게 작별 인사를 하고 회선을 바꿔 전화를 받았다.

"이봐요."

메구미의 목소리는 작고 낮았다.

"지난번에 당신을 찾아왔던 여자 있잖아요. 당신이 만나지 않겠다고 했던 여자요. 그 여자가 또 찾아왔어요."

무슨 소리를 하는 건지 알 수가 없어서 나도 모르게 얼굴을 찌푸렸다.

"막달레나 페레즈 말이에요?"

"예, 그 여자요. 어떻게 할까요?"

"그냥 놔둬요."

나는 자리에서 일어났다. 지난번에 기데온과 친구 이상이 되고자 했던 여자가 찾아왔을 때와는 달리, 이제는 나 혼자서 그녀를 상대할 준비가 되어 있었다.

"내가 가요."

"구경해도 돼요?"

"하하! 금방 갈게요. 오래 걸리지 않을 거니까 곧바로 점심 먹으러 출발해요."

괜한 허영심에 립글로스를 덧칠하고 어깨에 핸드백을 메고는 안내데스크로 향했다. 기데온의 카드를 생각하자 얼굴에 미소가 떠올랐다. 대기실에 막달레나가 보이자 인사를 건넸다. 그녀 역시 나를 보고 자리에서 일어났는데 굉장한 미모는 인정해야 할 것 같았다.

처음 만났을 때 막달레나의 검은 머리는 길고 매끄러웠다. 코린 지로와 같았다. 지금은 고전적인 단발로 잘라서 얼굴의 이국적인 아름다움이 더 돋보였다. 그녀는 크림색 정장 바지와 엉덩이에 커다란 나비 리본이 달린 검은색 민소매 블라우스를 입고, 귀와 목에 걸린 진주로 우아한 아름다움을 완성하고 있었다.

"막달레나."

그녀에게 앉으라는 손짓을 보내고, 나는 조그만 대화용 테이블 맞은편에 있는 팔걸이의자에 앉았다.

"무슨 일이죠?"

"이렇게 불쑥 직장으로 찾아와서 미안해요, 에바. 기데온을 만나러 왔다가 여기에도 들러야겠다고 생각했어요. 물어볼 게 있거든요."

"아, 그래요?"

옆에 핸드백을 내려놓고 다리를 꼰 뒤 포도주색 치맛자락을 정돈했다. 나는 만날 수 없는데 그녀는 내 남자 친구와 공개적으로 만날 수 있다는 사실에 화가 났지만 어쩔 수가 없었다.

"오늘 웬 기자가 내 사무실로 찾아와 기데온에 대해 꼬치꼬치 캐물었어요."

나는 팔걸이의자의 쿠션을 움켜쥐었다.

"디아나 존슨이요? 설마 아무 말도 하지 않았겠죠?"

"당연하죠."

막달레나가 몸을 앞으로 기울여서 무릎 위에 팔을 괴었다. 그녀의 검은 눈망울이 우울해 보였다.

"벌써 그 여자랑 이야기를 했군요."

"이야기를 하려고 시도했죠."

"그 여자 완전히 기데온 타입이던데요?"

막달레나가 내 안색을 살피며 말했다.

"나도 그렇게 생각했어요."

내가 말했다.

"그가 금방 시들해하는 타입이죠."

내 말에 그녀의 붉은 입술이 심술궂게 비틀렸다.

"기데온이 코린한테 장거리 친구로 남는 게 좋겠다고 말했대요. 당신도 알고 있죠?"

그 소식에 기쁨이 솟구쳤다.

"내가 어떻게 알겠어요?"

"분명 방법이 있을걸요."

막달레나의 눈빛이 뭔가 알고 있다는 듯한 재미로 반짝거렸다.

이상하게도 그녀와 함께 있는 게 편안했다. 아마 그녀 스스로 편안해하기 때문일 것이다. 서로 가고자 하는 길이 어긋났던 예전과는 달랐다.

"당신이야말로 좋아 보이는걸요."

"많이 좋아졌죠. 내 인생의 친구라고 생각했지만 사실은 중독되어 있었던 남자가 있었는데, 그가 주변에 없으니 이제 다시 생각할 수 있게 되었어요."

그녀가 자세를 반듯하게 폈다.

"이제 막 누군가를 만나기 시작했어요."

"그것 참 잘됐네요."

그 사람과 잘되기를 진심으로 바랐다. 막달레나는 그동안 기데온의 남동생 크리스토퍼에게 끔찍하게 이용당했다. 하지만 내가 그 사실을 알고 있다는 것은 몰랐다.

"잘되기를 바랄게요."

"나도 그래요. 게이지는 많은 면에서 기데온과는 다른 남자예요. 음울한 예술가 타입이죠."

"영혼이 깊어서겠죠."

"맞아요. 아주 깊죠. 그 영혼, 찾을 수나 있으면 좋겠다니까요."

그녀가 일어섰다.

"그만 가봐야겠어요. 그냥 그 기자 때문에 걱정이 돼서 찾

154

아온 거니까요."

나도 자리에서 일어나며 그녀의 말을 고쳐주었다.

"내가 그 기자한테 기데온 이야기를 할까 봐 걱정했던 거겠죠."

그녀는 굳이 부인하지 않았다.

"잘 있어요, 에바."

"잘 가요."

유리문 너머로 그녀가 나가는 모습을 지켜보았다.

"그렇게 나빠 보이지는 않는데요."

메구미가 다가와 말했다.

"손톱으로 할퀴거나 씩씩거리지도 않았고요."

"얼마나 오래갈지는 지켜봐야죠."

"점심 먹으러 갈까요?"

"배고파 죽겠어요. 어서 가요."

5시 반이 넘어 우리 집 현관에 들어섰을 때, 캐리와 엄마가 눈부시게 아름다운 은색 니나리치 드레스를 소파에 걸쳐놓고 나를 맞았다.

"환상적이지 않니?"

캡소매에 자잘한 체리 무늬가 퍼져 있는 50년대 스타일의 꼭 맞는 원피스를 입어서 환상적으로 보이는 엄마가 드레스 자랑을 늘어놓았다. 엄마의 금발 머리는 윤기가 흐르는 밝은 웨이브로, 아름다운 얼굴을 감싸고 있었다. 아무래도 옷은 엄마가 입어야 할 것 같았다. 엄마는 어느 시대의 스타일도 매력적으로 보이게 만들었다.

평생 엄마랑 빼닮았다는 말을 듣고 자랐지만, 내 눈은 엄마의 수레국화 빛깔 파란색이 아니라 아빠의 회색 눈을 닮았고, 풍만한 몸매도 레이스가의 혈통이었다. 나는 아무리 운동을 많이 해도 줄일 수 없는 엉덩이에 수많은 보정 장치를 해야 옷을 입을 수 있는 가슴을 가졌다. 기데온이 키가 크고 늘씬하고 마른 검은 머리 여자를 좋아했던 점을 생각하면 지금 내 몸매를 극찬하는 게 여전히 놀라웠다.

가방과 핸드백을 바스툴 위에 내려놓고 물었다.

"무슨 일이에요?"

"보금자리 기금 모금 행사란다. 다음 주 목요일이야."

나는 함께 갈 것인지 묻는 표정으로 캐리 쪽을 보았다. 그가 고개를 끄덕이자 어깨를 으쓱하며 말했다.

"알았어요."

엄마가 화사하게 웃었다. 영광스럽게도 엄마는 학대받은 여성과 아동을 위한 자선 단체를 후원했다. 모금 행사가 공식적으로 열리면 늘 캐리와 내 자리도 구입했다.

"와인 마실래?"

캐리가 불안해하는 내 기분을 눈치채고 물었다.

나는 고마운 얼굴로 그를 보았다.

"응."

캐리가 주방으로 가자 엄마가 섹시한 붉은색 슬링백 구두를 신은 발로 내게 다가와 나를 끌어안았다.

"오늘 하루 어땠니?"

"이상했어요."

나는 엄마를 끌어안았다.

"무사히 끝나서 기뻐요."

"주말에 약속 있니?"

엄마가 뒤로 물러나며 경계의 눈빛으로 내 얼굴을 살폈다. 나는 등을 곧추세우고 대답했다.

"조금요."

"캐리가 그러는데 새 사람을 만나고 있다며? 어떤 사람이니? 뭐 하는 사람이야?"

"엄마."

나는 요점을 바로잡았다.

"우리 사이 괜찮아요? 아무 일도 없었던 거예요? 아니면 하고 싶은 말이 따로 있는 거예요?"

엄마가 불안한 몸짓으로 양손을 비틀어댔다.

"에바, 너도 자식을 갖게 될 때까지는 어떤 건지 이해하지 못할 거야. 자식이 위험에 처해 있다는 것을 알게 되면……, 끔찍해."

"엄마"

"게다가 아름다운 여자에게는 부수적으로 위험이 따르게 마련이란다."

엄마가 연달아 말했다.

"넌 힘있는 남자들과 연결되어 있어. 그러니 늘 안전하다고 말할 수는……."

"그 사람들이 대체 어디 있는데요, 엄마?"

엄마가 발끈해서 말했다.

"엄마한테 그 말투가 뭐니? 난 그냥……."

"엄마, 그냥 돌아가는 게 좋겠어요."

나는 차갑게 말을 잘랐다. 마음속에 느껴지는 냉기가 목소리에 녹아 있었다.

"네 롤렉스 시계 말이야."

엄마의 그 한마디가 마치 내 뺨을 후려치는 것 같았다.

본능적으로 오른손으로 왼쪽 손목에 찬 시계를 덮으며 한 걸음 뒤로 물러났다. 스탠튼 아저씨와 엄마가 준 소중한 졸업 선물이었다. 이런 선물을 받다니 얼마나 행운인가, 내 딸에게 물려줘야겠다는 순진하게 감상적인 생각이나 하고 있었다.

"엄마, 이렇게 내 뒤통수를 치는 거예요?"

시곗줄을 풀어내자 둔탁한 소리와 함께 시계가 카펫에 떨어졌다. 이건 선물이 아니었다. 내 손목에 달린 수갑이었다.

"엄마는 심각하게 선을 넘었어요!"

엄마의 얼굴이 붉게 달아올랐다.

"에바, 과민하게 반응하지 마. 그건……."

"과민 반응이요? 하! 맙소사, 정말 우습네요. 정말이요."

나는 엄지와 검지로 뭔가를 집는 동작을 하며 엄마 앞에 내밀었다.

"경찰을 부를까 하는 마음이 이 정도예요. 사생활 침해로 고소하고 싶다고요."

"난 네 엄마야!"

엄마의 목소리가 애원하듯이 길게 늘어졌다.

"널 보호하는 게 내가 할 일이야."

"저는 스물네 살 된 성인이에요."

나는 차갑게 말했다.

"법적으로 나는 내가 보호할 수 있다고요."

"에바 로렌……."

"그렇게 부르지 마세요."

두 손을 들어 올렸다가 떨어뜨렸다.

"하지 마요. 지금 나갈 거예요. 너무 화가 나서 엄마를 볼 수조차 없어요. 진심 어린 사과가 아니라면 엄마 말은 듣고 싶지 않아요. 엄마가 잘못을 인정할 때까지는 엄마가 다시 그런 짓을 하지 않으리라고 믿을 수가 없어요."

주방으로 가서 핸드백을 집어들었다. 와인을 반쯤 따른 잔을 쟁반에 받쳐 들고 나오는 캐리와 눈이 마주쳤다.

"나중에 봐."

"이렇게 가버리면 어떻게 해?"

엄마가 소리쳤다. 엄마가 감정적 발작을 향해 치닫고 있었다. 나는 그런 엄마를 감당할 수 없었다. 적어도 지금은.

"똑똑히 봐요."

나는 조용히 뇌까렸다.

제기랄 롤렉스. 생각만 해도 마음이 찢어지게 아팠다. 그 선물은 내게 몹시 큰 의미였는데, 이제는 아무런 의미도 없었다.

"내버려두세요, 아줌마."

캐리가 엄마를 조용히 달랬다. 그는 누구보다도 신경질적인 사람을 다루는 법을 잘 알았다. 캐리에게 엄마를 맡겨두고 가는 게 몹시 마음에 걸렸지만, 자리를 피해야 했다. 내 방으로 들어가면 엄마는 신물이 날 때까지 방문 앞에서 울며불며 애원할 것이다. 그런 엄마의 모습을 보는 것도, 엄마에게 그런 감정을 느끼게 만드는 것도 싫었다.

아파트를 나서서 기데온의 집으로 갔다. 눈물이 쏟아지거나 엄마가 쫓아오기 전에 얼른 집 안으로 들어갔다. 그곳 말고는 달리 갈 데가 없었다. 충격을 받은 채로 공공장소에 나갈 수는 없었다. 나를 감시하는 사람은 엄마만이 아니었다. 경찰도, 디아나 존슨도, 어쩌면 파파라치들도 나를 감시하고 있을지 몰랐다.

기데온의 소파로 가서 쿠션에 얼굴을 묻고는 눈물을 쏟아냈다.

7

"앤젤."

기데온의 목소리와 손길 덕에 잠에서 빠져나왔다. 그가 나를 안아 눕힐 때 잠결에 뭐라고 저항하는 소리를 중얼거렸지만, 이내 등 쪽에 그의 온기가 느껴졌다. 근육질의 팔뚝 하나가 내 허리를 감싸고 나를 꼭 안아주었다.

그의 품에 안겨 뺨 위로 그의 이두근이 닿는 걸 느끼며 다시 까무룩 정신을 잃었다.

다시 깨어났을 때는 며칠이 지난 것만 같았다. 한동안 눈을 감고 소파에 누워서 기데온의 단단한 몸이 전해주는 온기를 빨아들이고 그의 냄새가 밴 공기를 흡입했다. 더 자면 생체 리듬이 망가질 것 같아서 정신을 차리기로 했다. 우리가 다시 만난 후로 더 늦게 지고 더 일찍 일어났기 때문에 그만큼 대기가 따랐다.

"당신, 울고 있었어."

그가 내 머리카락에 얼굴을 묻고 중얼거렸다.

"무슨 일인지 말해."

나는 그의 몸에 팔을 두르고 품속으로 더 깊이 파고들었다. 그에게 시계 이야기를 들려주었다.

"어쩌면 내가 과민 반응을 했을지도 모르겠어요."

내가 말했다.

"피곤해서 짜증이 더 솟구쳤거든요. 하지만 맙소사……. 마음이 너무 아파요. 내겐 커다란 의미가 있는 선물이었는데, 엉망이 되어버렸어요. 알아요?"

"상상할 수 있어."

그가 손가락으로 내 배 위를 동그랗게 어루만지며 실크 셔츠 위로 나를 애무했다.

"유감이야."

나는 창문 쪽을 보았다. 밤이었다.

"지금 몇 시예요?"

"8시 조금 지났어."

"당신은 언제 왔어요?"

"6시 30분."

몸을 틀어 그를 바라보았다.

"일찍 왔네요?"

"당신이 여기 와 있는 걸 알았고 더 기다릴 수가 없었어. 당신한테 꽃을 받은 이후로 줄곧 당신과 함께 있고 싶었어."

"꽃은 마음에 들어요?"

그가 웃었다.

"당신의 말을 앙구스의 글씨체로 읽으려니……, 웃겼어."

"안전 때문에 그랬죠."

그가 내 코끝에 입을 맞추었다.

"여전히 날 망치고 있군."

"그러고 싶어요. 다른 여자들 때문에라도 당신을 완전히 망가뜨렸으면 좋겠어요."

그가 엄지로 내 아랫입술을 쓰다듬었다.

"당신을 처음 본 순간 난 이미 망가졌어."

"어쩜 말도 이렇게 달콤하게 할까."

기데온과 함께 있고 또 그의 관심이 오직 내게 맞춰져 있다고 생각하니 우울했던 기분이 날아가버렸다.

"또 내 바지 속으로 들어오려는 수작이에요?"

"당신은 바지 안 입었잖아."

"그러니까 아니란 말씀?"

"그건 아니지. 난 당신 치마 속으로 들어가고 싶어."

그의 엄지를 이로 살짝 깨물자 그의 눈빛이 어두워졌다.

"뜨겁게 젖은 팽팽한 당신의 그곳으로 들어가고 싶어. 하루종일 그러고 싶었어. 매일 그러고 싶어. 지금도 그러고 싶어.

163

하지만 당신 기분이 풀릴 때까지 기다릴게."

"당신이 키스해주면 기분이 풀릴 거예요."

"정확히 어디에 키스하라는 말이지?"

"전부요. 모든 곳에."

이런 식으로 그를 온통 내 것으로 만드는 데 익숙해질 수 있다는 걸 알았다. 익숙해지기를 원하고 있다는 것도 알았다. 물론 그것은 불가능했다.

그는 수천 개의 작은 조각으로 이루어졌고, 수천 가지의 사람들과 일, 책임으로 엮여 있었다. 성공한 사업가들과 여러 차례 결혼 생활을 경험한 엄마에게 한 가지 배운 게 있다면, 그들의 부인은 남편이 자신 말고도 일과도 결혼했기에 거의 언제나 두 번째 자리를 차지하게 된다는 현실이었다. 한 남자가 자신이 선택한 분야에서 우두머리가 되었다면 그 비결은 한 가지, 그 일에 자신을 전부 바쳤기 때문이었다. 일에 바치고 남은 부분이 겨우 여자의 차지였다.

기데온이 내 머리카락을 귀 뒤로 넘겨주었다.

"내가 원하는 건 이거야. 당신이라는 집으로 돌아가는 것."

그가 내 마음을 읽은 것만 같아서 깜짝 놀랐다.

"부엌에 내가 맨발로 서 있는 걸 보면 지금보다 좋을 것 같아요?"

"나쁘지 않지. 하지만 침대에 벌거벗은 채로 있는 걸 볼 때가 가장 좋아."

"난 참하게 요리나 하려는데, 당신은 내 몸만 원하는군요."

그가 웃었다.

"당신은 내가 원하는 모든 것이 담겨 있는 종합 선물 세트야."

"당신 것을 보여주면 내 것도 보여주죠."

"얼마든지."

그가 손끝으로 내 뺨을 가만히 어루만졌다.

"그전에, 어머니와 다툰 뒤 기분이 나아졌는지부터 알아야겠어."

"극복할 거예요."

"에바."

얼렁뚱땅 넘기지는 않을 거라는 경고가 묻어났다.

나는 한숨을 내쉬었다.

"엄마를 용서할 거예요. 늘 그랬으니까. 사실 선택의 여지도 없어요. 엄마를 사랑하고, 엄마도 좋은 뜻에서 한 일이라는 걸 아니까. 물론 엄마의 방식은 심각하게 잘못되었죠. 그래도 이번 시계 일은……."

"계속해봐."

나는 욱신거리는 가슴 언저리를 문질렀다.

"엄마와의 관계에서 뭔가가 부서진 기분이에요. 앞으로는 그럭저럭 잘 지내더라도 과거에는 느끼지 못했던 틈이 보일 거예요. 그게 정말로 미음이 아파요."

기데온은 한동안 아무 말도 하지 않았다. 그가 한 손으로 내 머리카락을 쓸어 넘기며 다른 손으로 내 허리를 어루만졌다. 나는 그가 맘속에 든 말을 털어놓을 때까지 기다렸다.

"나도 우리 관계의 뭔가를 부서뜨렸어."

마침내 그가 말했다. 울적한 말투였다.

"우리 사이에도 틈이 생길까 늘 두려워."

그의 눈빛에 떠오른 슬픔을 보는 것이 가슴 아팠다.

"날 일으켜줘요."

그가 마지못해 내 몸을 일으켜주며 경계의 눈빛으로 나를 살폈다. 나는 망설이다가 치마 지퍼를 열었다.

"당신을 잃는 게 어떤 건지 이제는 알아요, 기데온. 그게 얼마나 마음 아픈 일인지. 이제는 당신이 나를 외면하면 두려워질 거예요. 당신은 그것만 조심해줘요. 난 당신의 사랑이 영원할 것을 신뢰하기만 하면 되고요."

그가 인정과 이해의 뜻으로 고개를 끄덕였다. 그래도 그의 마음은 괴롭다는 걸 느낄 수 있었다.

"오늘 막달레나가 찾아왔어요."

우리 사이에 어른거리는 틈을 몰아내기 위해 이야기를 꺼냈다.

그의 몸이 긴장했다.

"가지 말라고 했는데."

"괜찮아요. 내가 당신한테 원한을 품고 있을까 봐 신경이 쓰였나 봐요. 그래도 내가 당신을 많이 사랑하고 있어서 당신을 다치게 하는 일은 없을 거라고 생각한 것 같아요."

치마를 벗어 떨어뜨리자 그가 윗몸을 일으켰다. 치마가 떨어지면서 가터벨트와 스타킹이 드러났다. 그가 꾹 다문 이 사이로 느리게 숨을 내뱉었다. 나는 다시 소파로 올라가 그의 허벅지 위에 걸터앉고 두 팔로 그의 목을 감쌌다. 실크 셔츠를 통해 뜨거운 그의 숨결이 느껴지자 온몸의 피가 끓기 시작했다.

"있잖아요."

나는 양손으로 그의 머리카락을 쓸어 넘기며 그의 뺨에 내 뺨을 포갰다.

"우리 걱정은 그만해요. 디아나 존슨 걱정이나 하는 게 좋을걸요. 그 여자가 당신 주위를 파헤치고 다닌다면, 건질 수 있는 최악이 뭐죠?"

그가 고개를 뒤로 젖히며 갸름한 눈으로 나를 보았다.

"그 여자는 내 문제야. 내가 알아서 처리해."

"돈벌이가 되는 선정적인 일을 쫓는 것 같아요. 당신을 그저 냉철한 바람둥이로 만드는 것만으로는 충분하지 않아 보여요."

"걱정하지 마. 내가 이 일을 신경 쓰는 유일한 이유는 당신 앞에 내 과거가 적나라하게 드러나는 게 싫기 때문이야."

"너무 자신만만한 거 아니에요?"

손을 뻗어 그의 조끼 단추를 풀기 시작했다. 셔츠가 드러나자 타이를 풀어서 소파 등 위에 조심스럽게 걸쳐놓았다.

"그 여자랑 이야기할 거예요?"

"무시할 거야."

"그게 올바른 해결책일까요?"

그의 셔츠 밑으로 손을 뻗었다.

"그 여자가 원하는 건 내 관심이야. 난 주지 않을 거야."

"그럼 다른 방법을 찾겠죠."

그가 소파 등받이에 더 깊이 기대며 고개를 젖혀 나를 올려다보았다.

"어떤 여자가 내 관심을 끌 수 있는 유일한 방법은 당신이 되는 거야."

"에이스."

그의 셔츠 자락을 빼내며 키스했다. 그가 셔츠 자락을 쉽게 뺄 수 있게 자세를 바꿔주었다.

"디아나에 대해 설명해야 해요."

나는 중얼거렸다.

"이렇게까지 그녀를 자극한 이유가 뭐죠?"

그가 한숨을 쉬었다.

"그 여자는 모든 면에서 실수였어. 딱 한 번 나랑 엮이게 되었지만, 난 열정이 지나친 여자는 두 번 다시 만나지 않았거든."

"그렇게 말하면 당신은 전혀 나쁜 사람이 아닌 게 되나요?"

"이미 일어난 일을 내가 바꿀 수는 없잖아."

그가 차갑게 말했다.

그는 당황하고 있었다. 여느 남자들처럼 그 역시 상당히 저질로 굴 수는 있지만, 결코 그 점을 자랑스럽게 여기지는 않았다.

"앤 루카스 때문에 상당히 불편했던 어느 파티에서 우연히 디아나가 취재를 하고 있었어. 앤의 접근을 막으려고 디아나를 이용했지. 나중에 후회했지만 깔끔하게 마무리하지 못했어."

"어떤 상황인지 짐작이 가네요."

그의 셔츠 앞섶을 벌려 따뜻하고도 단단한 그의 몸을 드러냈다.

우리가 처음 섹스를 나눴을 때 그의 반응을 떠올려보면 당시 디아나에게 어떻게 했을지 짐작이 갔다. 그는 나를 즉시 밀어내서 왠지 이용당한 듯한, 무가치하다는 느낌을 안겨주었다. 그는 그 이후로도 나를 만나려고 애썼지만, 그 여기자는 그 정도로 운이 좋지 못했던 것이다.

"어떤 식으로든 접촉하려 들면 디아나가 또 오해했을 테니까요."

나는 상황을 종합해보았다.

"그런데 그 여자는 계속해서 당신 주변을 파헤치고 있어요."

"그런데 좀 이상해. 그 여자랑 나눈 말은 다 합해봐야 열 마니노 안 되거든."

169

"당신은 나한테도 나쁜 남자처럼 굴었어요. 그런데도 난 당신에게 푹 빠지고 말았죠."

사랑스러운 손길로 그의 단단한 가슴을 어루만지며 가슴 털을 쓰다듬다가 부드러운 길을 따라 허리띠 아래로 내려갔다. 내 손길이 닿은 복근이 움찔거리며 그의 호흡이 바뀌었다.

그의 무릎 위에 걸터앉아 그의 몸을 애무했다. 엄지로 젖꼭지를 동그랗게 어루만지며 나의 손길이 안겨주는 미세한 쾌감에 굴복하는지 그의 반응을 살폈다. 고개를 숙여 그의 목에 키스했다. 내 입술 밑에서 그의 맥박이 뛰는 걸 느끼며 그의 살갗에서 풍겨 나오는 남성적인 냄새를 빨아들였다. 그를 즐기는 일은 아무리 해도 질리지가 않았다. 언제나 내게 그 이상을 되돌려주었기 때문이다.

기데온이 신음을 내뱉으며 내 머리카락을 붙잡았다.

"에바."

"당신이 내게 반응하는 게 좋아요."

나는 그에게 속삭이며 노골적으로 섹시한 남자를 내 손에 완전히 쥐고 있다는 사실에 매혹당했다.

"당신 혼자서는 할 수 없는 게 좋아요."

"할 수 없어."

그가 잠으로 헝클어진 내 머리카락을 손가락으로 정돈해주었다.

"당신 손길은 마치 나를 숭배하는 것 같아."

"숭배해요."

"당신 손길에서도, 당신 입에서도 그게 느껴져. 날 바라보는 눈빛에서도."

그가 목울대를 움직여 마른침을 꿀꺽 삼켰고 나는 그 동작을 눈으로 쫓아갔다.

"그 이상을 원한 적은 단 한 번도 없어요."

나는 그의 상반신을 애무하며 단단한 가슴 근육과 갈비뼈가 이루는 선을 일일이 쓰다듬었다. 몹시 귀중한 예술작품의 완벽함을 찬탄하는 감식가처럼.

"우리 게임해요."

그가 혀를 내밀어 자신의 입술을 천천히 핥자 질투심이 솟구치며 나의 그곳이 움찔거렸다. 그도 내 반응을 눈치채고 치명적으로 눈을 빛냈다.

"규칙이 뭔지 보고."

"오늘 밤 당신은 내 거예요, 에이스."

"난 언제나 당신 거야."

블라우스 단추를 풀어 옷을 벗자 흰색 레이스 브래지어가 드러났다.

"앤젤."

그가 속삭였다. 그의 뜨거운 시선이 내 맨살 위를 훑고 지나갔다. 그의 손이 움직이자 나는 얼른 손목을 붙잡아 막았다.

"첫 번째 규칙. 내가 밤새 당신을 빨고 쓰다듬고 갖고 놀 거예요. 당신은 눈 뜰 수 없을 지경에 이를 때까지 절정에 이르게 될 거고요."

그의 바지 위로 그의 페니스를 움켜잡고 손바닥으로 단단한 음경 위를 문질렀다.

"두 번째 규칙. 당신은 가만히 누워 그걸 즐기기만 하면 돼요."

"보답 같은 건 없어?"

"없어요."

"그런 건 안 해."

그가 단호하게 말했다.

나는 토라지는 시늉을 했다.

"제발요."

"앤젤, 당신을 흥분시키는 것은 99퍼센트가 날 위한 거야."

"하지만 내가 절정에 이르느라 너무 바빠서 당신을 제대로 즐길 수가 없단 말이에요!"

나는 불평했다.

"딱 한 번만요. 오늘 밤만요. 당신이 이기적이었으면 좋겠어요. 모든 걸 내려놓고 기분 좋으면 짐승처럼 절정에 이르라고요."

그가 입을 꾹 다물었다.

"당신과는 그렇게 할 수 없어. 난 당신과 함께하고 싶어."

"그렇게 말할 줄 알았어요."

언젠가 그에게 남자가 쾌락을 위해 활용하는 감정이야말로 내게 촉발제가 된다고 말한 적이 있었다. 나는 사랑받고 있다는 느낌, 상대방이 나를 원한다는 느낌이 필요했다. 사정을 위해 얼마든지 대체할 수 있는 여자의 몸이 아니라 섹스에 진정한 애정을 필요로 하는 에바라는 한 여자이고 싶었다.

"하지만 이건 내 게임이니까 내 규칙에 따라 움직여요."

"나는 동의하지 않았어."

"내 말 끝까지 들어요."

기데온이 천천히 숨을 내쉬었다.

"난 그렇게 할 수 없어, 에바."

"다른 여자들하고는 했잖아요."

내가 주장했다.

"난 그 여자들을 사랑하지 않았어!"

순간 마음이 약해졌다. 어쩔 수가 없었다.

"베이비……, 내가 원하고 있어요."

나는 속삭였다.

"몹시."

그가 노여운 목소리로 말했다.

"날 이해시켜봐."

"내가 숨을 헐떡이고 있으면 당신의 심장 소리를 들을 수가 없어요. 내가 몸을 떨고 있으면 당신이 떠는 걸 느낄 수가 없어요. 내 흥분을 끝내달라고 애원하느라 내 입이 바짝 마르면

173

당신을 맛볼 수가 없어요."

그의 아름다운 얼굴이 부드러워졌다.

"당신 안에 들어가 절정에 이를 때마다 나는 아득히 정신을 잃어. 그것으로 충분해."

나는 고개를 저었다.

"당신이 좋아했던 축축한 꿈들이 나란 사람으로 실현된 것 같다는 말을 한 적이 있었죠. 그 꿈들이 늘 여자를 보내버리는 것만 있었던 건 아닐 거예요. 오럴섹스는 어때요? 손으로 하는 건요? 당신, 내 가슴 좋아하잖아요. 내 가슴에서 섹스하다가 내 온몸에 사정하고 싶지 않아요?"

"맙소사, 에바."

내 손 안에서 그의 남성이 굵어졌다.

입술을 벌려 그의 입술을 쓰다듬으며 얼른 그의 바지 앞섶을 풀었다.

"당신의 가장 추악한 환상이 되고 싶어요."

나는 속삭였다.

"당신을 위해 한껏 음탕해지고 싶어요."

"당신은 언제나 내가 원하던 모습이야."

그가 어두운 목소리로 말했다.

"내가요?"

그의 옆구리에 손톱자국을 내며 그의 아랫입술을 살짝 깨물었다. 그가 씩씩거리며 숨을 뱉어냈다.

174

"그러고 나서 날 위해 해줘요. 당신이 나를 똑바로 보고 오르가슴을 통과할 때가 나는 정말 좋아요. 당신의 리듬과 초점이 바뀌면서 몹시 맹렬해지는 순간이요. 당신이 한껏 쾌감에 젖어 있을 때, 한창 뜨겁게 달아올라 절정을 향해 치달으려고 할 때 어떤 모습인지 알아요. 당신을 그렇게 만들었을 때 내 기분도 한껏 좋아지거든요. 밤새 그 기분을 느끼고 싶어요."

그가 양손으로 내 허벅지를 움켜쥐었다.

"한 가지 조건이 있어."

"뭐죠?"

"당신은 오늘 밤을 즐겨. 주말은 내 차례야."

내 입술이 벌어졌다.

"난 고작 하룻밤인데 당신은 주말 내내?"

"응. 당신과 함께하는 주말 내내."

"이봐요."

내가 중얼거렸다.

"지금 부당 거래를 시도하는 거예요?"

그가 날카롭게 웃었다.

"처음부터 그럴 생각이었어."

"엄마가 그러는데 우리 아빠는 정말로 섹스 머신이래요."

기데온이 내 옆에 앉아 씩 웃으며 나를 보았다.

"그 예쁜 머릿속에 아주 이상한 영화 대사 모음집이 들어

175

있나 봐, 앤젤."

나는 물병을 들어 한 모금 꿀꺽 삼키고 〈유치원에 간 사나이〉의 대사를 외웠다.

"우리 아빠는 산부인과 의사라서 하루 종일 여자 거기를 들여다보거든요."

그가 웃음을 터뜨리자 공중에 붕 뜬 것처럼 행복했다. 그는 그 어느 때보다 편안해 보였고 눈빛이 밝았다. 그건 내가 소파 위에서 정점을 찌르는 오럴섹스를 해주고 이어서 샤워를 하는 동안 오래도록 비누칠한 손으로 해준 것과도 관계가 있었다. 그러나 역시 가장 큰 이유는 나 때문이었다.

내가 기분이 좋으면 그 역시 기분이 좋았다. 이토록 대단한 남자에게 나란 사람이 큰 영향을 끼칠 수 있다는 사실이 놀라웠다. 기데온은 자연계에 존재하는 하나의 힘이었고 자석 같은 침착함으로 주변 사람들을 모두 자신의 그늘 밑으로 끌어당겼다. 나는 매일 그 빛을 보았고 또 감탄했지만, 둘이 함께하는 사적인 순간에 오로지 나 혼자만 차지할 수 있는 그의 매력과 짓궂은 재미가 주는 감동에는 미치지 못했다.

"이봐요."

내가 말했다.

"당신 아이가 유치원 선생님한테 저런 이야기를 한다면 차마 웃지 못할 거예요."

"내 아이들은 당신한테 저런 이야기를 들어야 할 테고, 난 누가 엉덩이를 맞아야 하는지 정확히 알고 있지."

그는 아무 말도 하지 않은 듯이, 고개를 돌려 영화를 보는 척했다. 기데온은 완전히 고독한 삶을 살아왔지만, 나를 완전히 그의 세계에 받아들였기에 정작 나는 상상하기 두려워하는 미래를 그릴 수 있었다. 나는 미래에 대한 두려움이 너무 커서 내가 견딜 수 없을 정도로 상처받을 것에 마음의 준비만 하고 있었다.

그는 내 침묵을 간파하고 내 무릎 위에 손을 올려놓으며 다시 나를 보았다.

"아직도 배고파?"

내 시선은 커피테이블 위에 머물렀다. 그 위에는 배달시킨 중국 음식 포장지와 기데온이 주말 내내 보려고 회사에서 들고 온 마법의 검은 장미가 놓여 있었다.

그가 의도한 만큼만 말뜻을 받아들이기로 하고 이렇게 대답했다.

"오직 당신만 먹고 싶어요."

그의 무릎 위에 손을 올리고, 저녁 식사 동안에만 입도록 허락해준 검은색 사각 팬티 안의 부드러운 무게감을 느꼈다.

"위험한 여자로군."

그가 몸을 가까이 기대며 중얼거렸다.

나는 재빨리 내 입술로 그의 입술을 덮치고 그의 아랫입술을 빨았다.

"위험할 수밖에 없죠."

나는 중얼거렸다.

"당신을 따라가려면요. 다크 앤 데인저러스."

그가 웃었다.

"잠깐 캐리에게 확인을 해야겠어요."

나는 한숨을 쉬며 말했다.

"엄마가 갔는지 알아봐야죠."

"당신, 괜찮아?"

"응."

나는 그의 어깨에 머리를 기댔다.

"기분을 푸는 데 기예온 요법만 한 게 없거든요."

"왕진 서비스도 한다고 말했던가? 1년 365일 무휴야."

나는 그의 이두근을 살짝 깨물었다.

"잠깐 전화만 하고 올게요. 그런 다음 다시 뿅 가게 해줄 거
예요."

"난 괜찮아. 고마워."

그가 정말 재밌다는 얼굴로 나를 보았다.

"아직 이 여자애들하고는 안 놀았단 말이에요."

그가 고개를 숙여 내 가슴골 사이에 얼굴을 묻더니 이렇게
말했다.

"안녕, 여자애들."

깔깔 웃으며 그의 어깨를 밀어내자, 그가 다시 나를 뒤로 밀

어 소파와 커피테이블 사이의 바닥에 눕혔다. 그가 두 팔로 자신의 몸을 지탱한 채 내 위로 엎드렸다. 그의 시선이 내 브래지어 위를 지나 벗은 내 배 위를 머물다가 가터벨트까지 내려왔다. 기데온을 자극하려고 샤워 후 골라 입은 앙상블은 소방차처럼 선명한 붉은색이었다.

"당신은 내 행운의 부적이야."

그가 말했다.

나는 그의 팔을 움켜잡았다.

"정말요?"

"응."

그가 부풀어 오른 가슴 위쪽을 핥았다.

"당신, 마법처럼 맛이 좋아."

내가 웃음을 터뜨렸다.

"오, 맙소사! 느끼해!"

그가 눈으로 웃었다.

"내가 원래 로맨스가 부족하다고 경고했잖아."

"거짓말. 당신은 내가 만난 어떤 남자보다도 로맨틱해요. 당신이 화장실에 크로스 트레이너 수건을 걸어두었다니, 믿을 수가 없어요."

"어떻게 안 걸 수가 있어? 게다가 당신이 행운의 부적이라는 말, 농담 아니야."

그가 내게 키스했다.

"밀라노에 있는 카지노 지분을 매각하고 있었거든. 어느 입찰자가 내가 눈여겨 보던 보르도의 작은 와인 농장을 내놓았을 때 당신이 보낸 마법의 검은 장미가 도착했어. 그런데 그 와인 농장 이름이 뭔 줄 알아? 라 로즈 누아르La Rose Noir, 검은 장미였어."

"카지노 대신 와인 농장이라고요? 결국 당신은 섹스와 죄악과 오락의 신이 되는군요."

"욕망과 쾌락과 멜로드라마 작업용 대사의 여신인 당신을 만족시키려는 노력의 일환이지."

그의 옆구리를 쓰다듬다가 허리 밴드 밑으로 손을 집어넣었다.

"와인은 언제쯤 마시러 갈 수 있어요?"

"당신이 그 농장 광고 일을 도와주면."

"아직도 포기하지 않은 거예요?"

"난 원하는 게 생기면 절대로 포기 안 해. 절대로."

그가 무릎을 꿇고 일어나 내 몸을 일으켜주었다.

"그리고 난 당신을 원해. 아주, 아주 몹시."

"당신은 날 가졌어요."

그의 말을 이용해 받아쳤다.

"난 당신의 심장과 미치도록 섹시한 몸을 가졌지. 이제 당신 머리도 갖고 싶어. 당신의 모든 걸 원해."

"날 위해 남겨둘 것도 있어야죠."

"안 돼. 대신 나를 가져."

기데온이 내 엉덩이 양쪽을 감싸 쥐었다.

"미안한 말이지만 질적으로 공평한 거래가 못 돼."

"오늘 미친 듯이 거래를 하는군요."

"지로는 자신의 거래에 만족했어. 당신도 만족하게 될 거야. 약속하지."

"지로라고 했어요?"

심장이 툭 내려앉았다.

"설마 코린의 친척은 아니겠죠?"

"코린의 남편이야. 사이가 틀어져서 이혼을 앞두고 있기는 하지만."

"말도 안 돼요. 코린의 남편과 거래를 한다고요?"

그의 입술이 슬프게 비틀렸다.

"처음이야. 그리고 마지막이 될 거야. 물론 그에게는 내가 특별한 여자와 사귀고 있고, 그게 그의 아내는 아니라고 말해 두었어."

"문제는 코린이 당신을 사랑하고 있다는 거죠."

"코린은 날 몰라."

그가 내 뒤통수를 감싸 안고 서로의 코를 비벼댔다.

"얼른 캐리에게 전화해. 저녁 먹은 건 내가 치울게. 그리고 나서 얼굴이나 핥자고."

"섹스 악마."

"섹스 여우."

휴대폰을 가지러 주섬주섬 일어났다. 기데온이 가터벨트 끈을 잡아당겼다가 튕겨 내 살갗에 충격을 보냈다. 날카로운 통증에 깜짝 놀라서 그의 손등을 찰싹 때려주고 서둘러 그의 반경에서 벗어났다.

두 번째 신호음이 울리고 캐리가 전화를 받았다.

"안녕, 자기야. 여전히 괜찮은 거야?"

"응. 너도 여전히 최고의 친구야. 엄마는 아직도 거기 있어?"

"한 시간 전에 돌아가셨어. 애인 집에 있는 거야?"

"응. 네가 날 필요로 하지만 않으면 계속 있을 거야."

"난 괜찮아. 지금 트레이가 오는 중이거든."

그 소식을 들으니 이틀째 외박하는 죄책감이 한결 가벼워졌다.

"대신 인사 전해줘."

"응. 내가 대신 키스할게."

"내 몫의 키스는 너무 뜨겁고 축축하지 않게 해줘."

"흥! 좋다 말았잖아. 그런데 너, 그 친절한 루카스 박사님에 대해서 알아봐달라고 했던 거 기억해? 지금까지는 별거 없어. 일 말고는 달리 하는 일이 없더라. 자식도 없고, 부인도 의사래. 정신과 의사."

기데온이 엿듣나 싶어 조심스럽게 그쪽을 살폈다.

"정말?"

"왜? 그게 중요한 정보야?"

"아니, 그런 것 같지는 않은데……, 심리학자들은 원래 빈틈 없이 상대방의 성격을 파악할 수 있는 거 아닌가?"

"아는 여자야?"

"아니."

"무슨 일이야, 에바? 요즘 완전히 첩보원처럼 굴고, 짜증나려고 그런다?"

나는 바스툴 위에 앉아 가능한 선에서 최대한 설명해주었다.

"루카스 박사는 언젠가 자선 파티에서 처음 만났어. 또 네가 입원 중일 때도 만났고. 그 사람이 기데온에 대해 나쁘게 말하기에, 대체 무슨 생각으로 그러는 건지 알아보고 싶었을 뿐이야."

"크로스가 그 남자 부인하고 놀아났겠지. 그거 말고 다른 이유가 뭐가 있겠어?"

남의 과거를 까발리고 싶지는 않았기에 캐리의 말에 대답하지 않았다.

"내일 오후에 집에 갈게. 여자들끼리 어울리기로 했거든. 넌 끼고 싶지 않지?"

"그래, 아주 노골적으로 화제를 돌려라."

캐리가 불퉁거렸다.

"그래, 확실히 끼고 싶지 않아. 클럽을 바라볼 마음의 준비도 아직 안 됐어. 생각만 해도 두드러기가 나려고 그래."

캐리는 클럽에서 나오다가 나단에게 공격을 당했고, 아직도 그 일로부터 완벽하게 회복되지 않은 상태였다. 원래 몸보다 마음의 치유가 더 오래 걸린다는 사실을 잘 알고 있었다. 그는 아무렇지 않은 척했지만 그게 아니라는 걸 내가 먼저 헤아렸어야 했다.

"다다음주 주말에 함께 샌디에이고에 갈래? 아빠도 보고 친구들도 만나고. 트래비스 박사님도 볼 수 있을지 몰라."

"아직 확실히는 모르겠다, 에바."

그가 무뚝뚝하게 대답했다.

"하지만 좋은 생각이기는 해. 그런데 요즘 내가 일이 없으니까 비용은 네가 좀 빌려줘라."

"걱정 마. 내가 예약하고 나중에 정산하면 돼."

"아, 참. 끊기 전에 할 말 있어. 아까 네 친구라는 사람이 전화했어. 디아나라든가. 깜박 잊었네. 할 말이 있다고 전화해달라더라."

나는 기대온 쪽을 돌아보았다. 그의 눈빛이 이제는 익숙해진 단단한 광채를 뿜어내는 걸 보니 그도 내 안색을 보고 뭔가를 알아챈 것 같았다. 그가 배달 음식 포장지를 깔끔하게 정리한 봉투를 들고 길고 민첩한 다리로 성큼성큼 다가왔다.

"그 여자한테 무슨 이야기 했어?"

나는 목소리를 낮춰 캐리에게 물었다.

"무슨 이야기? 예를 들어봐."

"기자하고는 아무 말도 하고 싶지 않다든가, 뭐 그런 거. 그 여자, 사실은 기자야."

기데온의 얼굴에 돌덩이 같은 그림자가 드리웠다. 그가 나를 지나쳐 압축 쓰레기통에 봉투를 집어넣고 다시 내 옆으로 왔다.

"기자랑 친구야? 너 미쳤니?"

캐리가 물었다.

"아니야, 그 여자랑 친구 아니야. 그 여자가 어떻게 우리 집 전화번호를 알아냈는지도 모르겠다."

"그 여자가 원하는 게 대체 뭔데?"

"기데온에 관한 폭로. 그의 나쁜 면들을 캐고 있어. 동에 번쩍, 서에 번쩍, 기데온 주위에서 출몰하고 있다니까."

"다시 전화하면 반쯤 죽여놓을게."

"아니, 그러지 마."

나는 기데온의 눈을 쳐다보았다.

"그 여자한테는 어떤 정보도 주지 마. 내가 어디 있다고 했어?"

"밖에."

"잘했어. 고마워, 캐리. 필요하면 전화해."

"화끈하게 죽여주는 밤 보내."

"맙소사, 캐리."

고개를 절레절레 흔들며 전화를 끊었다.

"디아나 존슨이 전화했대?"

기데온이 앞으로 팔짱을 끼고 물었다.

"예. 그리고 이제 내가 그 여자한테 전화할 거예요."

"하지 마."

"닥쳐요, 원시인. 난 지금 '크로스 쟁탈전'을 하려는 게 아니에요."

나는 딱 잘라 말했다.

"벌써 잊은 모양인데, 우린 거래를 했어요. 당신은 날 가졌고 난 당신을 가졌어요. 그러니 내 것을 지키려는 거예요."

"에바, 날 위해 어떤 싸움에도 나서지 마. 나는 내가 지킬 수 있어."

"나도 알아요. 당신은 평생 그렇게 해왔죠. 이젠 당신 곁에 내가 있어요. 또 이번 일은 내가 해결할 수 있어요."

그의 태도가 미묘하게 변했다. 매우 빨리 바뀌어서 화가 난 것인지 알 수가 없었다.

"당신이 내 과거를 해결해야 하는 게 싫어."

"당신은 내 과거를 해결했잖아요."

"그건 달라."

"위협은 똑같은 위협이죠. 우리는 함께 이 문제를 안고 있어요. 디아나가 내게 손을 뻗치고 있으니, 대체 당신을 어쩔 셈인지 내가 제일 잘 알아낼 수 있어요."

그가 좌절감으로 한쪽 손을 내저었다가 머리를 쓸어 올렸다. 흥분으로 그의 상반신이 씰룩거리며 복근이 움찔거리고 이두근이 단단히 불거지는 모습에 마음을 뺏기지 않도록 조심해야 했다.

"그 여자가 날 어쩌려는 건지 신경 안 써. 당신은 진실을 알고 있고 또 유일하게 중요한 사람이야."

"그 여자가 언론을 이용해 당신을 짓밟는 동안 내가 뒷짐만 지고 있을 거라고 생각한다면 큰 오산이에요!"

"그 여자가 당신만 아프게 하지 않으면 돼. 어쩌면 그 여자의 목적이 그것일 수도 있어."

"직접 만나보지 않고서는 알 수 없어요."

핸드백에서 디아나의 명함을 꺼내 그녀의 휴대폰에 내 번호가 뜨지 않게 차단하고 다이얼을 눌렀다.

"에바, 제기랄!"

휴대폰 스피커를 켜고 조리대 위에 올려놓았다.

"디아나 존슨입니다."

그녀가 활기찬 목소리로 전화를 받았다.

"디아나, 에바 트라멜이에요."

"안녕, 에바."

있지도 않은 친밀감을 가장하며 디아나의 목소리가 바뀌었다.

"별일 없어요?"

"예. 당신은요?"

그녀의 목소리가 그에게 어떤 영향을 끼치는지 기데온을 살폈다. 그는 잔뜩 화가 난 얼굴로 나를 노려보았다. 그의 기분이 어떻든 언제나 그를 거부할 수 없다는 사실을 인정해야 했다.

"취재가 급물살을 타고 있어요. 나로선 좋은 일이죠."

"단도직입적으로 말하는 게 좋겠어요."

"그래서 아까 전화했어요. 기데온이 당신과 당신 룸메이트와 또 다른 남자가 있는 집에 들어가 난동을 피운 적이 있다는 정보를 입수했어요. 그 남자는 결국 병원에 실려 갔고, 현재 폭행죄로 기데온을 고소하려고 준비 중이래요. 그게 사실인가요?"

나는 흠칫 얼어붙었다. 들끓는 핏속에 귀가 잠기는 것만 같았다. 코린을 만났던 날 집에 돌아와보니 캐리를 포함한 네 사람이 함께 난교 파티를 벌이고 있었는데, 그 중 이안이라는 남자가 벌거벗은 채 내게 집단 섹스에 끼어들라고 추파를 던졌다가 기데온에게 주먹으로 응징을 당한 일이 있었다.

기데온 쪽을 보는데 뱃속이 똘똘 뭉쳤다. 모두 사실이었다. 기데온은 이안으로부터 고소당한 상태였다. 그의 얼굴이 증거였다. 완전하게 감정이 사라진 얼굴. 그의 생각은 완벽한 가면 뒤에 숨어 있었다.

"아뇨. 사실이 아니에요."

내가 대답했다.

"어떤 부분이 사실이 아니죠?"

"그 일이라면 더는 말할 게 없어요."

"또 기데온과 브렛 클라인 사이에 다툼이 있었다는 제보도 들어왔어요. 소식통에 의하면 당신이 브렛 클라인과 뜨겁고 격렬하게 포옹했기 때문이라던데, 그것도 사실인가요?"

조리대 가장자리를 꼭 움켜쥔 손등이 하얗게 질렸다.

"당신 룸메이트도 최근 폭행을 당했다면서요?"

디아나가 계속 말했다.

"그것도 기데온과 관계가 있나요?"

맙소사……

"당신, 제정신이 아니군요."

내가 차갑게 말했다.

"브라이언트 공원에서 당신과 기데온이 다투는 모습을 찍은 영상을 보면, 그가 매우 공격적이고 거칠게 굴던데요. 기데온 크로스와는 학대적인 관계였나요? 그는 걸핏하면 통제력을 잃고 폭력적으로 나왔나요? 당신은 그를 두려워하나요, 에바?"

기데온이 몸을 돌려 복도를 성큼성큼 지나 서재로 들어가 버렸다.

"엿이나 먹어, 디아나."

내가 차갑게 내뱉었다.

"당신이 하룻밤 풋사랑에 성공하지 못했다는 이유로 아무 쇠도 없는 남자의 명예를 길기리 찢으려고 하는 거야? 세련된

189

현대 여성을 표방하면서?"

"그 자식이 전화를 받았어."

그녀가 씩씩거렸다.

"끝내기도 전이었어. 빌어먹을 전화를 받고 부동산 사찰에 관해 이야기를 나누기 시작했어. 그러다가 침대에 누워 기다리는 내 쪽을 흘낏 보더니 이렇게 말했지. '가도 좋아.' 맙소사, 그렇게 말했다고. 나를 창녀 취급했어. 화대만 받지 않았을 뿐이야. 심지어 술 한 잔도 권하지 않았어."

나는 눈을 질끈 감았다. 맙소사.

"미안해요, 디아나. 진심이에요. 나도 나쁜 놈들을 많이 만나봤지만, 기데온은 당신에게 나쁜 놈이었던 모양이군요. 그래도 지금 당신이 하려는 짓은 잘못이에요."

"모두 사실이라면 잘못이 아니에요."

"사실이 아니에요."

그녀가 한숨을 내쉬었다.

"당신이 가운데 끼어 있어서 유감이에요."

"아뇨, 그렇게 생각하지 않아도 돼요."

나는 통화 종료 버튼을 누르고 고개를 숙인 채 조리대에 잠시 기대서 있었다. 주위가 빙글빙글 돌았다.

8

기데온이 책상 뒤에서 마치 우리에 갇힌 표범처럼 왔다 갔다 하고 있었다. 귀에 이어폰을 끼고 있었는데 아무 말도 하지 않았기에 듣는 건지 통화 대기 중인지 알 수가 없었다. 그가 내 눈을 바라보았다. 그의 얼굴은 단단하고 완강했다. 속옷 차림이었지만 상처받기 쉬워 보였다. 누구도 그를 다른 존재로 오해하는 일은 없을 것이다. 온몸의 근육을 보면 물리적으로 그의 힘은 분명해 보였다. 그뿐만 아니라 내 등줄기를 서늘하게 만들 만큼 냉혹한 기운을 뿜어내고 있었다.

함께 저녁을 먹었던 느긋하고 즐거운 남자는 사라지고, 경쟁자들을 압도해버린 도시의 포식자가 그 자리를 차지하고 있었다.

나는 그를 그대로 놔두었다.

내가 원했던 것은 기데온의 태블릿 PC였고 그의 가방에서 찾아냈다. 암호가 걸려 있어서 한동안 멍하니 화면만 바라보고 있었는데, 놀랍게도 내가 마구 떨고 있었다. 두려워했던 모든 일이 벌어지고 있었다.

"앤젤."

고개를 들어보니 그가 복도로 나와 있었다.

"암호 말이야."

그가 설명했다.

"앤젤이라고."

아아. 날뛰던 기운이 잦아들며 그 자리에 피곤하고 지친 감정만 남았다.

"왜 소송당한 이야기를 하지 않았어요?"

"정확히 말하면 소송이 아니야. 소송 위협이 있을 뿐이지."

그가 어조의 변화 없이 말했다.

"이안 하거가 바라는 건 돈이야. 나는 덮어두길 원하고. 우린 사적으로 해결을 볼 거야. 그럼 끝나."

소파로 가서 허벅지 위에 태블릿 PC를 올렸다. 그가 나를 향해 걸어오는 모습을 천천히 음미하며 지켜보았다. 그의 외모에 정신을 놓기란 정말 쉬웠다. 그러다 보니 그의 마음속이 얼마나 외로운지는 미처 모르고 지나가기 일쑤였다. 그러나 그는 어려움에 직면할 때마다 나를 끼워주지 않았다.

"고려할 가치가 없는 시시한 일이라도 괜찮아요. 나한테 말했어야 했어요."

그가 가슴 앞으로 팔짱을 꼈다.

"하려고 했어."

"하려고 했다고요?"

나는 발끝으로 바닥을 버티며 몸을 반듯이 폈다.

"엄마가 자꾸 비밀을 만들어서 엄마와의 사이가 틀어졌다고 했잖아요. 그런데 당신은 당신의 비밀에 대해 한 마디도 하지 않는군요."

그가 잠시 멈춰 서서 굳은 얼굴로 나를 보았다. 그러더니 낮게 뭐라고 욕설을 내뱉고는 이야기를 시작했다.

"당신에게 말해야겠다고 생각하면서 집에 일찍 돌아왔어. 그런데 당신이 먼저 어머니와의 일을 이야기했고, 하루에 두 가지 어려움을 감당하기에는 너무 힘들 거라고 판단했어."

기운이 빠져서 다시 소파에 기대어 앉았다.

"관계는 그런 식으로 굴러가지 않아요, 에이스."

"나는 당신을 다시 내 것으로 만드는 과정에 있어, 에바. 이제 겨우 다시 만났는데 귀한 시간을 엉망진창인 이야기들이나 나누며 보내고 싶지 않아!"

나는 내 옆의 쿠션을 두드리며 말했다.

"이리 와요."

그는 대신 커피테이블 앞에 앉았다. 그가 내 다리 사이로 다리를 쭉 뻗었다. 그가 두 손을 들어 내 손을 맞잡고 내 손등에 입을 맞추었다.

"미안해."

"당신을 비난하는 게 아니에요. 당신이 나에게 뭔가 할 말이 있다면, 지금이 바로 그때라는 말이죠."

그가 앞으로 몸을 숙여 나를 소파 위에 반듯이 눕히고는 내 위로 올라와 속삭였다.

"나는 당신을 사랑해."

모든 게 잘못되어갈지라도 완벽하게 올바른 한 가지가 바로 그것이었다.

그것으로 충분했다.

우리는 서로 끌어안은 채 소파 위에서 잠들었다. 긴 낮잠을 잔 탓인지 계속 의식 안팎을 넘나들며 불안감과 걱정에 시달렸다. 잠깐 깨어났을 때 기데온에게 뭔가 변화가 일어나고 있는 게 느껴졌다. 그가 가쁘게 숨을 몰아쉬더니 내 몸을 잡은 손아귀에 힘이 들어갔다. 그가 격렬하게 움직이자 내 몸이 흔들렸다. 훌쩍거리는 소리가 내 가슴을 찔렀다.

"기데온."

그의 품에서 빠져나와 그의 얼굴을 살펴보았다. 내가 급히 움직인 탓에 그가 잠에서 깨어났다. 그는 밝은 조명에 어리둥절해했고, 나는 그가 밝은 곳에서 깨어난 것을 다행으로 생각했다.

내 손바닥 밑에서 그의 심장이 쿵쿵 뛰는 게 느껴졌고 살갗에서 미세한 땀방울이 솟아나는 것도 느껴졌다.

그가 헐떡였다.

"뭐지? 무슨 일이야?"

"악몽을 꿨나 봐요."

뜨거운 그의 얼굴에 부드럽게 입을 맞추며 내 사랑이 나쁜 기억을 모두 몰아내기를 기원했다.

그가 윗몸을 일으키려고 했지만, 나는 그를 더욱 단단히 끌어안고 그대로 누워 있게 했다.

"당신은 괜찮아?"

그가 한 손으로 내 몸을 어루만지고 내 얼굴을 살폈다.

"내가 당신을 아프게 했어?"

"난 괜찮아요."

"맙소사."

그가 뒤로 몸을 떨어뜨리고 팔로 눈을 가렸다.

"당신과 함께 잠이 드는 게 아니었어. 게다가 깜박 잊고 약도 안 먹었어. 제기랄, 방심하는 게 아니었는데."

"이봐요."

나는 팔꿈치로 윗몸을 일으키고 그의 가슴을 쓰다듬었다.

"아무 일도 없었다니까요."

"가볍게 넘겨서는 안 되는 일이야, 에바."

그가 단호한 눈빛으로 나를 보았다.

"절대 안 돼."

"절대로 가볍게 넘기지 않아요."

맙소사, 그는 너무도 지쳐 보였다. 눈 밑에 그림자가 짙었고 사악할 정도로 육감적인 입가에는 깊은 주름이 패어 있었다.

"나는 사람을 죽였어."

그가 험상궂게 말했다.

"내 곁에서 자면 당신은 결코 안전할 수 없어. 지금은 특히 그래."

"기데온……."

요즘 그가 악몽을 더 자주 꾸는 이유가 얼핏 이해가 되었다. 자신의 행위를 합리화시킬 수는 있었지만, 양심의 무게까지 누그러뜨리지는 못했던 것이다.

나는 그의 이마를 덮은 덥수룩한 머리카락을 쓸어 넘겼다.

"마음이 괴롭다면 나와 이야기를 해야 해요."

"난 그저 당신이 안전하길 바랄 뿐이야."

그가 중얼거렸다.

"난 당신과 함께 있을 때가 가장 안전해요. 제발 모든 일에 자책하는 버릇을 버렸으면 좋겠어요."

"내 잘못이야."

"내가 나타나기 전에는 당신 삶에 복잡할 일이 없었잖아요."

내가 맞섰다.

그가 찌푸린 얼굴로 나를 쏘아보다가 쓴웃음을 지었다.

"난 아무래도 복잡한 게 취향인가 봐."

"그럼 그만 자책해요. 잠깐 기다려요, 금방 올게요."

안방으로 가서 가터벨트와 스타킹, 브래지어를 벗고 큼직한 크로스 인더스트리 티셔츠로 갈아입었다. 침대 발치에서 벨벳 담요를 걷어 안고 기데온의 방으로 가서 약을 챙겼다.

내가 담요와 약을 내려놓고 물을 가지러 주방으로 가는 동안 기데온은 눈으로 내 행동을 쫓았다. 재빨리 그를 눕히고 함께 담요를 덮고 대부분의 조명을 껐다. 그의 다리에 내 다리를 얽으며 그의 품으로 더 가까이 파고들었다. 기데온이 수면 이상 증세에 대해 처방받은 약은 효과가 없었지만, 그는 종교처럼 약을 복용했다. 그의 헌신적인 노력이 무척 사랑스러웠다. 모두 나를 위한 행동이기 때문이었다.

"무슨 꿈을 꿨는지 기억나요?"

내가 물었다.

"아니. 어떤 꿈이든 당신이었으면 좋겠어."

"나도요."

그의 가슴에 머리를 기대고 느릿한 그의 심장 박동 소리를 들었다.

"만약 내 꿈이었다면 어떤 내용이었을까요?"

그의 몸이 긴장을 풀고 소파와 내 쪽으로 편안하게 가라앉는 게 느껴졌다.

"구름 한 점 없이 맑은 카리브 해야."

그가 중얼거렸다.

"하얀 모래밭에 오두막이 한 채 있고 우리 앞의 바닷가만 뚫려 있고 나머지 3면은 막힌 개인 전용 해변이지. 난 당신을 길쭉한 의자에 눕혀놓을 거야. 벌거벗긴 채."

"당연하죠."

"당신은 햇볕을 받아 따뜻하고 나른해. 머리카락은 바닷바람에 날리고. 내가 당신에게 절정을 안겨준 뒤 당신은 내게 미소를 짓지. 우린 갈 곳도 없고 기다리는 사람도 없어. 오직 우리 두 사람만 이 세상에 내내 함께 있지."

"천국이군요."

그의 몸이 점점 무거워지는 것을 느끼며 중얼거렸다.

"둘이 벌거벗고 헤엄을 치면 좋겠어요."

"음……."

그가 하품을 했다.

"침대로 가야겠어."

"시원한 맥주도 한 양동이 있었으면 좋겠네요."

시간을 끌다가 그를 내 품에서 재우고 싶었다.

"레몬도요. 당신 복근 위에 레몬 즙을 짜서 핥아먹을 테야."

"오, 난 당신 입이 정말 좋아."

"그런 꿈을 꿔요. 내가 당신에게 해줄 수 있는 온갖 못된 짓들요."

"구체적인 예를 들려줘."

나는 손으로 그의 몸을 어루만지며 낮고 편안한 목소리로 수많은 예를 들려주었다. 그의 숨이 점점 깊어지며 온몸이 천천히 늘어졌다.

태양이 뜨고도 한참이 흐를 때까지 그렇게 그를 안고 있었다.

기데온은 11시까지 잤다. 나는 그 시간에 치밀한 계획을 세웠다. 잠에서 깨어난 그가 나를 발견한 곳은 서재였다. 그의 책상이 내가 쓴 메모지와 그림들로 어지러웠다.

"안녕."

그의 키스를 기다리며 입을 내밀었다. 그는 막 잠에서 깨어나 부스스하고 섹시한 팬티 차림이었다.

"잘 잤어요?"

그는 내가 뭘 하고 있는지 넘겨 보았다.

"뭐 하고 있었어?"

"내 설명을 듣기 전에 카페인부터 복용해야 할걸요."

나는 흥분으로 양손을 싹싹 비볐다.

"커피 만들 동안 샤워할래요? 그런 다음 알아보자고요."

그가 내 얼굴을 살피다가 재미있다는 듯이 웃었다.

"알았어. 그런데 당신과 같이 샤워하고 싶어. 그런 다음 커피를 마시고 무슨 일인지 알아보자고."

"그 생각과 당신 정력은 오늘 밤을 위해 아껴둬요."

"그래?"

"나는 오늘 약속 있는 거 알죠?"

내가 말했다.

"오늘은 술을 꽤 마실 거고 분명히 후끈 달아오를 거예요. 잊지 말고 비타민 챙겨 먹어요, 에이스."

그의 입술이 비틀려 올라갔다.

"뭐, 그렇다면."

"그럼요. 내일 살아서 침대 밖으로 나오면 행운인 줄 알아요."

내가 경고했다.

"그럼 영양을 충분히 섭취해둬야겠군."

"좋은 생각이에요."

다시 태블릿 PC로 관심을 돌렸지만, 그가 엄청나게 멋진 엉덩이를 보이며 밖으로 걸어 나가는 모습을 바라보지 않을 수가 없었다.

그는 축축한 머리에 엉덩이 위로 낮게 걸친 검은 운동복 바지 차림으로 다시 나타났다. 그 안에 엄청난 물건이 있다는 걸 나는 알고 있었다. 내 계획에 집중하려고 무진 애를 쓰면서 그에게 책상 의자를 권하고 나는 그 옆에 섰다.

"좋아요."

나는 시작했다.

"최고의 공격이 곧 최고의 방어라는 격언에 따라 당신의 대중적 이미지를 살펴봤어요."

그가 커피를 한 모금 들이마셨다.

"그런 눈으로 보지 마요."

그에게 경고했다.

"당신 사생활에는 집중하지 않았어요. 내가 당신의 사생활이니까."

"좋군."

그가 인정하는 뜻으로 내 등을 툭툭 쳤다.

나는 그에게 혀를 내밀었다.

"당신의 분노에 초점을 맞춘 흠집 내기 전략을 어떻게 공략할지 생각해봤어요."

"내가 예전에는 성질을 부리지 않는 것으로 유명했다는 사실이 도움이 될 거야."

그가 무뚝뚝하게 말했다.

나를 만나기 전까지는……

"내가 당신에게 끔찍한 영향을 미치고 있군요."

"당신은 내게 일어난 가장 좋은 일이니까."

그 말에 재빨리 그의 관자놀이에 입을 맞추었다.

"크로스로드 재단을 발견하기까지 어이없을 정도로 시간이 오래 걸렸어요."

"어디에서 찾을 수 있는지 몰랐으니까."

"당신의 검색 엔진은 정말로 열받아요."

나는 웹사이트를 열며 되받아쳤다.

"겉만 번지르드해요. 예쁘시만 어처구니없게 내용이 없어

요. 후원하는 자선 단체 링크와 정보는 어디에 있죠? 재단 소
개와 취지는 어디에 있냐고요?"

"그런 자세한 정보는 1년에 두 번 자선 단체와 병원과 대학
에 보내."

"좋아요. 그럼 인터넷에 당신을 소개할게요. 왜 이 재단은
당신과 연관이 없는 거죠?"

"크로스로드 재단은 나에 관한 게 아니야."

"정말로 아니더군요."

그가 눈썹을 추켜세우고 나를 쳐다보았다. 나는 그 앞에 할
일 목록을 내밀었다.

"디아나 폭탄이 터지기 전에 우리가 먼저 제거할 거예요. 월
요일 아침까지 이 웹사이트를 철저히 뜯어고쳐야 해요. 여기
내가 적어놓은 정보와 페이지들을 추가해요."

기데온이 성의 없는 눈길로 쪽지를 보더니 다시 머그잔을
집어들고 의자에 몸을 기댔다. 나는 경이로운 그의 상반신이
아닌 머그잔에 집중하려고 애썼다.

"크로스 인더스트리 사이트에 있는 당신의 약력 페이지에
크로스로드 재단을 링크시켜야 해요."

나는 계속했다.

"페이지 내용도 가득 채우고 업데이트도 해요."

그 앞에 또 다른 쪽지를 내밀었다.

그가 쪽지를 들고 내가 초안으로 만든 약력을 읽기 시작했다.

"이건 누가 봐도 나를 사랑하는 사람이 쓴 티가 나는데?"

"쑥스러워하지 마요, 기데온. 가끔은 무뚝뚝하게 '나는 바위 야'라고 말할 때도 있겠지만, 당신에게는 아름다운 얼굴과 화 끈한 몸, 미칠 것 같은 성적 충동 말고도 훨씬 많은 것들이 있 단 말이에요. 내가 이 세상과 공유해도 좋은 것들에 집중하기 로 해요."

기데온이 활짝 웃으며 물었다.

"오늘 아침 커피를 얼마나 마신 거야?"

"당신을 매트에 메어꽂을 만큼은 마셨어요. 그러니 조심하 라고요."

나는 그의 팔뚝에 엉덩이를 부딪쳤다.

"라 로즈 누아르 포도밭을 취득하게 된 것도 언론에 발표하 는 게 좋을지 몰라요. 당신과 지로라는 이름을 서로 연결시킬 수 있게요. 사람들에게 코린에게 남편이 있다는 사실을 상기 시키면 다이나도 당신이 코린을 일방적으로 차버린 나쁜 남자 라고 비난하기 어려워질 거예요. 뭐, 그녀가 정 그 길을 걷겠 다고 결심했다면 말이죠."

그가 불쑥 나를 붙잡아 무릎 위에 앉혔다.

"앤젤, 당신은 나를 죽이고 있군. 당신이 원한다면 뭐든 하 겠지만, 디아나에겐 아무것도 없다는 걸 기억해둬. 이안 하거 는 자신의 이야기를 공론화해서 합의금을 챙길 수 있는 기회 를 버리지는 않을 거야. 합의서에 서명하고 돈만 챙겨 달아날 거라고."

"하지만 또……."

"식스나인스도 '골든Golden'이 다른 남자와 연루되는 걸 원치 않을 거야. 노래 속의 러브스토리를 망치고 말 테니까. 클라인에게 연락하면 그 역시 동의할걸."

"브렛과 만나겠다는 말이에요?"

"우린 동업자니까."

그가 입술을 비틀어 올리며 지적했다.

"그래, 좋아. 디아나는 캐리가 습격당한 사건도 협박거리로 이용하려고 하지. 하지만 그 일에 내가 연관되어 있지 않다는 건 당신도 나도 알잖아."

나는 모든 상황을 고려해보았다.

"당신은 디아나가 나를 조롱하고 있다고 생각해요? 왜요?"

"내가 당신 거니까. 우리가 함께 참석했던 파티에 그 여자가 기자로 출입한 적이 있다면 그 사실을 분명히 알고 있을 거야."

그가 내 이마에 자신의 이마를 포갰다.

"당신을 향한 내 마음은 도저히 감출 수가 없어. 그러니 그녀가 당신을 목표로 삼는 거야."

"내게는 잘도 감췄으면서."

"당신의 불안감이 스스로 눈을 가린 거지."

그 점에 대해서는 반박할 수가 없었다.

"그래서 그 여자가 기사를 쓰겠다고 협박하며 날 미치게 하는 거로군요. 그녀가 얻는 게 뭘까요?"

그가 몸을 뒤로 기댔다.

"생각해봐. 당신과 나에 관한 스캔들이 터지기 일보 직전이야. 뇌관을 제거하는 가장 빠른 방법이 뭘까?"

"날 멀리하는 거요. 그게 당신이 쓴 방법이었잖아요. 스캔들의 원인으로부터 멀리 떨어져라."

"아니면 반대로 당신과 결혼하는 방법이 있겠지."

그가 조용히 말했다.

나는 흠칫 얼어붙었다.

"그게……, 당신이……?"

나는 힘겹게 마른침을 삼키고 속삭였다.

"지금은 안 돼요. 이런 식은 아니에요."

"그래, 이런 식은 아니지."

기데온이 내 입술에 입을 맞추었다.

"앤젤, 날 믿어. 내가 정말로 청혼을 하면 당신도 알게 될 거야."

목이 꽉 잠겨서 고개만 겨우 끄덕일 수 있었다.

"숨 쉬어."

그가 부드럽게 명령했다.

"한 번 더. 그게 끔찍한 일이라서 그러는 건 아니지?"

"아니에요. 정말 아니에요."

"말해봐, 에바."

"나는 그냥……."

남은 말을 순식간에 쏟아냈다.

"내가 받아들일 수 있을 때 했으면 좋겠어요."

그의 몸이 긴장하는 것이 느껴졌다. 그가 얼굴을 찌푸리며 상처받은 눈빛을 하고 뒤로 기댔다.

"지금은 받아들일 수 없다는 말이지?"

나는 고개를 저었다.

그가 단호하게 입술을 꾹 다물었다.

"내가 어떻게 하면 되는지 말해줘."

우리 사이의 결합을 느낄 수 있도록 그의 어깨를 꼭 끌어안았다.

"내가 모르는 게 너무 많아요. 더 많은 것을 알아야 결심할 수 있다는 말은 아니에요. 당신을 사랑하는 내 마음은 그 무엇으로도 막을 수 없으니까. 그 무엇도요. 당신이 나와 뭔가 공유하기를 망설이는 것 자체가 당신이 준비되지 않은 것처럼 느껴져요."

"그건 당신 말을 따랐다고 생각하는데."

그가 중얼거렸다.

"당신이 나와 영원히 함께하기를 원하지 않을지도 모르잖아요. 나 역시 당신을 견딜 수 없게 될지도 몰라요."

"당신이 알고 싶은 게 뭐지?"

"전부요."

그가 짜증이 담긴 소리를 냈다.

"구체적으로 말해봐. 한 가지씩 시작해보자고."

가장 먼저 마음에 떠오른 대로 말했다. 아침 내내 그의 사업에 관해 파헤치고 생각한 탓이었다.

"비달 레코드요. 왜 새아버지의 회사를 당신이 장악하고 있는 거죠?"

"회사가 침몰하고 있었기 때문이야."

그의 턱이 완강해졌다.

"어머니는 이미 한 번의 도산으로 고통을 받은 적이 있는데, 그 일을 또다시 반복할 수는 없었어."

"그래서 어떻게 했는데요?"

"어머니가 새아버지와 크리스토퍼를 설득해 회사 주식을 상장하게 했고, 아일랜드의 지분을 나한테 팔았어. 원래 내 지분과 합해서 내가 대주주가 되었지."

"와우."

나는 그의 손을 꼭 잡았다. 나는 기데온의 새아버지인 크리스토퍼 비달 시니어와 동생인 크리스토퍼 비달 주니어를 둘 다 만나봤다. 아버지와 아들은 짙은 구릿빛 곱슬머리와 회색이 도는 초록색 눈동자를 똑닮았지만, 두 사람은 매우 달라 보였다. 크리스토퍼가 망나니인 줄은 알고 있었지만, 그의 아버지는 아니라고 생각했다. 적어도 아니기를 바랐다.

"그래서 어떻게 됐어요?"

기데온이 눈썹을 추켜세운 것으로 사실상 원하는 대답은 전부 알 수 있었다.

"새아버지는 나의 조언을 구했지만 크리스토퍼는 받아들이려고 하지 않았지. 새아버지는 누구 편을 들어야 할지 몰랐어."

"그래서 당신은 마땅히 해야 하는 대로 했을 뿐이고요."

나는 그의 턱에 입을 맞추었다.

"말해줘서 고마워요."

"그게 다야?"

나는 씩 웃었다.

"아뇨."

또 다른 것을 물어보려는 순간, 엄마에게 설정해놓은 지정 벨소리가 울렸다. 엄마가 이렇게 오래 참았다가 전화를 했다는 사실이 놀라웠다. 휴대폰의 무음 모드를 푼 게 10시 무렵이었다. 낮게 신음하며 말했다.

"전화를 받아야겠어요."

그가 나를 놓아주었고, 멀어지는 내 엉덩이를 툭 두드렸다. 문간에서 뒤를 흘낏 돌아보니, 그가 내가 써놓은 쪽지와 제안서를 열심히 읽고 있었다. 빙그레 웃음이 나왔다.

간이 식탁에 놓여 있는 휴대폰을 향해 손을 뻗는 순간 벨소리가 끊겼다. 그러다가 곧 다시 울리기 시작했다.

"엄마."

엄마가 벌컥 화를 내기 전에 얼른 할 말을 했다.

"오늘 엄마한테 갈게요, 알았죠? 그때 이야기해요."

"에바, 얼마나 걱정했는지 아니? 네가 나한테 이러면 안
돼!"

"한 시간 후에 갈게요."

얼른 엄마의 말을 잘랐다.

"옷 입으러 가야 해요."

"너무 속상해서 간밤에 한숨도 못 잤어."

"알아요. 저도 못 잤어요."

그리고 결국 말대꾸를 했다.

"엄마가 화낼 일은 아니잖아요. 사생활을 침해당한 사람은
바로 저라고요. 엄마는 그러다가 들킨 사람이고요."

침묵.

엄마는 유리처럼 깨지기 쉬워 보였기 때문에 내가 엄마에게
단호하게 할 말을 하는 일은 매우 드물었다. 그러나 이번만은
우리 관계를 확실히 정리해야 했고, 잘못했다간 끝장이 날 것
같았다. 시간을 확인하려고 손목을 들었다가 더는 시계가 없
다는 걸 깨닫고 텔레비전 옆의 유선방송 셋톱박스를 보았다.

"1시쯤 갈게요."

"차 보낼게."

엄마가 조용히 말했다.

"고마워요. 이따 봐요."

나는 전화를 끊었다.

핸드백에 휴대폰을 집어넣으려는데 쇼나가 보낸 문자메시지가 도착했다.

'오늘 저녁에 뭐 입을 거예요?'

캐주얼부터 도발적인 옷차림까지 여러 가지 생각이 떠올랐다. 도발적인 옷 쪽으로 기울었다가 디아나 생각이 떠올랐다. 타블로이드 신문에 실릴지도 모르니 조심해야 했다.

'짧은 블랙 드레스요.'

짧은 블랙 드레스는 고전적이라는 생각을 하며 답장을 보냈다.

'거기에 화끈한 하이힐과 액세서리 왕창.'

'알았어요! 7시에 봐요.'

쇼나가 다시 문자를 보내왔다.

침실로 가는 길에 기데온의 서재 옆에서 걸음을 멈추고 문설주에 기대어 그를 보았다. 그는 몇 시간이나 지켜봐도 질리지 않을 만큼 보기에 좋았다. 게다가 집중하고 있을 때 그의 모습은 한층 섹시했다.

그가 고개를 들어 나를 향해 부드럽게 웃었다. 내가 보고 있다는 것을 그도 알고 있었다.

"이거 꽤 좋은데."

그가 자신의 책상을 가리키며 내 작업물을 칭찬했다.

"게다가 이 모든 걸 겨우 몇 시간 만에 추려냈다니, 대단해."

세계에서 가장 성공한 부류에 속하는 총명한 사업가에게 인정을 받았다는 사실에 약간 우쭐해졌다.

"당신이 크로스 인더스트리에서 일했으면 좋겠어, 에바."

그의 말투에 묻어나는 확고한 결심에 내 몸이 먼저 반응했다. 그가 처음 나를 유혹하면서 '당신과 섹스하고 싶어, 에바.'라고 말했을 때가 떠올랐던 것이다.

"나도 당신이 거기서 일했으면 좋겠어요. 당신 책상이요."

그의 눈이 빛났다.

"그런 식으로 세상에 알리면 돼."

"난 내 일이 좋아요. 동료들도 좋고요. 내가 개척해온 모든 일이 스스로 노력한 대가라는 게 좋아요."

"나도 그 이상을 줄 수 있어."

그가 머그잔 옆을 손끝으로 톡톡 두드렸다.

"당신은 아이디어가 뛰어나니까 광고 일을 계속하는 게 좋겠어. 홍보 일은 어때?"

"홍보는 너무 주장이 강해요. 적어도 광고는 치우침이 심하면 곧장 들통이 나잖아요."

"당신, 오늘 아침에 위기관리에 대해 이야기했잖아. 게다가 분명한 건."

그는 책상을 가리키며 말했다.

"당신은 이 일에 소질이 있어. 그 소질을 내가 활용하고 싶어."

나는 앞으로 팔짱을 꼈다

"위기관리가 곧 홍보잖아요."

"당신은 문제를 해결할 줄 알아. 내가 당신을 만능 해결사로 만들 수 있어. 정말 시급하고 현실적인 문제를 줄게. 계속해서 도전 과제를 주고 바쁘게 만들어줄게."

"진지하게 묻는 건데요."

발끝으로 바닥을 두드리며 물었다.

"일주일에 당신에게 찾아오는 위기가 몇 개나 되죠?"

"서너 개."

그가 활발하게 말했다.

"제발. 당신도 구미가 당기지? 얼굴에 쓰여 있어."

나는 몸을 반듯이 펴며 말했다.

"당신에게는 이미 그런 일을 도맡아주는 사람들이 있잖아요."

기데온이 의자에 몸을 기대며 빙그레 웃었다.

"더 필요해. 당신도 그렇지? 우리 함께 일하자."

"당신, 정말 악마 같은 거 알아요? 게다가 고집도 지옥만큼 고약하죠. 우리가 함께 일하는 건 좋은 생각이 아니에요."

"우리는 지금도 함께 잘해나가고 있잖아."

나는 고개를 절레절레 흔들었다.

"그건 당신이 내 평가와 제안에 동의하기 때문이죠. 또 날 무릎에 앉히고 내 엉덩이 감촉을 음미하고 있으니까. 만약 서로 의견이 맞지 않아 다른 사람들이 지켜보는 사무실에서 언쟁을 벌인다면 지금 같지는 않을 거예요. 그러면 우리는 그

짜증을 집까지 가져와서 해결해야 할 거라고요."

"어떤 문제든 집에 끌고 오지는 말자고 약속하면 되잖아."

그가 나를 훑어보았다. 그의 시선이 실크 가운 밑으로 드러난 내 다리에 머물렀다.

"더 즐거운 일들을 생각하느라 다른 문제는 생각할 시간도 없을 거야."

나는 눈알을 굴리며 방 밖으로 물러났다.

"섹스광."

"난 당신과 사랑을 나누는 게 좋아."

"불공평해요."

그의 말에 저항하지 않으면서 불평했다. 그에게 맞설 만한 이유가 없었다.

기데온이 씩 웃었다.

"난 공평하게 놀겠다고 말한 적 없어."

십오 분 뒤, 내 아파트에 들어서자 기분이 이상했다. 구조는 기데온의 아파트와 똑같았지만, 좌우가 반대였다. 그의 집에는 내 가구와 그의 가구가 섞여 있어서 우리 집처럼 느껴지는 효과는 있었지만, 부작용으로 내 집이 낯설게 느껴졌다.

"안녕, 에바."

돌아보니 트레이가 주방에서 두 개의 유리잔에 우유를 따르고 있었다.

"안녕."

나도 인사를 건넸다.

"어떻게 지냈어요?"

"많이 좋아졌어요."

정말로 그렇게 보였다. 제멋대로였던 금발은 멋지게 다듬어져 있었다. 캐리가 능력을 발휘한 모양이었다. 트레이의 헤이즐넛 빛깔 눈동자는 밝게 빛났고 구부러진 코 밑의 미소가 매력적이었다. 내가 말했다.

"자주 만나니까 좋아요."

"일정을 조금 조정했거든요."

그가 우유를 내밀자 나는 고개를 저었다.

"에바는 어떻게 지내요?"

"기자를 피해 다니고 있고, 회사 상사는 결혼을 희망하고 있고, 부모님 중 한 사람을 상대로 버릇을 고치려고 노력하는 중이고, 또 다른 부모에게는 안부 전화를 걸 생각이고, 마지막으로 오늘 밤에는 여자들끼리 뭉쳐서 놀기로 했어요."

"와, 대단한데요."

"난 뭐라고 물어봐야 하죠?"

내가 웃으며 말했다.

"학교 생활은 어때요? 아님, 직장 생활은요?"

트레이는 수의사가 되려고 공부를 하면서 동시에 학비를 벌려고 일을 하고 있었다. 그 중 하나가 사진작가의 조수 일이었는데, 그 과정에서 캐리를 만났다.

그가 움찔하며 대답했다.

"둘 다 끔찍하지만, 뭐 언젠가는 좋은 날이 오겠죠."

"기회가 생기면 우리 또 영화 보면서 피자 먹어요."

나는 트레이와 타티아나 사이의 줄다리기에서 트레이를 응원하고 있었다. 내가 문제일 수도 있지만 타티아나는 내게 늘 적대적으로 굴었다. 게다가 타티아나가 기데온을 만났을 때 주제넘게 나섰던 것도 맘에 들지 않았다.

"좋아요. 캐리가 시간이 어떻게 되는지 알아볼게요."

캐리에게 먼저 말할 것을 트레이에게 물어본 게 후회되었다. 그의 눈에서 밝은 빛이 사라졌다. 캐리가 자신과 타티아나 사이에서 시간을 조절해야 한다고 생각했을 것이다.

"캐리가 시간이 안 되면, 캐리는 빼고 우리끼리 뭉치죠, 뭐."

내 말에 트레이가 씩 웃었다.

"좋은 생각이네요."

12시 50분에 로비로 갔더니 클랜시가 벌써 와서 기다리고 있었다. 클랜시가 도어맨 옆에 서 있다가 나를 향해 손을 흔들고 차 문까지 열어주었지만, 그를 본 사람이라면 누구도 그를 단순한 운전기사로 생각하지는 않을 것이다. 그는 그 자체로 무기 같아 보였다. 그를 알고 지낸 세월 동안 그가 웃는 모습을 한 번도 본 적이 없을 정도였다.

클랜시는 운전석에 앉자마자 늘 틀어놓는 경찰 무선 수신기를 끄고 선글라스를 벗은 뒤 룸미러를 통해 나를 보았다.

"괜찮은 거야?"

"엄마보다는 낫겠죠."

클랜시의 표정에는 어떤 감정도 드러나지 않았다. 그저 선글라스를 다시 쓰고 자동차 블루투스로 내 휴대폰을 연결해서 음악을 재생시키더니 차를 출발시켰다.

그는 사려 깊은 사람이었다.

"저기요, 그때 아저씨한테 화낸 거 죄송해요. 아저씨는 할 일을 했을 뿐이고 비난받을 일은 아니었어요."

"트라멜 양은 내게 그냥 할 일이 아니야."

그의 말을 헤아리느라 잠시 침묵했다. 클랜시와 나 사이에는 거리가 있었고 예의를 차리는 관계였다. 클랜시가 브루클린에 있는 크라브 마가 도장에 데려다 주었기 때문에 꽤 자주 만났지만, 그가 나의 안전에 대해 개인적인 책임감을 느끼고 있을 거라고는 생각해본 적이 없었다. 뭐, 이해는 되었지만. 클랜시는 자신의 일에 대해 자부심이 강한 사람이었다.

"한 가지 일로만 그런 게 아니에요."

나는 분명히 내 생각을 밝혔다.

"아저씨와 스탠튼 아저씨를 만나기 전부터 많은 일이 있었어요."

"사과는 받도록 하지."

무뚝뚝한 대답이 클랜시답다는 생각이 들어 웃음이 나왔다.

나는 좀 더 편안하게 자리를 잡고 앉아서 창밖으로 내가 열정적으로 적응하고 사랑하는 도시를 바라보았다. 낯선 사람들이 좁은 노점 판매대에서 어깨를 부대끼며 조각 피자를 먹고 있었다. 그들은 가까이 있었지만 멀었고, 한 사람 한 사람 밀려드는 사람들의 파도에 고개를 내민 섬 같은 존재였다. 그게 바로 뉴요커였다. 행인들이 다른 방향에서 다가와 종교 전단지를 내미는 사람과 그의 발치에 있는 작은 개를 피해 서로를 스쳐 지나갔다.

이 도시의 생명력은 워낙 열광적으로 고동쳐서 다른 곳보다 시간이 더 빨리 흘러가는 것처럼 느껴졌다. 아빠가 살고 있고 내가 대학을 다녔던 남부 캘리포니아의 느긋함과는 대조적이었다. 뉴욕은 온갖 사악함으로 무장한 채 채찍을 휘두르며 상대를 애태우는 팜므파탈과 같았다.

엉덩이에서 휴대폰의 진동이 느껴졌다. 액정 화면을 보니 아빠였다. 토요일은 안부 전화를 하는 날이었고 나는 늘 아빠와의 수다를 기다려왔지만, 지금은 기분이 조금 나아질 때까지 전화를 받지 말고 음성사서함으로 넘어가게 놔둘까 고민했다. 엄마와의 일로 무척 화가 나 있는 상태였는데다가, 아빠가 뉴욕에 다녀간 이후로 내 걱정을 지나치게 하고 있었기 때문이었다.

하필 아빠와 함께 있을 때 형사들이 찾아와 나란히 뉴욕에 있다는 이야기를 전해주었다. 나단이 살해당했다는 사실을 말하기 전에 뉴욕에 있었다는 말부터 해버렸기 때문에 나는 나단이 그렇게 가까이 있다는 사실에 대한 공포심을 감출 수가 없었다. 그 후 아빠는 내가 나단이라는 이름에 그토록 격렬하게 반응한 이유가 뭔지 궁금해하기 시작했다.

"아빠."

동시에 양쪽 부모와 다투고 싶지는 않았기에 전화를 받았다.

"어떻게 지내셨어요?"

"우리 딸이 보고 싶었단다."

아빠는 내가 사랑하는 깊고 자신감 넘치는 목소리로 대답했다. 아빠는 내가 아는 한 가장 완벽한 남자였다. 어둡게 잘생겼고 자신감에 넘쳤으며 영리하고 바위처럼 단단했다.

"넌 어떻게 지냈니?"

"불평할 게 한두 가지가 아니에요."

"그럼 조금만 불평해보렴. 아빠가 귀를 활짝 열고 들어주마."

나는 가만히 웃었다.

"엄마 때문에 열이 좀 받았어요."

"이번에는 또 무슨 일을 벌였는데?"

아빠의 목소리에 응석을 받아주는 따스한 기운이 묻어났다.

"자꾸만 제 일에 간섭해요."

"아, 우리 부모들은 때로 자식 걱정을 그런 식으로 한단다."

"아빠는 한 번도 그런 적 없잖아요."

내가 지적했다.

"아직 안 했을 뿐이지."

아빠가 정정했다.

"나도 네 걱정이 많이 되면 그렇게 할 수 있어. 그때가 되면 네가 날 용서해줄 수 있을 만큼 너를 잘 설득할 수 있기만을 바랄 뿐이다."

"지금 엄마한테 가는 길이에요. 엄마가 얼마나 잘 설득하는지 봐야겠네요. 잘못을 인정하기만 해도 다행이에요."

"행운을 빈다."

"하하, 정말요?"

나는 한숨을 내쉬었다.

"내일 다시 전화드려도 돼요?"

"물론이지. 정말 괜찮은 거야, 우리 딸?"

나는 눈을 감았다. 경찰의 본능에 아빠로서의 본능까지 더한 빅터 레이스에게는 아무것도 감출 수가 없었다.

"그럼요. 그냥 엄마 일 때문에 그래요. 어떻게 됐는지는 내일 알려드릴게요. 아, 그리고 마크가 약혼을 하게 될지도 모르겠어요. 아무튼 아빠랑 할 이야기가 많아요."

"내일 아침 역에 들러야 할지도 모르는데, 그러면 휴대폰으로 연락하려무나. 사랑한다."

갑자기 그리움이 물씬 풍겨 왔다. 뉴욕과 뉴욕에서의 새로운 삶을 사랑하는 것만큼이나 아빠가 많이 그리웠다.

"저도 사랑해요, 아빠. 내일 이야기해요."

전화를 끊으며 손목을 내려다보았다가 시계가 없는 걸 확인하니 내 앞에 기다리는 현실이 떠올랐다. 나는 과거 때문에 엄마에게 기분이 상했지만, 더 걱정되는 것은 미래였다. 엄마가 나단 문제로 너무도 오랫동안 내 곁을 맴돌았기 때문에 앞으로 그러지 않을 수 있을지 확신할 수가 없었다.

"아저씨."

신경을 거스르는 생각을 확인할 필요를 느끼며 클랜시 쪽으로 몸을 숙였다.

"저랑 엄마가 메구미와 크로스파이어 빌딩 쪽으로 걸어가다가 엄마가 기겁한 날 있죠. 그날 엄마가 본 사람이 나단이었어요?"

"응."

"그 사람, 전에도 그곳에 갔다가 기데온 크로스에게 퇴짜를 맞은 적이 있어요. 그런데 왜 또 갔을까요?"

클랜시가 룸미러로 나를 흘끗 보았다.

"내 생각을 묻는 건가? 보이기 위해서였겠지. 일단 자신의 존재를 알렸으니까 계속 압력을 넣으려고. 에바를 겁주려고 했다가 결과적으로 스탠튼 부인을 겁주게 된 거지. 어느 쪽이든 효과적이지만."

"그런데 다들 내게는 한 마디도 하지 않았어요."

나는 조용히 말했다.

"그걸 참을 수가 없어요."

"그자는 널 겁주려고 했어. 다른 사람들은 누구도 그자에게 그런 만족감을 주고 싶지 않았던 거고."

아, 그런 식으로 생각해본 적은 없었다.

클랜시가 말을 이었다.

"내가 가장 후회하는 건 캐리를 주시하지 않았던 거야. 내 계산 착오 때문에 캐리가 희생당했어."

기데온도 캐리를 나단이 공격하리라고는 미처 생각하지 못했다. 나 역시 그 일에 대해 죄책감을 느꼈다. 내 우정 때문에 캐리가 위험에 빠진 것이다.

그러나 클랜시가 그 점을 신경 쓰고 있다는 사실이 내 마음을 울렸다. 퉁명스러운 말투에서도 그의 마음을 느낄 수가 있었다. 그의 말이 옳았다. 나는 클랜시에게 단지 해야 할 일에 그치지 않았다. 그는 자신이 하는 모든 일에 전력을 다하는 좋은 사람이었다. 그러자 갑자기 궁금증이 생겼다. 그는 인생의 다른 일에 대해서는 얼마나 자신을 할애하고 있을까?

"아저씨, 여자 친구 있어요?"

"결혼했어."

여태 그것도 모르고 있었다니, 나 자신이 바보 같았다. 이렇게 어둡고 단단한 남자와 결혼한 여자는 어떤 사람일까? 무기를 감추기 위해 일 년 내내 재킷을 입는 남자. 그도 아내를 지키는 일에는 사나워질까? 아내를 위해 살인할 수도 있을까?

"아내의 안전을 지키기 위해 어떤 일까지 할 수 있어요?"

나는 클랜시에게 물었다.

신호 앞에서 속도를 늦추며 그가 고개를 돌려 나를 보았다.

"어떤 일인들 못 하겠어?"

9

"저 남자는 대체 뭐가 마음에 안 든 거야?"

문제의 남자가 멀어지자 메구미가 물었다.

"보조개도 있잖아."

나는 눈알을 굴리며 내 몫의 보드카와 크랜베리를 재빨리 먹어치웠다. 클럽 순회 중 4차로 들어온 프라이멀 클럽은 만원이었다. 입장하려는 사람이 블록 하나를 휘감을 정도로 길게 늘어서 있었고, 어둑한 공간에 원초적이면서 유혹적으로 쏟아지는 음악은 기타 소리가 묵직해서 클럽 이름과 잘 어울렸다. 실내장식은 매끄러운 금속과 어두운 색 나무가 적절하게 섞여 있었고 다양한 색조의 조명이 동물 문양 그림자를 드리우고 있었다.

인테리어는 지나친 감이 들 수도 있었지만, 기데온의 모든 것이 그렇듯이 과도한 퇴폐주의로 빠지지 않고 용케 균형을 잡고 있었다. 나의 술기운이 클럽의 쾌락적인 분위기와 섞여 성욕을 마구 부추기고 있었다. 가만히 앉아 있을 수가 없어서 불안하게 발끝으로 의자의 발 받침을 두드려댔다.

메구미의 룸메이트 레이시가 천장을 보며 신음했다. 살짝 흐트러지게 올려 묶은 진한 금발이 감탄스러웠다.

"그럼 네가 한번 꾀어보든지."

"나도 그랬으면 좋겠다."

메구미가 달아오른 눈빛을 하고 말했다. 우아한 금색 홀터 드레스를 입은 메구미는 몹시 섹시해 보였다.

"저 사람은 성실한 남자일지도 몰라."

"왜 성실한 남자를 바라는 거죠?"

쇼나가 머리카락 색깔만큼이나 강렬하게 붉은 술잔을 만지작거리며 물었다.

"일부일처제를 원해요?"

"일부일처제는 과대평가되고 있어."

레이시가 바스툴에서 내려와 엉덩이를 흔들었다. 그녀의 청바지에 박힌 장식용 보석이 어둠 속에서 반짝거렸다.

"아니, 그렇지 않아."

메구미가 샐쭉하게 말했다.

"난 일부일처제가 좋단 말이야."

"마이클이 다른 여자랑 자고 그래요?"

난 목소리를 너무 키우지 않으려고 몸을 앞으로 숙여서 물어보았다.

이때 웨이트리스가 술을 한 잔씩 더 가져다 놓고 빈 술잔을 걷어가기 위해 끼어들어서 다시 몸을 뒤로 젖혀야 했다. 검은 색 스파이크힐 부츠와 어깨끈이 없는 핫핑크 미니 드레스 차림의 클럽 직원들은 군중 속에서도 눈에 띄었다. 게다가 유니폼 자체가 몹시 섹시했다. 또 유니폼을 입은 직원도 섹시했다. 이런 복장을 선택하는 데 기데온의 입김도 작용했을까? 만약 그랬다면 누가 모델이 되어주었을까?

"모르겠어요."

메구미가 새로 도착한 술잔을 들고 서글픈 얼굴로 빨대를 빨았다.

"겁나서 못 물어보겠어요."

나는 테이블 가운데에 놓인 네 개의 술잔 중 하나와 라임 조각을 집어들고 외쳤다.

"우리 한잔하고 춤춰요!"

"야호!"

쇼나가 우리는 기다리지도 않고 술을 들이켜더니 입안에 라임 조각을 집어넣었다. 그리고 빈 잔에 즙을 짜 먹은 라임 찌꺼기를 뱉어내고 우리를 쳐다보았다.

"서둘러요, 굼벵이들."

다음은 내 차례였다. 데킬라가 크랜베리 특유의 맛을 씻어내리며 목구멍을 넘어가자 온 몸이 추드득 떨렸다. 레이시와 네

구미는 함께 큰 소리로 '건배!'를 외치며 각자의 술을 마셨다.

우리는 다 같이 우르르 무대로 몰려갔다. 쇼나가 클럽 유니폼만큼이나 밝은 형광의 파란색 드레스를 입고 앞장섰다. 우리는 꿈틀거리며 춤추는 사람들 속으로 뒤섞였다가 금세 열기를 뿜어내는 남자들의 육체 사이에 갇혀버렸다.

깨질 듯한 음악 소리와 들썩이는 클럽의 뜨거운 분위기에 나 자신을 맡겼다. 머리 위로 두 손을 치켜들고 몸을 흔들며 엄마와 보낸 길고도 별 소득 없었던 오후가 안겨준 불안감과 긴장감을 쏟아냈다. 어느 순간, 나는 엄마를 향한 신뢰를 잃어버렸다. 엄마는 나단이 없으니 상황이 달라질 거라고 약속했지만, 나는 더는 엄마를 믿을 수가 없었다. 엄마는 너무나 많이 선을 넘어버렸다.

"아름다운 분이군요."

누군가 내 귀에 대고 외쳤다.

어깨 너머로 보니 검은 머리 남자가 내 등에 대고 몸을 숙이고 있었다.

"고마워요."

물론 거짓말이었다. 내 머리칼은 땀에 젖어 관자놀이와 목에 끈적끈적 들러붙어 있었다. 그래도 상관없었다. 음악은 거침없었고 노래는 계속 이어지고 있었다.

클럽 안의 모두가 뿜어내는 것처럼 보이는 거침없는 섹스 충동과 현장의 노골적인 관능성을 한껏 음미했다. 어느 커플 사이에 끼어 있는데 아는 사람을 발견했다. 그가 먼저 나를 알아봤는지 내 쪽으로 오고 있었다.

"마틴!"

양쪽에서 밀어대는 샌드위치 사이에서 빠져나오며 소리쳤다. 휴일이나 명절에만 마주쳤던 스탠튼 아저씨의 조카였다. 내가 뉴욕에 온 후로도 단 한 번 만났지만 서로 자주 볼 수 있기를 바라고 있었다.

"에바, 안녕!"

그가 나를 끌어안았다가 뒤로 물러나더니 내 얼굴을 살폈다.

"와우, 정말 예쁘다. 어떻게 지냈어?"

"우리 한잔하자!"

사람들 사이에서 너무 큰 소리로 말을 하다 보니 급히 목이 말랐다.

마틴이 사람들 틈에서 나를 끌어내자, 나는 테이블을 가리켰다. 자리에 앉자마자 웨이트리스가 보드카와 크랜베리를 가져왔다.

시간이 흐를수록 내 몫의 술 색깔이 점점 진해지고 있었다. 보드카와 크랜베리 중 크랜베리의 양이 점점 늘어나고 있다는 뜻이었다. 고의라는 것을 알 수 있었고 내가 클럽을 옮겨다니는 동안 때맞춰 지시를 내리는 기데온의 능력에 감탄했다. 하지만 샷을 추가해도 말리는 사람이 없었기에 크게 신경 쓰지 않았다.

환영의 뜻으로 한 모금을 마시고 얼음처럼 차가운 술잔을 이마에 문지르며 내가 먼저 말문을 열었다.

"그래서 어떻게 지냈어?"

"잘 지냈어."

그가 씩 웃었다. 황토색 브이넥 티셔츠와 검은 진을 입은 모습이 꽤 멋있어 보였다. 그의 검은 머리는 기데온만큼은 아니어도 매력적으로 이마를 덮고 있었고, 클럽 조명 아래서는 식별할 수 없었지만 내가 아는 초록색 눈동자 주위를 감싸고 있었다.

"광고 일은 잘돼?"

"난 일이 정말 좋아!"

열렬한 내 대답에 그가 웃음을 터뜨렸다.

"그렇게 말할 수 있다니 정말 부럽다."

"너도 스탠튼 아저씨랑 일하는 거 좋지 않아?"

"좋지. 돈도 좋고. 하지만 내 직업을 좋아한다고는 말 못하겠네."

웨이트리스가 스카치 온더록스를 가져왔고, 우리는 서로 잔을 부딪쳤다.

"누구랑 왔어?"

내가 물었다.

"친구들."

그가 주위를 둘러보았다.

"밀림에서 길을 잃었어. 넌?"

"나도 친구들."

나는 무대에 있는 레이시와 눈이 마주쳤다. 그녀가 나를 향해 양손 엄지를 추켜올렸다.

"누구 사귀는 사람 있어, 마틴?"

그가 활짝 웃으며 대답했다.

"아니."

"금발 좋아해?"

"지금 나한테 수작 거는 거야?"

"아니거든."

나는 레이시를 향해 눈썹을 추켜세우며 마틴을 향해 고갯짓했다. 그녀가 잠시 놀란 표정을 짓더니 씩 웃으며 서둘러 다가왔다.

나는 두 사람을 소개하고 죽이 잘 맞는 둘의 모습을 흐뭇하게 바라보았다. 마틴은 원래 재미있고 매력적이었으며, 레이시는 아름다움보다 카리스마가 넘치는 쪽으로, 독특하게 쾌활하고 매력적이었다.

메구미가 돌아왔을 때 또 한차례 술이 돌았다. 마틴이 레이시에게 춤을 청했다.

"혹시 주머니에 남은 섹시남 없어요?"

두 사람이 무대로 떠나자 메구미가 내게 물었다.

나는 주머니에 휴대폰이나 있었으면 좋겠다고 생각했다.

"이런 가엾은 여자 같으니."

내 말에 메구미가 한동안 나를 쳐다보았다. 그러더니 입술을 비틀어 올리며 말했다.

"나 취했어요."

"나도요. 우리 한 잔 더 할까요?"

"좋죠."

우리는 한 잔씩을 더 마셨고 각자 잔을 해치우는 사이 쇼나가 레이시와 마틴, 마틴의 두 친구인 커트와 앙드레를 데리고 왔다. 커트는 모래빛 갈색 머리에 단단한 사각턱을 하고 있었고 건방진 미소가 매력적인 남자였다. 앙드레는 검은 눈에 장난기가 반짝이고 레게 머리가 어깨까지 닿는 귀여운 남자였다. 앙드레가 메구미에게 관심을 보이자, 메구미의 기분이 금세 좋아졌다.

일행이 늘자 즉시 웃음소리로 시끌벅적해졌다.

마틴이 이야기를 마무리했다.

"커트가 화장실에서 돌아왔을 때. 식당 전체가 난리가 났잖아."

앙드레와 마틴이 큰 소리로 웃음을 터뜨렸다. 커트가 그들에게 라임 조각을 집어던졌다.

"왜 그랬는데?"

이야기의 핵심을 이해하지도 못했으면서 함께 웃으며 물어보았다.

"지퍼가 열린 데로 음낭이 나와버렸거든요."

앙드레가 설명했다.

"처음에는 다들 눈에 보이는 게 뭔지 몰랐어요. 그러다가 달랑달랑 흔들리고 있는 음낭을 정작 당사자는 모르고 있다는 걸 알았죠. 다들 한 마디도 안 했어요."

"아, 미치겠다!"

쇼나는 웃다가 의자에서 떨어질 뻔했다.

우리가 와그르르 요란을 떨자 결국 웨이트리스가 다가와 조금만 소리를 낮춰달라고 부탁했다. 물론 끝까지 웃으면서. 나는 물러나는 직원을 붙잡고 물었다.

"혹시 전화 쓸 수 있어요?"

"바텐더에게 물어보세요."

그녀가 말했다.

"매니저 데니스가 허락했다고 하면 연결해드릴 거예요."

"고마워요."

웨이트리스가 다른 테이블로 옮겨 가자 자리에서 일어났다. 데니스가 누구인지는 알 수 없었지만 기데온이 모든 걸 완벽하게 준비해두었을 것을 알고 있었기에 저녁 내내 흐름에 몸을 맡기고 있었다.

"누구 물 마실 사람?"

일행을 향해 물었다.

다들 야유를 보내며 냅킨 뭉치를 던졌다. 나는 웃으며 기운

터로 가서 펠레그리노 생수와 전화를 부탁할 자리가 날 때까지 기다렸다. 외우는 번호가 그것뿐이라서 기데온의 휴대폰으로 전화를 걸었다. 그가 소유한 공공장소에서 거는 전화이니 안전할 것 같았다.

"크로스입니다."

기데온이 재빨리 전화를 받았다.

"안녕, 에이스."

바에 몸을 기대며 한 손으로 반대편 귀를 막았다.

"나 지금 술에 취해서 전화하는 거예요."

"알아."

그의 목소리가 느리고 따뜻하게 변했다. 그 소리가 음악보다도 더욱 나를 사로잡았다.

"재미있어?"

"응, 하지만 당신이 보고 싶어요. 비타민은 먹어두었어요?"

그가 웃음기가 묻어나는 목소리로 대답했다.

"후끈 달아올랐나, 앤젤?"

"이게 다 당신 때문이에요! 당신 클럽은 비아그라 같아요. 지금 땀에 흠뻑 젖은 채 후끈 달아올라서 페로몬을 뚝뚝 떨어뜨리고 있다고요. 또 당신도 알겠지만, 난 나쁜 계집애잖아요. 남자 친구가 없는 것처럼 춤을 추고 있죠."

"나쁜 계집애는 벌을 받아야지."

"그렇다면, 정말로 나쁘게 굴어야겠군요. 어서 벌을 줘요."

그가 으르렁거렸다.

"어서 집에 와. 나랑 나쁜 짓 하자."

집에서 기다릴 그를 생각하자 한층 더 그가 욕심이 났다.

"일행이 끝날 때까지 여기 있어야죠. 그런데 조금 시간이 걸릴 것 같아요."

"내가 갈 수도 있어. 20분이면 내 물건이 당신 안에 들어갈 수 있을 거야. 그걸 원해?"

클럽 안을 둘러보았다. 거칠게 질주하는 음악에 맞춰 내 몸이 진동했다. 그가 와서 어떠한 제한도 없는 이곳에서 나와 사랑을 나눈다고 생각하니 기대감으로 온몸이 움찔거렸다.

"그럼요. 원하고말고요."

"스카이워크 보여?"

위쪽에 벽을 따라 매달려 있는 스카이워크가 보였다. 무대 위로 6미터가량 올라간 스카이워크 위에서 댄서들이 음악에 맞춰 흐느적거리고 있었다.

"보여요."

"스카이워크가 거울로 된 모퉁이를 돌아가는 지점이 있어. 거기서 만나. 준비하고 있어, 에바."

그가 명령했다.

"당신 그곳이 벌거벗은 채 축축하게 젖어 있기를 원해."

익숙한 명령조에 몸이 흠칫 떨려왔다. 그가 거칠고 초조해져 있다는 뜻이었다. 딱 내가 원하는 대로였다.

"앤젤, 난 당신이 수백만 군중 속에 숨어 있어도 찾아냈어. 한 번에 발견했지. 언제나 당신을 찾아낼 거야."

갈망이 핏줄을 타고 뜨겁게 달아올랐다.

"서둘러요."

바에 수화기를 내려놓고 내 몫의 생수병을 집어들어 병이 빌 때까지 물을 들이켰다. 그리고 기데온을 맞이할 준비를 하려고 화장실 앞으로 가 긴 줄을 섰다. 폭음과 흥분으로 잔뜩 들떠 있었고, 세상에서 가장 바쁜 사람에 속하는 남자 친구가 나를 즐겁게 해주려고 만사를 제치고 달려온다는 사실에 짜릿함을 느꼈다.

입술을 핥으며 서 있는 자세를 바꾸었다.

서둘러 여자 화장실 칸막이 안으로 들어가 팬티를 벗어버리고 세면대와 거울 쪽으로 가 물 묻힌 냅킨으로 매무새를 고쳤다. 화장은 거의 다 지워져 있었고 눈화장은 얼룩얼룩 번져 있었으며 뺨은 열기로 벌겋게 달아올라 있었다. 머리카락은 마구 흩어진 데다가 얼굴 주위에 축축하게 들러붙어 있는 게 완전 엉망이었다.

이상하게도 그런 모습이 그리 나빠 보이지가 않았다. 오히려 육감적이고 준비가 되어 있는 것처럼 보였다.

화장실 앞을 빠져나가려는데 레이시가 줄을 서 있는 게 보였다.

"재미있어요?"

그녀에게 물었다.

"그럼요!"

그녀가 씩 웃었다.

"당신 사촌을 소개해줘서 고마워요."

친사촌이 아니라는 것을 굳이 정정하지는 않았다.

"별말씀을! 그런데 뭐 좀 물어봐도 돼요? 마이클 말이에요."

레이시가 어깨를 으쓱하며 말했다.

"그럼요. 뭔데요?"

"메구미보다 먼저 마이클을 만났다면서요. 어떤 점이 마음에 들지 않았던 거죠?"

"설레는 마음이 없었어요. 그는 잘생겼죠. 성공도 했고요. 하지만 안타깝게도 그 남자랑은 자고 싶은 마음이 들지 않았어요."

"그럼 다른 사람에게 넘겨."

옆에 서 있는 여자가 불쑥 끼어들었다.

"이미 넘겼어요."

"알겠어요."

성적인 열정이 느껴지지 않는 관계를 계속 진행하지 않은 점은 깊이 존경할 만했지만, 그래도 여전히 거북하게 느껴졌다. 메구미가 마이클 때문에 상심하는 모습은 보고 싶지 않았다.

"난 어느 화끈한 남자랑 놀 생각이에요."

235

"잘해봐요."

레이시가 고개를 끄덕이며 말했다.

스카이워크로 올라가는 계단을 찾아갔다. 계단 앞에 클럽 직원이 지키고 서서 스카이워크로 올라갈 수 있는 사람을 단속하고 있었다. 계단 앞에 늘어서 있는 긴 줄이 당혹스러웠다.

얼마나 오래 기다려야 하나 곰곰이 생각하고 있는데, 클럽 직원이 가슴 앞에 끼고 있던 팔짱을 풀고 한 손으로 이어폰을 귓속 깊이 밀어 넣으며 수신기를 통해 들려오는 소리에 집중하는 것이 보였다. 사모아인이거나 마오리족처럼 보였는데, 검은 캐러멜 색깔 피부에 깨끗하게 밀어버린 머리, 육중한 가슴과 팔 근육이 돋보였다. 험상궂은 표정이 사라지고 함박웃음이 찾아오자 뜻밖에 귀여운 아기 같은 얼굴이 드러났다.

직원이 귀에서 손을 떼고 손가락으로 나를 가리켰다.

"당신이 에바요?"

나는 고개를 끄덕였다.

그가 뒤로 손을 뻗어 계단 앞을 가로막은 벨벳 밧줄을 풀어냈다.

"올라가요."

기다리던 사람들 사이에서 불만의 함성이 쏟아졌다. 나는 미안한 표정을 지으며 하이힐이 허락하는 한 최대한의 속도로 재빨리 금속 계단을 올라갔다. 맨 위에 도착하자 여자 직원이 왼편을 가리켰다. 기데온이 말한 거울 모퉁이가 보였다. 두 개의 전면 거울 벽이 만나는 지점이었는데, 스카이워크가 L자로 꺾여 그 벽을 감싼 채 지나가고 있었다.

나는 흐느적거리며 스카이워크를 지나갔다. 걸음걸음마다 맥박이 점점 거칠게 뛰었다. 위쪽의 음악은 소리가 더 작았고 공기는 더 축축했다. 드러난 맨살에 땀방울이 솟아 반짝였고 높은 데 있다는 아슬아슬함이 느껴졌다. 스카이워크 가장자리는 어깨 높이의 유리로 막혀 있었지만 그래도 아찔함이 느껴졌다. 거울 벽에 거의 다 왔을 때 웬 남자가 내 허리를 감싸고 내 몸에 엉덩이를 갖다 대는 게 느껴졌다.

뒤를 돌아보니 좀 전에 무대에서 함께 춤을 추었던, 나를 보고 아름답다고 외쳤던 그 남자였다. 나는 눈을 감고 음악에 몸을 맡긴 채로 춤추기 시작했다. 남자의 손이 내 허리 위를 미끄러지기 시작했을 때, 나는 그 손을 붙잡아 내 엉덩이 위에 가만히 고정했다. 남자가 웃으며 무릎을 구부린 채 자신의 몸과 내 몸의 높이를 맞추었다.

세 곡쯤 춤을 추었을 때 기데온이 가까이 있다는 기운이 느껴졌다. 온몸에 전기 충격 같은 짜릿함이 휩쓸고 지나가며 한껏 감각이 살아났다. 갑자기 음악이 크게 느껴졌고 기온은 더 뜨거워졌으며 클럽 안의 관능성이 더욱 고조되었다.

눈을 뜨고 웃으며 나를 향해 다가오는 그를 발견했다. 숨이 멎을 만큼 아름다운 그 얼굴에서 뒤로 빗어넘긴 머리와 검은 티셔츠, 진 차림이 그를 음미하자 입안에 천천히 군침이 돌며 온몸이 후끈 달아올랐다. 누구도 그가 국제적인 거물 기데온 크로스임을 알아보지 못할 것이다. 눈앞의 남자는 평소 기데온보다 더 어리고 거칠어 보였는데, 믿을 수 없을 정도로 뜨거운 정열만이 돋보였다. 기대감으로 입술을 핥으며 내 뒤에 서 있던 남자에게 몸을 기대고 그의 엉덩이에 맞춰 요염하게 내 엉덩이를 돌렸다.

기데온이 양옆으로 주먹을 꼭 쥐었다. 공격적인 자세가 마치 포식자 같았다. 그는 결코 느리지 않은 속도로 곧장 내 몸을 향해 자신의 몸을 날렸다. 나는 곧바로 그의 품에 뛰어들었다. 우리의 몸이 부딪치는 순간, 나는 두 팔로 그의 어깨를 끌어안고 양손으로 그의 머리를 잡아당기며 축축하고 굶주린 키스를 퍼부었다.

기데온이 으르렁거리며 내 엉덩이를 감싸쥐더니 내 발이 땅에서 들릴 정도로 거칠게 내 몸을 끌어안았다. 그의 사나운 열정 때문에 입술이 아플 정도였다. 그의 혀가 단단하고도 깊숙이 내 입속을 찔러 들어오면서 그가 지닌 애욕의 거친 그늘을 경고했다.

함께 춤추던 남자가 내 뒤로 다가와 내 머리카락을 만지작거리며 어깨 위에 입술을 댔다.

기데온이 물러나며 분노에 찬 아름다운 얼굴로 말했다.

"꺼져."

나는 남자를 향해 어깨를 으쓱해 보였다.

"춤 고마워요."

"언제든지, 아름다운 아가씨."

남자가 지나가는 여자의 엉덩이를 붙들며 물러났다.

"앤젤."

기데온이 으르렁거리며 내 몸을 거울 벽에 밀어붙이더니 내 다리 사이에 단단한 허벅지를 밀어 넣었다.

"당신은 나쁜 여자야."

나는 부끄러운 줄도 모르고 열심히 그의 몸에 올라타며 바짝 조인 내 여성에 닿는 데님의 촉감을 즐겼다.

"오직 당신에게만 나쁜 여자죠."

그가 내 드레스 밑으로 손을 넣어 내 엉덩이 살을 움켜잡고 내 몸에 불을 질렀다. 그가 내 귓바퀴를 살짝 깨물자 샹들리에 은 귀걸이가 목을 쓰다듬고 지나갔다. 낮고 거칠게 숨을 쉬느라 그의 가슴이 부르르 떨리고 있었다. 그에게서 몹시 좋은 냄새가 풍겨 왔고, 그의 향기를 가장 거칠고 뜨거운 쾌락과 결부짓는 데 익숙해져버린 내 몸이 뜨겁게 반응했다.

우리는 서로 꼭 끌어안고 춤을 추었다. 우리 사이에 마치 옷이 존재하지 않는 것처럼 두 육체가 함께 움직였다. 주위에서, 또 우리 몸 안에서 음악이 쿵쾅거렸다. 그가 음악에 맞춰 경이로운 몸을 움직이며 나를 사로잡았다. 예전에 무도회 스타일로 춤을 춘 적이 있었지만 이렇게 땀에 젖어 음탕하게 추는 춤은 처음이었다. 나는 그의 춤에 놀랐고 후끈 달아올랐으며

239

훨씬 더 깊이 사랑에 빠졌다.

기데온이 게슴츠레한 눈으로 나를 내려다보며 거리낌없는 욕망의 동작으로 날 유혹했다. 나는 그에게 둘러싸여 정신을 잃었고 한층 더 가까이 그의 몸에 매달렸다.

그가 스파게티 모양 끈 드레스의 얇은 천 위로 내 가슴을 주물렀다. 드레스에 달린 브래지어는 장벽이 되지 못했다. 그는 손으로 가슴을 주무르다가 단단해진 젖꼭지를 잡아당겼다.

나는 신음을 내뱉으며 고개를 뒤로 젖혀 거울 벽에 기댔다. 주위에 여러 사람이 있었지만 신경 쓰지 않았다. 그저 내 몸에 닿은 그의 손길과 그의 몸과 그의 숨결만 있으면 되었다.

"날 원하는군."

그가 거칠게 말했다.

"지금 여기에서."

그 생각만으로도 몸이 부르르 떨렸다.

"당신은요?"

"당신은 사람들이 지켜보길 원하는 거야. 내 물건을 탐욕스러운 당신 그곳에 넣고 정액이 흘러내릴 때까지 섹스하는 모습을 사람들이 봐주길 원해. 당신이 내 것임을 증명하기를 원해."

그가 내 어깨 위에 이를 박았다.

"느껴봐."

"난 당신이 내 것임을 증명하고 싶어요."

나는 그의 청바지 주머니에 양손을 집어넣고 단단한 엉덩이

근육을 느꼈다.

"모두에게 똑똑히 알려주고 싶어요."

기데온이 한쪽 팔로 내 엉덩이 밑을 지탱하고 내 몸을 들어 올리더니 반대편 손바닥으로 거울 벽 위의 스위치를 눌렀다. 희미하게 삐삐 하는 소리가 들리는가 싶더니 내 등 뒤에서 거울 문이 열렸다. 우리는 암흑 속으로 걸어 들어갔다. 비밀의 문이 닫히자 음악 소리가 뚝 끊겼다. 우리가 들어와 있는 곳은 책상과 응접 세트가 갖춰진 사무실로, 밖에서 볼 때 거울이었던 유리창을 통해 클럽의 모습이 고스란히 보였다.

그가 나를 내려놓고 내 몸을 돌려 투명한 유리창 쪽을 향해 서게 했다. 우리 앞에 클럽의 전경이 펼쳐졌고 스카이워크 위에서 춤추는 댄서들은 불과 몇 십 센티미터밖에 떨어져 있지 않았다. 그의 양손이 드레스 밑으로 들어와 한 손은 나의 그곳에, 또 한 손은 가슴에 닿았다.

나는 꼼짝도 할 수 없이 그에게 사로잡혔다. 그의 큼직한 몸집이 내 몸을 뒤덮었고, 양팔이 상반신부터 엉덩이까지 나를 붙잡고 있었으며, 어깨에 박힌 그의 이가 내 몸을 고정했다. 한마디로 나를 완전하게 소유하고 있었다.

"아프면 말해."

그가 내 목 위로 입술을 움직이며 속삭였다.

"겁이 날 것 같으면 미리 세이프 워드를 말해."

미음 속에서 뭉클한 감정이 소용돌이쳤다. 이 남자는 언제

241

나, 언제나 나를 먼저 생각했다.

"내가 먼저 당신을 자극했어요. 나는 사로잡히기를 원해요. 당신이 거칠었으면 좋겠어요."

"그래서 이렇게 뜨거워졌군."

그가 손가락 두 개를 빠르고 힘차게 내 안으로 밀어 넣으며 가르랑거렸다.

"당신은 섹스를 위해 태어났어."

"당신을 위해 태어났죠."

나는 헐떡였다. 내 입김에 유리에 뿌연 김이 서렸다. 그 때문에 나는 활활 타오르고 있었다. 도저히 가둬둘 수 없는 사랑의 샘에서 욕망이 마구 솟구쳐 올랐다.

"오늘 밤은 그 사실을 깜박했나 보지?"

그가 내 그곳에서 손가락을 빼내고 우리의 몸 사이로 손을 가져가 바지 앞섶을 거칠게 열었다.

"다른 남자의 손을 허락하고 몸을 비벼댄 걸 보면. 당신이 내 것임을 잊었어?"

"아뇨. 절대로 잊지 않았죠."

단단하고 따스한 그의 페니스가 벗은 내 엉덩이 살에 묵직하게 닿는 것을 느끼며 눈을 질끈 감았다. 그 역시 뜨겁게 달아올라 있었다. 나 때문에 뜨겁게.

"당신을 부른 건 나예요. 당신을 원했으니까."

그의 입술이 내 피부를 지나쳐 내 입술에 모든 것을 태워

버릴 듯 뜨거운 자국을 남겼다.

"그럼 나를 가져, 앤젤."

그의 혀가 감질나게 내 혀를 농락하며 나를 유혹했다.

"당신 안에 나를 넣어."

나는 허리를 굽히고 다리 사이로 손을 뻗어 굵직한 그의 페니스를 어루만졌다. 그가 무릎을 굽혀 내 몸에 키를 맞춰주었다.

나는 잠깐 손동작을 멈추고 고개를 돌려 그의 뺨에 내 뺨을 기댔다. 그와 이런 시간을 가질 수 있다는 게 정말로 좋았다. 이런 식으로 그와 함께 있다는 게. 엉덩이를 돌리며 넓은 그의 귀두를 내 클리토리스 위에 문질렀다. 내가 흥분할수록 그의 페니스가 점점 미끄러워졌다.

기데온이 부풀어 오른 내 가슴을 쥐어짜며 더 팽팽하게 부풀렸다.

"내게 기대, 에바. 유리창에서 떨어져."

손바닥으로 유리창을 짚고 몸을 뒤로 빼서 그의 어깨에 머리를 기댔다. 그가 한 손으로 내 목을 감싸 안고 또 다른 손으로 내 엉덩이를 감싸 안은 채 내 안으로 거칠게 밀고 들어오자, 내 발이 바닥에서 떨어졌다. 그는 이렇게 내 몸을 붙잡고 내 안을 그의 페니스로 가득 채웠다. 온몸에 그의 신음이 쏟아져 내렸다.

유리창 건너편에서는 클럽이 날뛰고 있었다. 사람들이 보는 앞에서 섹스하는 것 같은 강력한 쾌락에 온몸을 맡겼다. 늘 우리를 거칠게 만들었던 금지된 환상이 실현되고 있었다.

노골적인 압력을 참을 수가 없어서 몸을 꿈틀댔다. 나는 다리 사이로 손을 뻗어 그의 음낭을 움켜잡았다. 그는 단단하고 꽉 차 있었으며 언제라도 뿜어낼 준비를 하고 있었다. 그리고 무엇보다 내 안에 들어와 있었다.

"오, 맙소사. 당신 정말 단단해요."

"나는 당신과 섹스하기 위해 태어났어."

그가 속삭이며 내 온몸에 기쁨의 떨림을 보냈다.

"어서 해요."

나는 탐욕스러워지며 양손으로 유리를 짚었다.

"지금 해요."

기데온이 내 발이 닿게 내려주자 나는 그가 더욱 깊숙이 밀고 들어올 수 있게 허리를 낮추며 내 몸을 열었다. 그는 내 엉덩이를 붙잡아 자신이 원하는 각도로 조절하면서 낮고 날카로운 신음을 뱉어냈다. 그의 페니스는 정말 크고 길고 굵었다. 나의 그곳이 팽팽하게 조였다. 맛이 좋았다.

내 중심부가 그를 간절히 욕망하며 바짝 조이고 바르르 떨렸다. 그가 거친 쾌락의 신음을 뱉어내며 몸을 조금 뺐다가 다시 천천히 밀어 넣었다. 그렇게 여러 번 반복했다. 그의 넓은 귀두가 오직 그만이 도달해본 내 안의 깊은 속살을 문질렀다.

나는 불안하게 손가락을 움직여 유리창 위에 뿌연 자국을 남기며 신음을 토해냈다. 멀리서 들려오는 음악과 마치 한 방에 있는 것처럼 또렷하게 보이는 수많은 사람이 날카롭게 의식되었다.

"됐어, 앤젤."

그가 다급하게 말했다.

"당신이 이걸 얼마나 좋아하는지 말해봐."

"기데온."

노련하기 짝이 없는 그의 움직임에 내 다리가 격렬하게 떨렸다. 나는 오직 유리와 안전한 그의 품 안에 몸무게를 지탱하고 있었다.

나는 참을 수 없을 정도로 흥분해서 잔뜩 탐욕을 부리고 있었고, 자세가 주는 굴욕감과 서비스를 받고 있다는 우월함을 동시에 느끼고 있었다. 나는 그저 기데온이 내게 전해주는 리드미컬한 돌진과 후퇴, 굶주린 그의 신음을 고스란히 받는 것 말고는 달리 할 수 있는 일이 없었다. 그의 청바지가 내 허벅지에 마찰하는 걸 보면 그가 모든 걸 놓아버릴 정도로 충분히 깊숙이 들어와 있다는 걸 알 수 있었다. 그 초조함의 신호가 나를 전율하게 했다.

기데온의 손이 내 엉덩이를 떠나 항문 쪽으로 갔다. 그가 침을 적셔 축축해진 엄지로 단단하게 오므린 주름 위를 문질렀다.

"안 돼."

이성을 잃을까 두려웠다. 그러나 세이프 워드인 크로스파이어는 말하지 않고 탐험의 압력에 굴복해 그를 위해 입구를 활짝 열었다.

그는 그 어두운 곳을 요구하며 으르렁거렸다. 그가 내 위로 기대오더니 다른 손으로 나의 그곳을 활짝 벌리고 고동치는 클리토리스를 문질렀다.

"내 거야."

그가 험상궂게 말했다.

"당신은 내 거야."

너무 과했다. 나는 비명을 지르고 격렬하게 몸을 떨며 절정에 이르렀다. 땀에 찬 손바닥이 유리 위를 미끄러지며 끽끽 소리를 냈다. 뒤쪽 주름을 문지르는 그의 엄지는 참을 수 없는 고문이었고, 클리토리스를 문지르는 영리한 손놀림이 나를 미치게 했다. 그가 내 안에 희열을 마구 밀어 넣기 시작했다. 오르가슴이 한 차례 지나간 자리에 또 한 번의 오르가슴이 밀려왔고, 내 안을 찔러대는 그의 페니스 주위에서 내 여성이 거칠게 물결쳤다. 그가 거친 욕망의 신음을 토해냈고 내 안에 박힌 그의 페니스가 절정을 향해 치달으며 잔뜩 부풀어 올랐다. 나는 마구 헐떡였다.

"사정하지 마요! 아직 안 돼요!"

기데온이 속도를 늦추었다. 어둠 속에서 씩씩대는 그의 숨결이 느껴졌다.

"어떻게 하길 원해?"

"당신 모습을 보고 싶어요."

내 중심부가 또 한 번 팽팽히 조였다.

"당신 얼굴을 보고 싶어요."

그가 뒤로 물러나 내 몸을 똑바로 돌려세우고 다시 나를 들어 올렸다. 내 등을 유리에 기대게 하고 내 안으로 거칠게 돌진해 들어왔다. 그 순간, 그는 내게 필요한 것을 주었다. 하릴없이 쾌락에 젖은 흐릿한 얼굴을. 통제력이 애욕에 먹혀버리기 직전, 상처에 고스란히 노출된 그 얼굴을.

"내가 정신을 잃는 모습을 보고 싶은 거로군."

그가 거칠게 말했다.

"네."

나는 드레스 끈을 내리고 양손으로 양쪽 가슴을 쥐고 문지르며 내 젖꼭지를 농락했다. 내 등에 닿은 유리창이 진동했다. 기데온은 통제력을 거의 잃고 내 몸을 향해 마구 몸을 움직였다.

나는 헐떡이는 그의 숨결을 빨아들이며 그의 입술에 대고 속삭였다.

"이제 해요."

그가 가뿐히 나를 안고 뒤로 물러나더니 무척 예민해져 있는 내 그곳에서 굵고 묵직한 자신의 페니스를 쭉 빼냈다가 다시 힘있게 밀고 들어와 나를 한계까지 밀어붙였다.

"아, 맙소사."

나는 그의 품 안에서 몸을 꿈틀거렸다.

"당신, 정말 깊어요."

"에바."

그는 마법에 들린 사람처럼 거칠게 찔렀다. 그의 단단한 남성이 거침없이 질주할 수 있도록 내 몸을 넓게 벌리고 온몸을 떨며 그대로 있었다. 그는 본능과 짝짓기의 욕망에 눈이 멀었다. 그에게서 터져 나오는 날것의 신음이 나를 더욱 뜨겁고 축축하게 달구었고, 내 몸은 그의 절박한 욕구를 고스란히 받아들이며 어떠한 저항도 하지 않았다.

지옥처럼 거칠고 음탕한 섹스였다. 그가 고개를 뒤로 젖히며 내 이름을 불렀다.

"날 위해 해요."

나는 중심부를 단단히 조여 그의 페니스를 쥐어짜며 말했다.

그의 몸이 거칠게 경련하더니 후드득 떨려왔다. 그의 얼굴은 고통스러운 쾌락으로 찌푸려졌고 절정을 향해 달려갈수록 눈의 초점이 사라졌다.

기데온은 짐승처럼 포효하며 사정했다. 내 몸에 느껴질 정도로 거친 분출이었다. 한 번, 또 한 번, 내 안은 굵은 정액으로 뜨겁게 채워졌다.

내 입술로 그의 입술을 덮으며 양팔과 두 다리로 그의 몸을 단단히 끌어안았다.

그가 내 위로 무너졌고, 숨을 쉬느라 가슴이 거칠게 오르내렸다.

분출은 계속되었다.

10

일요일 아침, 잠에서 깨어났을 때 가장 먼저 눈에 들어온 것은 '숙취 해소제'라는 구식 글씨체 상표가 붙은 호박색 약병이었다. 약병 목 부분에 리본이 매어져 있고, 속을 메스껍게 하는 내용물은 코르크 마개로 단단히 막혀 있었다. 지난번 기데온에게 받았을 때 분명한 효과를 본 해소제였다. 다시 약병을 보자 간밤에 얼마나 술을 많이 마셨던가 새삼 떠올랐다.

힘겹게 눈을 질끈 감고 베개에 얼굴을 묻으며 다시 잠을 청했다.

침대가 움직이는 게 느껴지더니, 따뜻하고 단단한 입술이 벗은 내 등줄기를 따라 내려갔다.

"좋은 아침이야, 앤젤."

"아주 좋아 죽겠다는 말투로군요."

내가 중얼거렸다.

"당신이 좋아 죽겠다는 거지."

"악마."

"당신이 제안한 위기관리 방안을 참고했던 건데, 역시 섹스는 경이로워."

그가 내 허리를 감싸고 있는 시트 밑으로 손을 뻗어 내 엉덩이를 움켜쥐었다.

고개를 들어보니 그가 허벅지 위에 노트북을 올려놓고 침대 머리에 등을 기댄 채 앉아 있었다. 평소처럼 편안한 바지를 입고 긴장을 완전히 푼 모습이 상당히 군침 돌게 생겼다. 내 모습은 얼마나 흉할지 안 봐도 알 수 있었다. 여자 친구들과 함께 리무진을 타고 집으로 돌아왔고, 그의 아파트에서 기데온을 다시 만났다. 그와 일을 끝냈을 때는 거의 새벽이었고 그때쯤 나는 몹시 피곤했기 때문에 서둘러 샤워하고 머리도 말리지 않은 채 침대에 쓰러졌다.

그가 내 옆에 있는 걸 확인하자마자 얼얼한 쾌감이 온몸을 휩쓸고 지나갔다. 그는 손님용 방에서 잤고 일을 할 수 있는 서재도 따로 있었다. 그가 굳이 자고 있는 내 옆에서 일을 하기로 결정했다는 것은 내가 무의식 상태일 때조차도 내 곁에 가까이 있기를 원한다는 뜻이었다.

침대 옆 탁자에 놓인 시계를 보려고 고개를 돌렸다가 내 손목에 시선이 멈추었다.

"기데온……"

자는 사이 그가 내 손목에 둘러주었을 시계는 한마디로 매혹적이었다. 시계 판 위에 조그만 다이아몬드 수백 개가 박혀 반짝이는 아르데코 양식의 시계였다. 시곗줄은 크림색 사틴으로 되어 있고, 자개로 된 시계 판에 제조사 파텍 필립과 티파니의 로고가 나란히 새겨져 있었다.

"정말 아름다워요."

"이 세상에 스물다섯 개만 있는 물건이야. 당신만큼 독특하지는 않지만, 어때?"

그가 나를 내려다보며 웃었다.

"정말 마음에 들어요."

나는 무릎을 딛고 윗몸을 일으켰다.

"사랑해요."

그가 노트북을 옆에 내려놓고 나를 무릎 위에 앉히고는 꼭 끌어안았다.

"고마워요."

그의 사려 깊음에 감격했다. 내가 엄마 집에 간 사이에, 혹은 여자 친구들과 놀러 간 직후에 시계를 사러 갔을 것이다.

"음, 매일 이렇게 벌거벗고 포옹할 수 있는 방법을 알려줘."

"그냥 당신이면 돼요, 에이스."

나는 그의 뺨에 내 뺨을 대고 문질렀다.

"내게 필요한 건 당신뿐이니까."

침대 밖으로 나와 숙취 해소제를 들고 화장실로 갔다. 몸서리를 치며 약을 삼키고 이를 닦고 세수를 하고 머리를 빗었다. 가운을 입고 침대로 와보니 기데온은 없고 침대 한가운데에 노트북만 열린 채로 놓여 있었다.

서재로 가보니 그가 다리를 넓게 벌리고 팔짱을 낀 채 창문을 향해 서 있었다. 그의 앞에 도시가 활짝 펼쳐져 있었다. 크로스파이어 빌딩 사무실이나 펜트하우스에서 보는 전망만큼은 아니었지만, 풍경이 가까운 만큼 더 원초적이고 즉각적이었다. 도시와 한층 가까이 있는 느낌이었다.

"나는 그렇게 생각하지 않아."

그가 이어폰 마이크에 대고 거침없이 말했다.

"나도 위험은 알고 있어……. 그만하라고. 이 문제는 논쟁의 여지가 없어. 명시된 대로 계약을 체결해."

기데온의 완벽하게 사무적이고 냉정한 말투를 들으며 서재를 지나갔다. 숙취 해소제는 무엇으로 만들었는지는 몰라도 비타민과 다른 술 종류를 섞은 것 같았다. 아침 해장술 같았다. 뱃속이 따끈해지면서 노곤한 느낌이 몰려왔다. 나는 주방으로 가서 커피를 만들었다.

카페인을 보충하고 나서 소파에 앉아 휴대폰 메시지를 확인했다. 아빠에게서 전화가 세 통이나 와 있는 것을 보고 무슨 일인가 싶어 얼굴을 찌푸렸다. 캘리포니아 시간으로 모두 아침 8시 전에 걸려 온 전화였다. 엄마에게도 열두 번이나 전화가 와 있었는데 엄마 문제를 해결하기에는 월요일도 충분히 이르다는 생각이 들었다. 캐리에게도 '전화해!'라는 문자가 와 있었다.

가장 먼저 아빠에게 전화했다. 재빨리 커피 한 모금을 마시려는 순간, 아빠가 전화를 받았다.

"에바."

아빠의 심각한 말투를 듣자마자 뭔가 잘못되었다는 것을 감지했다. 나는 얼른 몸을 일으켰다.

"아빠……, 무슨 일이에요?"

"왜 나단 베이커 이야기를 하지 않은 거냐?"

아빠의 목소리는 거칠게 갈라지고 고통으로 꽉 잠겨 있었다. 온몸에 소름이 돋았다.

이런, 제기랄. 아빠가 알아버렸다. 손이 떨려 손과 허벅지에 뜨거운 커피가 쏟아졌지만, 뜨거운 것을 느낄 수도 없었다. 아빠의 고통이 너무도 끔찍하게 두려웠다.

"이 아빠에게 말하지 않았다는 게 믿기지가 않는구나. 모니카도 마찬가지야. 맙소사……. 네 엄마는 내게 말했어야지. 나한테 털어놨어야 해."

아빠가 떨리는 숨을 들이마셨다.

"나는 알 권리가 있단 말이다!"

슬픔이 온 가슴을 아프게 갉아먹었다. 자기 통제력이라면 기데온에 뒤지지 않는 아빠가 울고 있었다.

커피테이블에 머그잔을 내려놓고 가쁜 숨을 내쉬었다. 봉인

되었던 나단의 전과 기록이 그의 죽음과 함께 풀렸고, 기록에 접근할 수 있는 권한을 가진 사람이라면 누구나 끔찍한 내 과거를 알 수 있게 되었다. 경찰인 아빠는 당연히 접근 권한을 갖고 있었다.

"아빠가 할 수 있는 일은 없었어요."

정신이 아득해졌지만, 아빠를 위해서라도 정신을 차리려고 애썼다. 전화가 걸려오는 신호음이 울렸지만 무시했다.

"그전에도, 그후에도요."

"난 네 옆에 있어줄 수 있었어. 널 보살펴줄 수 있었단 말이야."

"아빤 저를 보살펴주었어요. 트래비스 박사님을 만나게 해주셨고 내 인생을 바꿔주셨어요. 그때까지만 해도 전 아무 일도 해결하지 못했죠. 아빠가 제게 얼마나 큰 도움이 되었는지, 말로 다할 수 없어요."

아빠가 고통스러운 신음을 내뱉었다.

"네 엄마와 싸웠어야 했어. 널 내 곁에 두었어야 했어."

"오, 맙소사."

뱃속이 뭉쳤다.

"엄마를 탓하지는 마세요. 엄마는 무슨 일이 벌어지고 있는지 몰랐어요. 그리고 알게 되었을 때는 할 수 있는 모든 일을 했어요."

"내게 말하지 않았잖아!"

아빠의 고함에 깜짝 놀랐다.

"네 엄마는 나한테 말했어야 했어. 그리고 어떻게 그런 일을 모를 수가 있지? 분명히 낌새를 챌 수 있었을 텐데……, 어떻게 그걸 모르고 지나칠 수가 있느냐고? 맙소사. 난 네가 캘리포니아에 왔을 때 뭔가 이상하다고 생각했다."

괴로움을 참을 수가 없어서 흐느껴 울기 시작했다.

"아빠에게 말하지 말라고 제가 엄마한테 애원했어요. 단단히 다짐을 받았어요."

"그건 네가 결정할 일이 아니었다, 에바. 넌 어린애였어. 네엄마가 제대로 생각했어야지."

"죄송해요!"

나는 외쳤다. 전화가 들어오는 소리가 끈질기게 이어지면서 나를 벼랑 끝까지 밀어붙였다.

"죄송해요. 나단 때문에 사랑하는 사람들을 아프게 하고 싶지 않았어요."

"널 만나러 갈 생각이다."

아빠가 갑자기 조용하게 말했다.

"다음 비행기를 탈 거야. 도착하면 전화하마."

"아빠……."

"사랑한다, 내 딸. 넌 나의 전부란다."

아빠가 전화를 끊었다. 산산이 부서져버린 마음으로 그 자리에 멍하니 앉아 있었다. 내게 일어났던 일을 아빠가 알게 된다면 크게 상처를 받을 거라고 짐작하고는 있었지만, 그 암울한 상황과 싸우는 방법은 알지 못했다.

손에 들린 휴대폰이 다시 울리기 시작했다. 액정을 보니 엄마의 이름이 떴다. 어떻게 해야 할지 도무지 알 수가 없었다.

불안하게 자리에서 일어나 테이블 위에 휴대폰을 떨어뜨렸다. 마치 뜨거운 것을 만진 것처럼. 지금은 엄마와 통화할 수가 없었다. 누구와도 말하고 싶지 않았다. 오직 기데온만이 필요했다.

벽에 어깨를 기대고 비틀걸음으로 복도를 지났다. 서재에 가까워질수록 기데온의 목소리가 점점 크게 들려오자 발걸음이 빨라지며 눈물이 걷잡을 수 없이 흘러내렸다.

"내 생각을 해줘서 진심으로 고맙지만, 그건 안 되겠어."

그가 아까와는 다른 낮고 단호한 말투로 말했다. 조금 더 친밀했고, 조금 더 부드러웠다.

"물론 우리는 친구야. 당신도 왜 그런지 알잖아……. 난 당신이 원하는 대로 해줄 수가 없어."

모퉁이를 돌아 서재로 들어가자 그가 책상 앞에서 고개를 숙이고 상대방의 말에 귀를 기울이는 모습이 보였다.

"그만해."

그가 냉정하게 말했다.

"그건 당신이 원하는 방법이 아니야, 코린."

"기데온."

나는 손등이 하얗게 질릴 만큼 문설주를 꽉 붙잡고 속삭였다.

그가 고개를 들었다가 화들짝 놀라서 벌떡 일어났다. 그의 얼굴에 서렸던 사나운 표정이 사라졌다.

"그만 끊어야겠어."

그가 귀에서 이어폰을 뽑아 책상 위에 던져버리고 내 쪽으로 다가왔다.

"왜 그래? 어디 아파?"

그가 나를 붙잡자마자 그의 품에 달려들었다. 그가 나를 끌어당겨 꼭 안아주자 비로소 안도감이 몰려왔다.

"아빠가 알아버렸어요."

나는 그의 가슴에 얼굴을 묻었다. 마음속에 아빠의 고통이 가득 차올랐다.

"아빠가 그 일을 알아요."

기데온이 내 몸을 번쩍 안아 올렸다. 그의 휴대폰이 다시 울리기 시작했다. 그가 나지막이 뭐라고 욕설을 내뱉더니 서재 밖으로 걸어나갔다.

복도로 나오니 커피테이블 위에서 내 휴대폰이 울리고 있었다. 휴대폰 두 대가 동시에 울려대는 소리가 불안감을 자극했다.

"받아야 하는 전화면 말해."

그가 말했다.

"엄마예요. 아빠가 벌써 엄마에게 전화했을 거예요. 지금 무척 화가 나 있거든요. 맙소사……, 기데온. 아빠는 지금 완전히 절망에 빠졌어요."

"당신 아버지 기분이 어떨지 이해가 돼."

그가 나를 손님용 방으로 데려가 등 뒤에서 발로 문을 닫아버렸다. 나를 침대에 눕히고 탁자에서 리모컨을 들어 텔레비전을 켜더니 볼륨을 낮추었다. 텔레비전 소리가 딸꾹질하는 내 울음소리를 제외하고 다른 모든 소리를 집어삼켰다. 그가 내 옆에 누워 나를 안고는 내 등을 쓸어주었다. 나는 더는 눈물이 나오지 않을 때까지 눈이 쓰라릴 정도로 울고 또 울었다.

"어떻게 할지 말해줘."

내가 조용해지자, 그가 입을 열었다.

"아빠가 오신대요. 뉴욕에요."

그 생각을 하자 또 뱃속이 뭉쳤다.

"오늘 비행기를 타신대요."

"시간을 알려주면 내가 모시러 갈게."

"안 돼요."

"그래, 그렇지."

그가 차분하게 말했다.

"나 혼자 가야 해요. 아빠는 큰 상처를 입었어요. 다른 사람에게 그런 모습을 보이고 싶지 않을 거예요."

기데온이 고개를 끄덕였다.

"그럼 내 차를 타고 가."

"어떤 차요?"

"새 이웃의 DB9."

"응?"

그가 어깨를 으쓱했다.

"보면 알 거야."

의심하지 않았다. 어떤 차든지 날렵하고 빠르고 위험할 것이다. 그 차의 주인처럼.

"무서워요."

그의 몸에 다리를 단단히 휘어 감으며 중얼거렸다. 그는 몹시 강하고 단단했다. 그에게 매달려 절대로 놓아주고 싶지 않았다.

그가 손을 들어 내 머리카락을 쓸어주었다.

"뭐가 무서워?"

"안 그래도 엄마와의 사이가 엉망이 되어버렸는데, 엄마 아빠 사이가 틀어지면, 중간에 끼고 싶지 않아요. 두 분이 문제를 잘 해결할 것 같지가 않아요. 특히 엄마요. 두 분은 서로 미친 듯이 사랑하고 있어요."

"그건 몰랐는데."

"두 분이 함께 있는 걸 못 봤잖아요. 이글이글 피어올라요."

기데온과 헤어졌을 때, 부모님 사이에 여전히 순백으로 뜨거운 성적 끌림이 존재하는 걸 목격했던 순간이 떠올랐다.

"게다가 아빠는 여전히 엄마를 사랑한다고 고백했어요. 그

260

생각을 하면 슬퍼져요."

"두 분이 함께 살지 못하는 게?"

"예. 하지만 내가 행복한 가정을 원해서 그러는 건 아니에요."

나는 내 생각을 분명히 밝혔다.

"그냥 사랑하는 사람들이 함께 살지 못하는 게 마음 아플
뿐이에요. 만약 나도 당신을 잃는다면……."

"당신은 절대로 날 잃지 않아."

"그럼 내 일부가 죽는 것 같겠죠. 그런 식으로 평생을 살아
가야 한다면……."

"지옥 같겠지."

기데온이 내 뺨을 쓸어내렸다. 그의 눈에 냉혹한 기운이 떠
올랐다. 나단의 망령이 그를 괴롭히고 있다는 증거였다.

"당신 어머니 일은 내가 해결할게."

나는 눈을 깜빡이며 그를 보았다.

"어떻게요?"

그의 입술이 한쪽으로 말려 올라갔다.

"어머니에게 전화를 걸어서 당신이 어떻게 지내고 있는지
안부를 물어볼 거야. 공개적으로 당신에게 돌아갈 준비를 시
작하는 거지."

"엄마는 내가 당신에게 숨기는 것 없이 다 말한다는 걸 알
고 있어요. 엄마가 당신을 붙들고 밤새 하소연할지도 몰라요."

"당신에게 하는 것보다야 나한테 하는 게 낫지."

그 말에 웃음이 나올 뻔했다.

"고마워요."

"나 때문에 어머니가 다른 일에 신경 쓰게 만들게."

그가 내 손을 잡고 반지를 어루만졌다.

결혼이 성큼 다가왔다. 그는 굳이 말로 하지 않았지만, 나는 그의 메시지를 알아들었다. 그리고 당연히 엄마도 그렇게 생각할 것이다. 기데온과 같은 지위에 있는 남자는 '의도'가 진지하지 않은 경우라면 여자의 어머니를 통해 여자에게 돌아가지는 않을 것이다. 특히 모니카 스탠튼 같은 어머니라면 더더욱.

이것은 우리가 따로 날을 잡아 진지하게 다룰 중요한 문제였다.

그후로 기데온은 일부러 나를 졸졸 따라다니면서 그러지 않는 척 굴었다. 괜한 구실을 만들어 이 방에서 저 방으로 따라다니며 내 곁에 머물렀다. 내 뱃속에서 꼬르륵 소리가 나자 나를 곧장 주방으로 데려갔고, 함께 샌드위치와 감자칩과 마카로니 샐러드를 차렸다.

우리는 아일랜드 식탁에서 먹었고, 나는 마음을 달래주는 그의 세심함에 편안함을 느꼈다. 상황은 힘들었지만, 내가 기댈 수 있는 그가 곁에 있었다. 우리 앞에 닥친 수많은 문제를 함께 헤쳐나갈 수 있을 것 같았다.

우리가 함께 있는데 이루지 못할 일이 뭐가 있겠는가?

"코린이 원하는 게 뭐죠? 당신 말고요."

그의 자세가 굳어졌다.

"코린 이야기는 하고 싶지 않아."

날이 선 그의 말투가 짜증스러웠다.

"별일 없는 거예요?"

"방금 내가 뭐라고 말했지?"

"뭔가 어설픈 이야기를 해서 내가 무시하기로 했죠."

그가 잔뜩 화난 소리를 냈다가 이내 수그러들었다.

"코린은 흥분했어."

"비명을 지르면서 흥분한 건가요, 아니면 울면서 흥분한 건가요?"

"그게 중요해?"

"그럼요. 남자에게 화가 난 것과 남자 때문에 눈물을 흘리는 건 다르죠. 예를 들면 디아나는 지금 당신에게 화가 나서 당신을 파괴할 계략을 세우고 있어요. 난 눈물을 흘렸기 때문에 침대 밖으로 걸어 나오기도 힘들었죠."

"맙소사, 에바."

그가 손을 뻗어 내 손을 잡았다.

"미안해."

"벌써 사과는 충분히 했어요! 또 우리 엄마 문제를 해결해주는 걸로 보상도 해줄 거니까요. 그러니까, 코린은 분노예요,

눈물이에요?"

"울고 있었어."

기데온이 움찔했다.

"제기랄, 제정신이 아니야."

"당신이 그런 일을 감당해야 하는 게 유감이에요. 그렇더라
도 죄책감에 빠지지는 마요."

"내가 코린을 이용했어."

그가 조용히 말했다.

"당신을 지키려고."

나는 샌드위치를 내려놓고 갸름하게 뜬 눈으로 그를 보았다.

"당신이 줄 수 있는 건 우정뿐이라고 코린에게 말했어요,
안 했어요?"

"말했다는 거 알잖아. 그래도 언론과 경찰을 의식하고 일
부러 우리 사이가 그 이상일 수도 있다는 인상을 심어주었어.
그녀에게 혼란스러운 신호를 보냈지. 그것 때문에 죄책감을
느끼는 거야."

"그만해요. 그 나쁜 여자가 당신과 잔 척하면서 내가 오해하
게 했단 말이에요."

나는 손가락 두 개를 들어 꿈틀거리며 말했다.

"그것도 두 번이나요. 처음 상처는 너무 커서 아직도 극복
못했어요. 게다가 그 여자는 결혼까지 한 몸이잖아요? 자기
남자가 있으면서 내 남자에게 수작을 걸면 안 되죠."

"나와 잔 척했다니? 그게 무슨 말이지?"

크로스파이어 빌딩에서 그의 옷소매에 립스틱 자국이 묻어 있는 걸로 오해했던 일과 코린의 아파트로 불쑥 찾아갔을 때 그녀가 방금 그와 정사를 나눈 척했던 일을 설명했다.

"그렇다면 상황이 상당히 달라지는군. 코린과 나 사이에 더 이상 할 이야기는 없어."

"고마워요."

그가 손을 뻗어 내 머리카락을 귀 뒤로 넘겨주었다.

"우린 결국 이 모든 문제를 이겨낼 거야."

"그다음에는 뭘 하죠?"

내가 중얼거렸다.

"아, 그건 내가 확실히 알지."

"섹스죠?"

나는 고개를 절레절레 흔들었다.

"내가 괴물을 만들었어."

"우리 둘이 함께 일하는 것, 잊지 마."

"맙소사. 아직도 단념하지 않았군요."

그가 감자칩을 삼켰다.

"점심을 다 먹고 나서 새로 단장한 크로스로드 재단과 크로스 인더스트리 홈페이지를 살펴봐."

나는 냅킨으로 입을 닦았다.

"정말요? 정말 빠르네요. 감동이에요."

"당신이 먼저 살펴보고 확정해줘."

기데온은 나를 잘 알았다. 일은 나의 탈출구였고, 그는 나를 그곳에 밀어 넣었다. 그는 거실에 자신의 노트북을 설치해주고 내 휴대폰이 울리지 않게 하고나서, 우리 엄마에게 전화를 걸러 서재로 갔다.

몇 분 동안 낮게 웅얼거리는 그의 목소리에 귀를 기울이며 그가 날 위해 단장한 웹사이트에 집중하려고 노력해봤지만, 소용이 없었다. 정신이 산만해서 집중할 수가 없었다. 결국, 캐리에게 전화를 걸었다.

"어떻게 된 거야?"

그가 전화를 받자마자 소리를 꽥 질렀다.

"미친 짓이었던 거 알아."

엄마 아빠는 내가 휴대폰을 받지 않자 캐리의 휴대폰과 우리 집 전화로 계속 전화를 걸어댔을 것이다.

"미안해."

수화기 너머에서 소음이 들려오는 걸 보니 캐리는 길거리에 있는 것 같았다.

"대체 무슨 일이야? 다들 나한테 전화하고 있어. 네 엄마 아빠, 스탠튼 아저씨, 클랜시까지. 다들 널 찾고 있는데 넌 전화도 받지 않고. 무슨 일인지 궁금해 죽는 줄 알았단 말이야!"

오, 맙소사. 나는 눈을 질끈 감았다.

"아빠가 나단 일을 알아버렸어."

캐리가 침묵했다. 멀리서 들려오는 자동차 경적 소리만이 그가 전화를 끊지 않았다는 것을 알려주었다. 잠시 후, 그가 말했다.

"제기랄. 자기야, 이제 어떡하면 좋니?"

그의 목소리에 묻어나는 안쓰러움에 내 목이 꽉 잠겼다. 더는 울고 싶지 않았다.

갑자기 배경 소음이 사라졌다. 캐리가 조용한 곳으로 들어간 모양이었다.

"아저씨는 어떠셔?"

캐리가 물었다.

"상심이 크시지. 맙소사, 캐리, 끔찍해. 아빠가 우는 것 같았어. 그리고 엄마한테 단단히 화가 났어. 그래서 엄마가 계속 전화를 하는 걸 거야."

"어떻게 하신대?"

"뉴욕에 오고 계셔. 언제인지는 모르지만 도착하면 전화하신댔어."

"지금 오고 계신다고? 오늘?"

"그런 것 같아."

나는 비참하게 말했다.

"어떻게 이렇게 빨리 휴가를 내는지도 모르겠어."

"내가 집에 가서 손님방을 치워놓을게."

"내가 할게. 넌 어디야?"

"타티아나랑 점심 먹고 마티니 마시려고. 시간이 조금 걸릴 것 같아."

"나 때문에 전화 받게 해서 미안해."

"뭐, 별일이라고."

그가 평소대로 말했다.

"그보다 네가 걱정이다. 요즘 통 집에 안 오잖아. 대체 뭘 하고 다니는지, 누구랑 같이 있는 건지 모르겠다. 요즘 너 답지 않아."

캐리의 말투에 묻어 있는 비난조가 마음을 더 아프게 했지만, 당장은 사실대로 털어놓을 수가 없었다.

"미안해."

그가 잠시 내 해명을 기다렸다가 낮게 뭐라고 중얼거렸다.

"두 시간 후에 집에 갈게."

"알았어. 그때 보자."

전화를 끊고 곧바로 새아빠에게 전화를 걸었다.

"에바."

"스탠튼 아저씨."

나는 곧장 본론으로 들어갔다.

"아빠가 엄마에게 전화했어요?"

"잠깐 기다려라."

잠시 침묵이 이어지다가 문 닫는 소리가 들려왔다.

"그래, 전화했다. 엄마에게는 몹시 불쾌한 전화였어. 이번 주는 네 엄마에게 유독 힘들구나. 엄마 상태가 좋지 않아서 걱정이다."

"다들 힘들어요."

내가 말했다.

"아빠가 지금 뉴욕으로 오고 계세요. 아빠와 조용히 시간을 보내고 싶어요."

"네 엄마가 어떤 일을 겪었는지 빅터에게 잘 이해시켜줬으면 좋겠구나. 엄마 역시 어린 시절의 상처를 지닌 사람 아니냐."

"아빠도 이 일을 감당할 시간이 필요해요."

나는 스탠튼 아저씨의 말을 받아쳤다. 감정을 실은 목소리가 모질게 들렸다. 엄마 아빠 사이에 끼어서 억지로 한 사람 편을 드는 일은 없을 것이다.

"엄마가 저와 캐리에게 쉬지 않고 전화를 걸고 있어요. 아저씨가 말려주셨으면 좋겠어요. 필요하다면 피터센 박사님께 연락하세요."

엄마의 정신과 의사를 언급하며 제안했다.

"모니카는 지금도 전화기를 붙들고 있어. 그 전화를 끊으면 이야기하마."

"이야기만 하지 말고 조치를 취해주세요. 필요하다면 전화기를 숨겨버리세요."

"그건 너무 극단적이야. 불필요한 일이고."

"엄마가 멈추지 않는다면 불필요한 일이 아니죠!"

손가락으로 커피테이블을 두드렸다.

"아저씨나 저나 엄마를 너무 조심스럽게 대하는 게 잘못이에요. '오, 안 돼, 모니카를 건드리지 마!' 둘 다 엄마의 히스테리를 감당하느니 굴복하는 쪽을 택했죠. 하지만 그건 감정 소모예요. 이제 그만할 거예요."

아저씨가 잠시 침묵하다가 입을 열었다.

"넌 지금 엄청난 스트레스에 시달리고 있어서 그래."

"그렇게 생각하세요?"

머릿속으로 마구 고함을 지르고 있었다.

"엄마한테 사랑한다고 전해주세요. 나중에 전화한다고요. 오늘은 아니에요."

"네가 필요하면 나도, 클랜시도 언제든지 달려갈 거다."

그가 굳은 목소리로 말했다.

"고마워요, 아저씨. 진심으로 감사해요."

전화를 끊고 휴대폰을 벽에 던져버리고 싶은 충동을 꾹 눌러 참았다.

마음을 겨우 가라앉히고 크로스로드 홈페이지를 살펴보려는데, 기데온이 서재에서 나왔다. 개운하고도 약간 황홀한 표정이 기대감을 안겨주었다. 기분이 좋지 않은 엄마를 상대하는 일은 누구에게나 쉽지 않은 고역이었고, 특히 기데온은 그런 경험이 많지 않았다.

"내가 경고했죠?"

그가 두 팔을 들어 올려 기지개를 켰다.

"어머니는 괜찮으실 거야. 보기보다는 강한 분인 것 같아."

"당신 전화 받고 우리 엄마 난리 났죠?"

그가 능글맞게 웃었다.

나는 눈알을 굴렸다.

"엄마는 날 안전하게 지켜주고 보살피는 부자 남자가 필요하다고 생각해요."

"그런 남자가 여기 있잖아."

"지금이 원시시대라고 착각하는 건 아니라고 믿어요."

나는 자리에서 일어났다.

"집에 가서 아빠를 맞을 준비를 해야겠어요. 아빠가 얼마나 오래 계실지는 몰라도 그동안은 집에 있어야 해요. 그러니 당신도 내 아파트에 몰래 침입하는 건 그리 좋은 생각이 아니에요. 우리 아빠가 당신을 강도로 오해한다면, 별로 좋은 꼴은 보지 못할 테니까요."

"게다가 무례하기까지 하지. 난 그 시간을 이용해서 펜트하우스에 모습을 드러낼 거야."

"그럼 각자 계획이 생긴 셈이네요."

얼굴을 문지르고 나서 찬탄하는 표정으로 새 시계를 바라보았다.

"적어도 다시 만날 때까지 아름다운 방법으로 시간을 셀 수 있게 되었어요."

그가 내게 다가와 목을 감싸 안았다. 그의 엄지가 목 뒤를 동그랗게 간질였다.

"당신은 괜찮은 거야?"

나는 고개를 끄덕였다.

"나단이 내 인생에 끼어드는 일에 지쳤어요. 이제 새롭게 출발할 거예요."

엄마가 더 이상 스토커 짓을 벌이지 않고, 아빠가 단단한 자신의 입지를 마련하고, 캐리가 행복해하고, 코린이 다른 나라로 멀리 떠나버리고, 기데온과 내가 과거에 얽매이지 않는 그런 미래를 떠올렸다.

마침내 나는 그 미래를 위해 싸울 준비가 되었다.

11

월요일 아침, 출근 시간이 되었다. 아직 아빠에게서 연락이 없어서 일단 출근 준비를 했다. 옷장 속을 뒤지고 있는데 누군가 방문을 두드렸다.

"들어와."

나는 소리쳤다.

잠시 후, 캐리의 목소리가 들려왔다.

"대체 어디 있는 거야?"

"여기야."

문간에 캐리의 그림자가 드리웠다.

"아저씨한테 아직 소식 없어?"

캐리를 흘낏 보았다.

"아직 없어. 문자메시지를 보냈는데 답장도 없고."

"비행기 안에 계시나 보네."

"아니면 연결 편을 놓쳤든지. 누가 알겠어?"

나는 내 옷들을 노려보았다.

"이거."

캐리가 옷 방으로 들어와 나를 지나쳐 바닥 선반에서 바지통이 넓은 회색 리넨 팔라초 바지와 검은색 레이스 캡소매 셔츠를 꺼내주었다.

"고마워."

나는 캐리를 꼭 끌어안았다.

그가 보답으로 나를 끌어안았는데, 힘이 너무 세서 숨을 쉴수 없을 정도였다. 캐리의 과도한 표현에 놀라 잠시 그대로 안겨 있었다. 뺨에 캐리의 열기가 느껴졌다. 며칠 만에 처음으로 캐리는 청바지와 티셔츠를 모두 갖춰 입고 있어서 여느 때처럼 대단히 멋지고 세련되어 보였다.

"별일 없는 거야?"

내가 물었다.

"네가 그리워, 자기야."

그가 내 머리카락에 대고 속삭였다.

"신물이 나도록 질려버린 건 아니고?"

일부러 농담처럼 말했지만 그의 말투가 마음에 걸렸다. 평소의 쾌활함이 사라진 말투였다.

"오늘은 택시 타고 가면 되니까 시간이 조금 있어. 커피 마실까?"

"좋아."

그가 뒤로 물러나 나를 보며 씩 웃었다. 소년처럼 아름다웠다.

캐리가 내 손을 잡고 옷 방 밖으로 나왔다. 나는 팔걸이의자에 골라둔 옷을 던져놓고 주방으로 향했다.

"오늘 나가?"

"응. 촬영이 있어."

"와! 반가운 소식이잖아!"

나는 커피메이커 쪽으로 갔고, 캐리는 냉장고에서 하프앤하프를 꺼냈다.

"다시 한 번 샴페인을 터뜨려야 하는 거 아냐?"

"말도 안 돼."

캐리가 코웃음을 쳤다.

"아저씨가 그러고 계시는데 어떻게 그래?"

"안 그러면 뭘 할까? 가만히 앉아서 서로 멀뚱멀뚱 쳐다보고만 있을까? 더는 할 수 있는 일이 없어. 나단은 죽었고, 또 죽지 않았더라도 그가 내게 한 짓은 이미 오래전에 끝났어."

김이 오르는 머그잔을 캐리에게 밀어주고 또 한 잔을 채웠다.

"차갑고 어두운 구멍에 그의 기억을 밀어 넣고 다 잊어버릴 준비가 되었어."

"너에게는 끝난 일이지."

캐리가 내 커피에 하프앤하프를 넣고는 다시 밀어주었다.

"하지만 아저씨에게는 새로운 소식이야. 아저씨는 그 이야기를 하고 싶어 하셔."

"난 하지 않을 거야. 다시는 그 이야기를 하고 싶지 않아."

"아저씨 생각은 다를 거야."

양손으로 머그잔을 쥐고 조리대에 기댄 채로 고개를 돌려 캐리를 보았다.

"아빠 내가 괜찮은 건지 그게 알고 싶은 거야. 그 자식이 궁금한 게 아니라 내가 궁금한 거라고. 그리고 난 아주 잘살고 있지. 아주 잘."

그가 골똘한 표정으로 자신의 커피를 저었다.

"그래, 넌 잘살고 있지."

그가 잠시 쉬었다가 말했다.

"아저씨한테 그 미스터리 남자에 대해서도 말할 거야?"

"미스터리 남자가 아니야. 그냥 그 사람에 대해 너한테 말할 수 없는 부분이 있는데, 그건 우리의 우정과는 아무런 상관이 없어. 나는 너를 믿고, 너를 사랑하고, 너에게 의지해. 늘 그렇듯이 말이야."

머그잔 테두리 너머로 그의 초록색 눈동자가 도전적으로 빛났다.

"그렇게 보이지 않는걸."

"넌 가장 소중한 친구야. 내가 늙어서 꼬부랑 할머니가 되더라도 넌 여전히 가장 소중한 친구일 거야. 내가 어떤 남자를 만나는지 너한테 털어놓지 않는다고 해서 그 사실이 바뀌지는 않아."

"어떻게 해야 네가 날 신뢰하지 않는다는 느낌을 지울 수 있지? 그 남자가 얼마나 대단하기에 이름조차 가르쳐줄 수 없는 거야?"

나는 한숨을 쉬며 그에게 부분적인 진실을 말해주었다.

"그 남자 이름을 몰라."

캐리가 갑자기 멈춰 서서 나를 뚫어져라 바라보았다.

"지금 놀려?"

"뭐 하는 사람인지 안 물어봤어."

급히 둘러대느라 자꾸만 의문의 여지를 남기고 있었다. 캐리가 오래도록 나를 바라보았다.

"난 걱정도 하면 안 되는 거야?"

"걱정하지 마. 난 진짜 괜찮으니까. 우리 두 사람은 서로에게 필요한 것을 이뤄나가고 있고, 그 사람은 날 많이 보살펴주고 있어."

캐리가 나를 살폈다.

"그럼 그 사람을 뭐라고 불러? 그 사람이 널 뿅 가게 하면 뭐라고 소리를 질러야 할 거 아냐. 두 사람이 대화를 통해 서로 알아갈 생각을 굳이 안 하는 걸 보면, 그 남자 솜씨가 보통이 아닌가 봐."

"음……."

곤혹스러운 질문이 있다.

"그냥 '어머나' 하고 소리 지르는 거 같아."

캐리가 고개를 뒤로 젖히며 웃음을 터뜨렸다.

"그나저나 넌 어떻게 두 사람을 동시에 만나?"

내가 물었다.

"용케."

캐리가 주머니에 한 손을 찔러넣고 뒤꿈치에 체중을 실으며 몸을 까딱까딱 흔들었다.

"내 생각에는 타티아나와 트레이가 그동안 만난 사람 중 가장 일부일처제에 가까운 것 같아. 지금까지는 괜찮아."

내가 보기에는 전반적인 상황이 대단한 것 같았다.

"혹시 절정에 도달했을 때 이름을 바꿔 부를까 봐 걱정한 적은 없어?"

그의 초록색 눈동자가 반짝거렸다.

"절대 그럴 일은 없지. 전부 '자기야'라고 부르니까."

"오, 캐리."

고개를 절레절레 흔들었다. 정말이지 어쩔 수 없는 친구였다.

"트레이에게 타티아나를 소개할 생각이야?"

그가 어깨를 으쓱했다.

"별로 좋은 생각은 아닌 것 같은데?"

"아니라고?"

"타티아나는 기분 좋은 날에도 못되게 구는 여자고, 트레이는 그저 착한 남자야. 내 경험상 별로 좋은 조합이 못 돼."

"언젠가 타티아나가 별로 마음에 안 든다고 말했잖아. 그런데 마음이 바뀐 거야?"

"타티아나는 타티아나야."

그가 더 이상의 대화를 거부하며 말했다.

"그 정도는 감당할 수 있어."

나는 그를 빤히 쳐다보았다.

"타티아나에게는 내가 필요해, 에바."

캐리가 조용히 덧붙였다.

"트레이는 날 원하지. 또 나를 사랑하는 것 같고. 하지만 트레이는 내가 필요한 게 아니야."

그건 이해할 수 있었다. 가끔은 상대가 나를 필요로 한다는 것이 좋았다.

"이해해."

"우리에게 필요한 모든 것을 세상에서 단 한 사람만이 줄 수 있다고 누가 그래?"

그가 코웃음을 쳤다.

"내 생각은 달라. 너랑 너의 이름 없는 남자를 봐도 그렇고."

"양다리 상황이 질투하지 않는 사람들에게는 효과가 있을지 몰라도, 나한테는 전혀 효과가 없을 거야."

"그래."

그가 머그잔을 내밀었고 나는 내 잔을 부딪쳤다.

"그럼 크리스털 샴페인에……."

그가 입을 꾹 다물고 잠시 생각했다.

"음……, 타파스(여러 가지 요리를 조금씩 담아내는 스페인 전채 요리-옮긴이)?"

나는 눈을 깜박였다.

"우리 아빠랑 외식할 생각이야?"

"왜? 별로야?"

"아냐. 정말 좋은 생각이야. 아빠가 따라나서주기만 한다면."

나는 빙그레 웃으며 말했다.

"넌 최고야, 캐리."

그가 윙크하자 마음이 조금 놓였다.

내 삶의 모든 것이 흔들리는 것만 같았다. 특히 내가 가장 사랑하는 사람들과의 관계가 흔들리고 있었다. 나는 마음의 평온을 위해 늘 그들에게 기댔기 때문에 감당하기 힘든 현실이었다. 하지만 이 모든 일이 안정되면, 나는 조금 더 강해질지도 모른다. 나 혼자서도 조금 더 반듯하게 설 수 있을지도 모른다.

그렇다면 이 모든 고통과 혼란도 조금은 가치가 있을 테지.

"머리 만져줄까?"

캐리가 물었다.

나는 고개를 끄덕였다.

"부탁해."

출근하자마자 축 처진 메구미를 보니 속이 상했다. 그녀는 힘없이 내게 손을 흔들더니 곧바로 의자에 털썩 주저앉았다.

"마이클 따위 뺑 차버려요. 아무래도 이 관계는 안 되겠어요."

내가 말했다.

"나도 알아요."

메구미가 비대칭 단발의 긴 앞머리를 손으로 쓸어 넘겼다.

"다음에 만나면 정식으로 헤어질 거예요. 금요일 이후로 연락이 없어요. 주말에 총각 파티를 전전하는 사이, 누군가를 낚지 않았나 싶어요. 미칠 것 같아요."

"윽."

"알아요. 같이 잠이나 자는 사이에 상대방이 딴 여자랑 놀아나는지 걱정하는 건 별로 멋지지 않죠."

어쩔 수 없이 아침에 캐리와 나눈 이야기가 떠올랐다.

"전화 한 통이면 나도, 벤 앤 제리 아이스크림도 달려와요. 우리가 필요하면 언제든지 불러요."

"그게 당신 비결이에요?"

그녀가 짤막하게 웃었다.

"기데온 크로스를 잊을 때는 어떤 맛 아이스크림으로 견뎠죠?"

"난 아직 그를 잊지 못했어요."

나는 순순히 인정했다.

그녀가 사려 깊은 얼굴로 고개를 끄덕였다.

"알고 있어요. 하지만 토요일은 재미있었죠? 아무튼, 그 남자 바보예요. 언젠가는 후회하고 당신 곁으로 다시 기어올지도 모르죠."

"주말에 기데온이 우리 엄마에게 전화를 했어요."

나는 책상에 몸을 기대며 목소리를 낮추고 말했다.

"내 안부를 물었대요."

"와."

메구미도 앞으로 몸을 숙였다.

"뭐라고 했대요?"

"자세한 이야기는 몰라요."

"그 사람이랑 다시 잘해볼 생각이에요?"

나는 어깨를 으쓱했다.

"아직은 몰라요. 그가 얼마나 납작 엎드리는지 보고요."

"당연하죠."

그녀가 내게 하이파이브를 했다.

"그런데 오늘 머리 멋진걸요?"

그녀에게 고맙다고 말하고 내 자리로 갔다. 머릿속으로는 아빠에게 연락이 오는 대로 휴가를 내야겠다고 생각했다. 복도 끝 모퉁이를 돌기도 전에 마크가 활짝 웃으며 자신의 사무실에서 튀어나왔다.

"오, 맙소사."

나는 걸음을 멈췄다.

"미친 듯이 행복해 보이세요. 무슨 일일까? 청혼에 성공하셨군요!"

"응!"

"와!"

나는 바닥에 핸드백과 가방을 떨어뜨리고 손뼉을 쳤다.

"정말 잘됐어요! 축하해요!"

그가 허리를 숙여 내 물건을 집어들었다.

"내 사무실로 가지."

그가 앞장서라는 손짓을 해 보였고, 내가 그의 사무실로 먼저 들어가자 따라 들어와서 등 뒤로 유리문을 닫았다.

"힘들었어요?"

그의 책상 앞에 있는 의자에 앉으며 물었다.

"여태껏 한 일 중 가장 힘들었지."

마크가 내 가방과 핸드백을 건네고 자기 자리에 앉아 몸을 앞뒤로 흔들었다.

"내가 말을 못 꺼내고 마음만 졸이는 동안, 스티븐은 일부러 가만히 있었더라고. 세상에, 믿기지가 않아. 내가 청혼할 것을 다 알고 있었다니까. 내가 바짝 졸아 있는 모습만 보고도 눈치를 챘다는 거야."

나는 씩 웃었다.

"그만큼 스티븐이 당신을 잘 안다는 뜻이죠."

283

"마지막 대답을 하기 전에 일 분 정도 뜸을 들이더라고. 자네에게만 하는 소리지만, 몇 시간은 되는 것 같았지."

"그랬을 거예요. 그럼, 스티븐이 결혼 자체에 반감을 가진 것처럼 말했던 것도 전부 위장이었던 거예요?"

그가 여전히 웃으며 고개를 끄덕였다.

"지난번 내가 그의 청혼을 받아들이지 않았을 때 워낙 자존심이 크게 상해서 앙갚음을 하고 싶었대. 결국은 내가 돌아올 것을 알고 있었다는군. 그래서 이번에는 내가 먼저 결혼 이야기를 꺼내게 하고 싶었대."

역시 늘 재미있고 사교적인 스티븐다웠다.

"그래서 마지막 폭탄은 어디에서 터뜨렸어요?"

그가 웃음을 터뜨렸다.

"분위기 있는 곳에서는 도저히 할 수가 없었어. 촛불을 밝힌 레스토랑이랄지, 쇼가 끝난 뒤의 어두운 바 같은 곳에서는 말이야. 그래서 그 밤이 다 지나고 리무진을 타고 집 앞에 왔을 때에야 이 순간이 아니면 영영 기회가 없을 거라는 생각이 들었어. 결국, 아파트 앞에서 불쑥 말을 꺼냈지."

"정말 로맨틱하다."

"자네야말로 로맨틱하군."

그가 되받아쳤다.

"장미랑 와인이 대수예요? 그런 건 누구나 할 수 있어요. 당신 없이는 살 수 없다는 걸 상대방에게 보여주는 게 바로 로맨스죠."

"역시 자네 말은 언제나 정답이야."

손톱 밑에 입으로 후후 바람을 불어넣고 셔츠 위에 대고 쓱쓱 문질렀다.

"과찬의 말씀."

"자세한 이야기는 수요일 점심에 스티븐에게 들어. 너무 많이 해서 지금쯤은 달달 외웠을 거야."

"빨리 만나고 싶어요."

스티븐도 마크만큼이나 엄청나게 흥분해 있을 거라는 생각이 들었다. 스티븐은 거구에 근육질인 건설업자였지만 밝은 빨간 머리만큼이나 생기 넘치는 성격을 지녔다.

"두 분 모두 감동이에요."

"자네한테 쇼나를 도와 결혼 준비를 거들어달라고 부탁할 거야."

그가 윗몸을 일으켜 탁자 위에 팔꿈치를 괴었다.

"스티븐의 여동생 말고도 우리가 아는 모든 여자를 동원할 거야. 결혼식 자체가 지나칠 정도로 과할 것 같아."

"재밌겠다!"

"지금은 그런 말이 나오겠지."

그가 검은 눈으로 웃으며 경고했다.

"커피나 마시며 이번 주 일을 시작하자고."

니는 자리에서 일어났다.

"저기, 지금 이런 말씀 드리기가 뭐하지만, 아빠가 급한 일로 뉴욕으로 오고 계세요. 언제 도착할지는 아직 모르지만 아마 오늘일 것 같아요. 도착하면 제가 마중을 나가야 해요."

"조퇴를 해야 하는 건가?"

"아파트까지만 모시면 돼요. 넉넉히 몇 시간이면 될 것 같아요."

마크가 고개를 끄덕였다.

"급한 일이라며. 별일 없는 거야?"

"예."

"좋아. 필요하면 시간을 내서 다녀와."

"고맙습니다."

내 자리에 물건을 내려놓고 지금의 내 일과 상사를 얼마나 사랑하는지 수백만 번도 더 생각했다. 기데온이 나를 가까이 두고 싶어 하는 것도, 둘이서 함께 건설해나가는 미래 역시 이해할 수 있었다. 그러나 나는 개인적으로 내 일을 통해 성장하고 있었다. 그것을 포기하고 싶지 않았다. 그러나 그가 계속해서 밀어붙인다면 그를 화나게 하고 싶지도 않았다. 기데온이 납득할 만한 논리적인 이유가 필요했다.

마크와 함께 휴게실로 가는 동안 그 이유를 생각하기 시작했다.

메구미는 아직 마이클과 작별 키스를 나누지 않았지만, 일단 그녀를 데리고 근처 식당으로 가서 맛있는 쌈 요리를 사주고 벤 앤 제리에서 아이스크림을 고르게 했다. 나는 청키 멍키를, 메구미는 체리 가르시아를 골라서 뜨거운 대낮에 차가운 맛을 즐겼다.

우리는 점심 쟁반을 사이에 놓고 뒤쪽의 조그만 금속 테이블에 앉았다. 이 식당은 근처의 다른 식당과 간이식당에 비해 점심시간에도 크게 붐비지 않아서 좋았다. 목소리를 높이지 않고도 대화를 나눌 수 있었다.

"마크가 붕 떠 있던데요."

메구미가 아이스크림 숟가락을 핥으며 말했다. 그녀는 검은 머리카락과 흰 피부에 어울리는 라임색 원피스를 입고 있었다. 메구미는 언제나 과감한 스타일과 색깔의 옷을 입었는데, 나로선 모험하는 듯한 그녀의 패션 감각이 부러웠다.

"그러게요."

나는 빙그레 웃었다.

"누군가 그토록 행복해하는 걸 지켜보는 일은 멋지죠."

"죄책감 없는 행복이요. 이 아이스크림과는 다르죠."

"가끔 느껴지는 이 작은 죄책감의 정체는 뭘까요?"

"지방 축적에 대한?"

나는 신음했다.

"오늘 운동하러 가야 한다는 사실을 일깨워줘서 고마워요. 며칠간 운동을 안 했기든요."

침대 위에서 한 운동을 제외한다면……:

"어떻게 매번 운동할 마음이 생겨요?"

메구미가 물었다.

"난 가야 한다고 생각만 하지, 매번 빠질 핑계를 찾아내거든요."

"그런데도 그 놀라운 몸매가 유지된다는 말이에요?"

나는 고개를 저었다.

"짜증난다."

메구미가 씩 웃었다.

"운동은 어디에서 해요?"

"헬스클럽에서도 하고 브루클린에 있는 크라브 마가 도장도 가요."

"출근 전에? 아니면 퇴근하고?"

"퇴근하고요. 난 아침형 인간은 못 돼요. 잠은 내 친구죠."

"언제 한 번 나도 데려갈래요? 크라브 어쩌고 말고 헬스클럽이요. 어디로 다녀요?"

초콜릿을 삼키고 막 대답하려는 데 어디에서 휴대폰이 울렸다.

"전화 안 받아요?"

메구미가 내 휴대폰이 울린다는 사실을 알려주며 말했다.

선불 휴대폰이 울리고 있어서 내 전화라고 생각하지 못했다.

나는 재빨리 휴대폰을 꺼내 숨도 쉬지 않고 받았다.

"여보세요."

"앤젤."

잠시 기데온의 재빠른 목소리를 음미했다.

"예, 무슨 일이에요?"

"변호사한테 연락이 왔는데, 경찰이 용의자를 찾았대."

"뭐라고요?"

심장이 멈추었다. 점심을 먹어서인지 배가 꼬이기 시작했다.

"맙소사."

"내가 아니야."

사무실까지 어떻게 돌아왔는지 기억이 나지 않았다. 메구미
는 어느 헬스클럽에 다니느냐고 묻고는 두 번이나 더 물어봐
야 했다. 한 번도 겪어본 적이 없는 공포가 느껴졌다. 이 공포
가 사랑하는 사람 때문에 느껴지는 것이라서 훨씬 나빴다.

어쩌다가 경찰은 다른 사람에게 혐의를 두었을까?

기데온을 흔들어놓으려고 덫을 놓은 건 아닐까 하는 끔찍한
생각이 들었다. 어쩌면 나를 흔들기 위한 수작일지도 모른다.

정말로 그게 경찰의 목적이라면 제대로 효과를 본 셈이었
다. 적어도 내게는. 기데온의 목소리는 차분했고 짧은 대화 중
에도 내내 침착했다. 그는 경찰이 더 알아볼 게 있어서 찾아
올지도 모르니 조심하고 절대로 동요하지 말라고 말했다. 어쩌
면 경찰이 찾아오지 않을 수도 있었다.

맙소사. 나는 천천히 내 자리로 돌아갔다. 신경이 한껏 곤두섰다. 커피 한 주전자를 통째로 들이킨 기분이었다. 손이 떨리고 심장이 지나치게 빨리 뛰었다.

다시 일에 집중해보려고 했지만, 도무지 할 수 없었다. 모니터를 멍하니 쳐다보았지만, 아무것도 눈에 들어오지 않았다.

경찰이 기데온이 아닌 다른 사람을 용의자로 체포했다면, 어떻게 하면 좋을까? 아무 죄도 없는 사람을 감옥에 보낼 수는 없었다.

그러면서도 한편으로는 다른 사람이 유죄 판결을 받더라도 기데온이 자유로워지면 좋겠다고 속삭이는 작은 목소리도 들려왔다.

속이 메스꺼워졌다. 나도 모르게 아빠 사진으로 시선을 돌렸다. 제복 차림으로 경찰차 앞에 선 아빠는 눈이 부시도록 멋있어 보였다.

너무도 혼란스럽고 두려웠다.

책상 위에서 휴대폰이 마구 진동하자 깜짝 놀라서 풀쩍 뛰어올랐다. 액정에 아빠 이름과 전화번호가 떴다. 나는 얼른 전화를 받았다.

"아빠! 어디세요?"

"신시내티야. 곧 비행기를 갈아탈 거야."

"잠깐만요. 비행기 편 좀 불러주세요."

펜을 들고 아빠가 불러주는 자세한 정보를 받아적었다.

"공항에서 기다릴게요. 빨리 보고 싶어요."

"그래……, 에바. 우리 딸."

아빠가 무겁게 한숨을 내쉬었다.

"이따가 보자."

아빠가 전화를 끊자 돌연 찾아온 침묵이 귀를 때렸다. 아빠가 느끼는 가장 강력한 감정이 죄책감이라는 생각이 들었다. 아빠의 목소리에 죄책감이 묻어 있었고, 그게 내 마음을 아프게 했다.

자리에서 일어나 마크의 사무실로 갔다.

"방금 아빠에게 전화가 왔어요. 두 시간 후에 라구아디아 공항에 도착하신대요."

그가 내 안색을 살피며 말했다.

"그럼 얼른 집에 가서 준비하고 마중 나가."

"감사합니다."

그 한마디면 충분했다. 마크는 내가 계속 이야기할 기분이 아니라는 것을 이해하는 듯했다.

택시를 타고 집에 가는 동안 선불 휴대폰으로 문자메시지를 보냈다.

'아파트로 가는 중. 한 시간 후에 아빠 마중하러 출발. 이야기 좀 할 수 있어요?'

기데온이 무슨 생각을 하고 있는지……, 기분이 어떤지 알아야 했다. 나로서는 제정신이 아니었고 무엇을 어떻게 해야 좋을지 알 수가 없었다.

집에 도착해서 편안하고 가벼운 여름 원피스와 샌들로 갈아 신었다. 마틴에게서 문자메시지가 와서 토요일 밤에 함께 어울렸던 게 좋았고 다시 만나자는 데 동의하는 답장을 보냈다. 주방을 두 번씩 점검하면서 아빠가 좋아하는 음식들이 정확히 제자리에 있는지 확인했다. 그리고 전날 점검한 손님방을 또 한 번 확인했다. 마지막으로 인터넷으로 아빠의 비행기 편을 확인했다.

완료. 이제 미쳐버릴 만큼 충분한 시간이 남았다.

구글에서 '코린 지로와 남편'을 검색해서 구체적인 이미지를 살펴보았다.

장 프랑수아 지로는 정말로 잘생긴 남자였다. 사실, 섹시했다. 기데온만큼은 아니었지만. 기데온만큼 섹시한 남자가 어디 있겠는가? 기데온은 독보적인 존재였고, 장 프랑수아는 검은 곱슬머리에 연한 옥색 눈동자가 돋보이는, 그 자체로 눈이 돌아가는 미남이었다. 얼굴은 검게 그을렸고 염소수염을 기르고 있었는데 정말로 잘 어울렸다. 그와 코린은 자체 발광 하는 한 쌍이었다.

선불 휴대폰이 울리는 소리에 벌떡 일어나 달려갔다. 커피 테이블을 돌다가 비틀거리기까지 했다. 얼른 핸드백에서 전화기를 꺼내 받았다.

"여보세요."

"옆집이야. 시간이 많지 않아."

기데온이 말했다.

"지금 갈게요."

핸드백을 들고 집을 나섰다. 이웃 여자가 자기 집 문을 열고 있어서 깍듯하게 미소를 지으며 인사를 건네고는 엘리베이터를 기다리는 척했다. 여자가 아파트로 들어가자마자 기데온의 집 문으로 달려갔다. 열쇠를 꽂기도 전에 문이 열렸다.

기데온은 청바지와 티셔츠 차림에 야구 모자를 쓰고 있었다. 그가 내 손을 잡아 집 안으로 끌어당기더니 모자를 뒤로 젖히고 내 입술에 입을 맞추었다. 놀라울 만큼 달콤한 키스였다. 단호한 입술이 부드럽고 따뜻했다.

핸드백을 떨어뜨리고 양팔로 그를 끌어안으며 품속으로 파고들었다. 단단한 그의 느낌이 내 불안감을 잠재우자 비로소 깊은숨을 들이마실 수 있었다.

"안녕."

그가 속삭였다.

"여기까지 오지 않아도 됐는데요."

이렇게 하는 게 그의 바쁜 하루를 얼마나 엉망으로 휘저어 놓을지 충분히 짐작할 수 있었다. 옷을 갈아입고 일정을 앞뒤로 조정하느라 힘들었을 것이다.

"아니, 당신이 날 필요로 하는데 달려와야지."

그가 내 등을 어루만지다가 뒤로 물러나서 내 얼굴을 살폈다.

"이 일은 걱정하지 마, 에바. 내가 알아서 해."

"어떻게요?"

그의 파란 눈동자가 서늘했다. 자신감의 표현이었다.

"지금은 정보를 더 캐야 해. 경찰이 누구를 주시하는지, 왜 그를 찍었는지. 어쩌면 잘되지 않을 수도 있어."

나는 그의 안색을 살폈다.

"만약 잘된다면요?"

"다른 사람에게 내 죄를 뒤집어씌울 생각이냐는 거지?"

그의 턱이 완강해졌다.

"당신이 묻고 싶은 게 그거야?"

"아니에요."

나는 손끝으로 그의 이마를 부드럽게 어루만졌다.

"당신이 가만히 놔두지 않을 걸 알아요. 다만 어떻게 막을지 궁금해요."

그의 매서운 눈매가 깊어졌다.

"그건 내게 미래를 점치라는 말과 같아. 그럴 수는 없어. 당신은 그냥 날 믿으면 돼."

"믿어요."

나는 열렬히 대답했다.

"하지만 여전히 두려워요. 어쩔 수 없이 겁이 나요."

"알아. 나도 걱정돼."

그가 엄지로 내 아랫입술을 쓸었다.

"그레이브스 형사는 아주 영리한 여자야."

그의 관찰력도 나와 일치했다.

"당신 말이 맞아요. 그래서 다행이라고 생각해요."

나는 셸리 그레이브스 형사에 대해 잘 몰랐다. 정말로 몰랐다. 그러나 몇 번 만나보고 그녀가 매우 영리하면서도 세상 물정에 밝다는 생각이 들었다. 처음에는 이 문제를 고려할 때 그녀는 생각하지도 않았다. 하지만 그녀가 경찰이라는 사실을 두려워하는 동시에 인정한 걸 생각하면 처음부터 고려하지 않았던 게 이상할 정도였다.

"아버지 맞을 준비는 끝났어?"

아빠 이야기가 나오자 다시 불안감이 되돌아왔다.

"다 준비되었어요. 나만 빼고요."

그의 눈길이 부드러워졌다.

"뭐 좋은 생각이라도 있어?"

"캐리가 마침 오늘부터 촬영을 시작해서 샴페인으로 축하 파티를 할 겸 나가서 저녁을 먹을까 생각 중이에요."

"아버지가 따라나설까?"

"내가 따라나설 준비가 됐는지도 모르겠어요."

순순히 인정했다.

"이 와중에 샴페인을 마시며 수신을 떤다니 정말 기분이 이

상해요. 하지만 달리 할 수 있는 일도 없죠. 내가 불편하게 굴면 아빠는 뒤늦게 나던 일을 알게 된 사실을 끝내 이겨내지 못할지도 몰라요. 그 모든 추악한 일이 과거에 불과하다는 걸 아빠에게 보여줘야 해요."

"그러니 다른 일들은 내가 알아서 할게."

그가 단호하게 말했다.

"당신 일은, 우리 일은 내가 알아서 할 거야. 당신은 당분간 가족에게 신경 써."

뒤로 한발 물러나 그의 손을 잡고 소파로 갔다. 이렇게 이른 시간에 집에 있으려니 기분이 묘했다. 창밖으로 오후의 밝은 햇살이 내리쬐는 도시를 바라보려니, 세상으로부터 살짝 물러나 우리만의 시간을 훔쳐냈다는 생각이 들었다.

소파에 다리를 꼬고 앉아 그가 내 옆에 앉는 모습을 지켜보았다. 우리는 과거를 비롯해서 비슷한 점이 무척 많았다. 기데온도 가족에게 모든 것을 공개할 시간이 필요할까? 완전한 치유를 위해서는 꼭 필요한 과정일까?

"곧 일하러 가야죠? 이렇게 집으로 와줘서 정말 고마워요. 당신 말이 맞아요. 당신을 꼭 봐야 했어요."

그가 내 손을 잡아 자신의 입술로 가져갔다.

"아버지가 언제 캘리포니아로 돌아가시지?"

"아직 몰라요."

"내일 저녁 늦게 피터센 박사와 상담이 있는데, 같이 가면 좋을 것 같아."

기데온이 살짝 웃으며 나를 보았다.

"우리가 함께할 방법을 찾아보자고."

그를 가까이에 두고……, 그를 만지고……, 그가 웃는 모습을 바라보고……, 이런 말들을 듣고……. 긴 하루를 보내고 이렇게 그와 나란히 있을 수 있다면 어떤 일도 극복할 수 있을 것 같았다.

"오 분만 더 있어도 돼요?"

내가 물었다.

"당신이 원한다면 얼마든지 돼, 앤젤."

그가 부드럽게 말했다.

"이거면 돼요."

나는 그의 곁으로 다가가 어깨에 기댔다.

기데온이 팔을 들어 내 어깨를 감쌌다. 내 무릎 위에서 우리 두 손이 만났다. 두 사람이 완벽한 원을 이루었다. 손가락에 낀 반지처럼 빛나지는 않았지만, 똑같이 소중했다.

잠시 후, 그가 내게 기대며 한숨을 내쉬었다.

"나도 이게 필요했어."

나는 그를 더욱 단단히 끌어안았다.

"날 필요로 해도 괜찮아요, 에이스."

"당신이 덜 필요했으면 좋겠어. 내가 감당할 수 있을 만큼만 말이지."

"혹시 웃으라고 한 말이에요?"

그의 부드러운 웃음소리에 나는 그에게 더욱 빠져들었다.

DB9에 관해서는 기데온의 말이 옳았다. 주차장 직원이 매끄러운 금속 빛깔의 애스턴 마틴 자동차를 내 앞에 세웠을 때, 나는 그 차가 바퀴 달린 기데온이라고 생각했다. 한마디로 가속페달이 달린 섹스였다. 발가락이 오그라들 만큼 야성의 우아함이 배어 있었다.

운전석에 앉자 미치도록 겁이 났다.

뉴욕에서의 운전은 남부 캘리포니아에서의 운전과는 완전히 달랐다. 나비넥타이를 맨 주차장 직원이 열쇠를 건넸을 때 그냥 타운카를 부를까 잠시 망설였다.

그때 선불 휴대폰이 울려서 얼른 받았다.

"그냥 운전해."

기데온이 가르랑거렸다.

"걱정 말고 운전하라고."

주위를 둘러보며 보안용 카메라를 찾았다. 기데온의 시선이 느껴져서 등줄기가 떨렸다.

"지금 뭐 해요?"

"당신 옆에 있으면 좋겠다고 생각하고 있어. 후드 위에 당신을 눕혀놓고 아주 천천히 당신을 갖고 싶어. 당신 안 깊숙한 곳에 내 물건을 밀어 넣고 열심히 몸을 움직이겠지. 으음. 맘소사, 나 딱딱해졌어."

그리고 그 때문에 나는 축축해졌다. 그의 말이라면 끊임없이 들을 수 있었다. 나는 그의 목소리가 정말로 좋았다.

"아름다운 차를 망가뜨릴까 봐 겁나요."

"자동차 따위 어떻게 돼도 상관없어. 당신만 안전하면 돼. 그러니 원하는 대로 맘껏 긁어. 다치지만 마."

"날 달래려고 한 말이라면, 소용없어요."

"당신이 절정에 이를 때까지 폰 섹스를 할 수도 있어. 그건 소용이 있어야 할 텐데."

나는 눈을 갸름하게 뜨고 주차장 직원을 봤다. 그는 내 쪽을 보고 있지 않는 척했다.

"당신이 이렇게 단시간에 달아오른 적이 없었던 것 같은데, 걱정해야 하는 건가요?"

"당신이 DB9을 몬다고 생각하니 후끈 달아올라."

"지금요?"

나는 웃지 않으려고 애썼다.

"잠깐만요. 우리 중 자동차만 타면 정신 못 차리는 사람이 누구였더라?"

"얼른 운전석에 타."

그가 유혹했다.

"내가 조수석에 앉아 있다고 생각해. 내 손이 당신 다리 사이로 향하지. 내 손가락이 매끄럽고 부드리온 당신이 그곳을 탐하고 있어."

다리를 떨며 자동차 쪽으로 다가가며 중얼거렸다.

"당신은 아무래도 죽음에 대한 동경이 있나 봐요."

"난 내 물건을 꺼내 주무르면서 손가락으로 당신을 애무하지. 우리 둘 다 기분 좋게 달아오르고 있어."

"자동차 실내장식에는 지독히도 인색하군요."

운전석으로 들어가 어떻게 할지 생각하며 잠시 앉아 있었다.

자동차 스피커를 통해 그의 목소리가 흘러나왔다.

"자동차 어때?"

그가 미리 내 선불 휴대폰을 자동차 블루투스로 연결해놓은 것 같았다. 기데온은 언제나 세세하게 모든 일을 생각해두었다.

"비싸 보여요. 이렇게 비싼 차를 내게 맡기다니, 당신 미쳤군요."

"난 당신에게 미쳤어."

그의 대답에 기쁨이 물결쳤다.

"네비게이션에 라구아디아 공항을 입력해두었어."

"내게 운전하라고 하다니, 정말 미쳤어요."

집에 와서 내 얼굴을 본 후 그의 기분이 한결 가벼워졌다는 생각에 내 기분도 좋아졌다. 그의 기분이 어떤지 고스란히 느껴졌다. 나와 같은 기분이라는 사실이 중요했다.

네비게이션을 켜고 기어를 주행으로 바꾸었다.

"그거 알아요, 에이스? 당신이 이 차를 운전할 때 난 오럴섹스를 하고 싶어요. 여기 콘솔에 베개를 가져다 놓고 몇 킬로미터를 가는 내내 당신 거기를 빨 거예요."

"그 제안, 받아들이지. 자동차 느낌이 어때?"

"부드러워요. 힘도 있고요."

지하 주차장을 빠져나가며 직원에게 손을 흔들었다.

"아주 고분고분한데요?"

"꼭 당신 같군."

그가 중얼거렸다.

"물론 내가 가장 좋아하는 탈것은 당신이지."

"어머나, 정말이지 달콤한 말이군요. 그렇다면 당신은 내가 가장 좋아하는 조이스틱이에요."

조심스럽게 도로로 진입했다.

그가 웃음을 터뜨렸다.

"당신의 유일한 조이스틱인 편이 더 좋아."

"하지만 난 당신의 유일한 탈것이 아닌걸요."

내가 지적했다. 순간, 내 마음을 편안하게 해주려는 그의 배려심이 느껴지며 그를 향한 사랑의 마음이 물결쳤다. 캘리포니아에서 운전은 호흡처럼 자연스러운 일이었지만, 뉴욕으로 이사를 온 뒤로는 운전대를 잡아본 적도 없었다.

"당신은 내가 발가벗고 즐기는 유일한 탈것이지."

"난 소유욕이 엄청나게 강한데, 당신으로서는 행운이군요."

"나도 알아."

그의 말투에 남성적인 만족감이 가득 차 있었다.

"지금 어디예요?"

"사무실."

"멀티태스킹이군요."

가속페달을 밟아 차선을 변경하며 속으로 기도했다.

"세계의 오락 산업을 지배하는 바쁜 와중에 잠시 여자 친구에게 한눈을 파는 건가요?"

"난 당신을 위해서라면 돌아가는 지구도 멈출 수 있어."

실없는 그 한마디가 내 마음을 감동시켰다.

"사랑해요."

"내 말이 마음에 든 모양이군."

우스꽝스러운 그의 유머 감각이 놀랍고 만족스러워서 나도 모르게 씩 웃었다.

주변 상황이 예민하게 의식되었다. 모든 방향에 모든 것을 금지하는 표지판이 있었다. 맨해튼에서의 운전은 목적지 없이 빠른 속도로 움직이는 여행 같았다.

"좌회전도, 우회전도 못하겠어요. 미드타운 터널로 가는 것 같은데……, 이러다가 당신을 잃어버리겠어요."

"당신은 결코 날 잃어버리지 않아, 앤젤."

그가 맹세했다.

"당신이 어딜 가든, 아무리 먼 곳에 가든, 내가 곧장 당신 곁으로 달려갈 테니까."

  수화물 반환 장소 밖에서 아빠를 발견했을 때는, 회사를
나선 뒤 기데온이 불어넣어준 자신감이 쑥 빠져나가버렸다.
아빠는 찡그린 표정으로 수척해 보였고, 눈은 빨갛고 턱은 수
염을 깎지 않아 거뭇거뭇했다.
  아빠에게 다가가는 동안 눈물이 핑 돌았지만, 걱정을 끼치
고 싶지 않아 눈을 깜박이며 애써 참았다. 두 팔을 벌리고 다
가가는 사이에 아빠가 바닥에 가방을 내려놓았고, 숨이 막힐
정도로 나를 꼭 끌어안았다.
  "아빠, 안녕."
  내 목소리가 떨리는 걸 아빠가 눈치채지 못하기만을 바랐다.
  "에바."
  아빠가 내 관자놀이에 입을 맞추었다.
  "피곤해 보이세요. 언제 주무셨어요?"
  "샌디에이고에서 출발할 때 조금 잤어."
  아빠가 뒤로 물러나 나와 똑같은 회색 눈동자로 나를 보았
다. 아빠는 내 안색을 살폈다.
  "짐이 더 있어요?"
  아빠가 여전히 나를 살피며 고개를 저었다.
  "배고프세요?"
  "신시내티에서 뭘 먹었어."

303

마침내 아빠가 뒤로 물러나더니 다시 가방을 집어 들었다.

"네가 배고프면······."

"아니에요. 전 괜찮아요. 저기, 아빠만 괜찮으면 저녁 늦게 캐리랑 외식할까 생각 중이에요. 캐리가 오늘 촬영을 시작했거든요."

"그러자꾸나."

아빠가 손에 가방을 든 채 약간 당혹스럽고 불안정한 얼굴로 멈춰 섰다.

"아빠, 저는 괜찮아요."

"난 괜찮지 않아. 뭔가를 때려 부수고 싶은데 마땅한 게 없구나."

그러자 좋은 생각이 떠올랐다.

아빠 손을 잡고 공항 밖으로 나갔다.

"그 생각, 꼭 붙들고 계세요."

12

"오늘 데렉이 임자를 제대로 만났군요."

파커가 민머리의 반짝이는 땀방울을 수건으로 닦으며 말했다.

고개를 돌려 아빠가 자기 몸집의 두 배가 넘는 크라브 마가 강사와 대련하는 모습을 바라보았다. 아빠도 결코 체격이 작은 사람은 아니었다. 키 182센티미터에 몸무게 90킬로그램의 단단한 근육질 몸매를 자랑하는 빅터 레이스는 누구에게도 만만한 적수가 아니었다. 게다가 아빠는 내가 크라브 마가에 관심을 보인 후로 직접 해보고 싶다고 말했는데, 오늘에야 그 기회가 왔다. 아빠는 벌써 몇 가지 동작을 완전히 습득한 것처럼 보였다.

"아빠의 참관을 허락해주셔서 고마워요."

파커가 평소의 차분하고 확고한 검은 눈빛으로 나를 보았나. 그는 내게 호신술 이상의 크라브 마가를 가르쳐왔다. 또한 두려움이 아닌 마땅히 밟아야 할 단계에 집중하라고 가르쳤다. 그가 말했다.

"보통은 도장 안으로 분노를 끌고 오지 말라고 가르치죠. 하지만 데렉에게는 도전이 필요했거든요."

파커가 굳이 말로 물어보지는 않았지만, 뭔가를 묻고 있다는 것을 알 수 있었다. 아빠가 파커의 동료 강사 데렉을 독점할 수 있도록 호의를 베푼 만큼, 그의 질문에 대답하는 것이 도리라는 생각이 들었다.

"오래전, 누군가 저에게 지독한 상처를 입혔는데, 최근에 아빠가 그 사실을 알아버렸어요. 일을 바로잡기에는 너무 늦어버렸다는 생각에 무척 괴로워하고 계세요."

파커가 손을 뻗어 훈련용 매트 옆에 놔둔 물병을 집어들었다. 잠시 후, 그가 입을 열었다.

"나도 딸이 있어요. 아버지 마음이 어떨지 알 것 같아요."

그가 물을 마시기 전에 잠시 나를 돌아보았는데, 두터운 속눈썹 밑에 이해심이 서려 있었다. 아빠를 이곳에 데려오길 잘했다는 생각이 들었다.

파커는 미소가 멋있고 느긋한 사람으로 전에는 만나본 적이 없는 방식으로 진심을 보여주는 사람이었다. 하지만 그에게는 어딘가 모르게 사람들을 조심스럽게 만드는 면모가 있었다. 함부로 속이거나 감출 수가 없을 것 같은 분위기를 풍겼다. 그의 몸에 새겨진 부족 문양 문신만큼이나 총명한 것이 분명해보였다.

"그래서 아버지를 여기로 모시고 온 거군요."

그가 말했다.

"운동도 하고, 에바가 여기서 호신술을 배우고 있다는 걸 보여드리려고요. 좋은 생각이에요."

"그것 말고는 뭘 해야 좋을지 모르겠어요."

나는 솔직히 털어놓았다. 파커의 도장은 브루클린의 재개발 구역에 있었다. 공장을 개조한 곳이라서 고스란히 드러난 벽돌과 거대한 슬라이딩 적재함 문이 거친 분위기를 더하고 있었다. 이곳에서 나는 자신감을 키우고 재충전을 했다.

"나한테 좋은 생각이 있어요."

파커가 씩 웃으며 턱으로 매트를 가리켰다.

"당신이 얼마나 잘하고 있는지 아버지에게 보여줘요."

나는 물병 위에 수건을 내려놓고 고개를 끄덕였다.

"좋아요."

아빠와 함께 아파트 주차장으로 들어섰을 때는 제복을 입은 주차장 직원이 보이지 않았다. 주차를 혼자 해보고 싶었기 때문에 그 편이 나았다. 빈자리에 차를 세우고 엔진을 껐다.

"엘리베이터 바로 옆이라 다행이에요."

"그렇구나."

아빠가 말했다.

"네 차니?"

나는 잠깐 기다렸다가 대답했다.

"아니에요. 이웃 차예요."

"친절한 이웃이로구나."

아빠가 무뚝뚝하게 말했다.

"설탕 한 컵을 빌려줬거든요. 애스턴 마틴 자동차나 설탕이나, 똑같잖아요?"

나는 웃으며 아빠를 보았다.

아빠는 몹시 피곤하고 지쳐 보였는데, 방금 운동을 하고 온 탓은 아니었다. 내 안에서 근심 걱정이 솟아나 나를 갉아먹었다.

자동차 시동을 끄고 안전벨트를 푼 다음, 아빠 쪽으로 몸을 돌렸다.

"아빠, 저는요……. 이렇게 상심한 아빠를 보는 게 너무 마음이 아파요. 견딜 수가 없어요."

아빠가 큰 숨을 들이마시며 말했다.

"시간이 조금 필요한 것뿐이야."

"아빠가 모르기를 바랐어요."

나는 손을 뻗어 아빠의 손을 쥐었다.

"하지만 우리가 나단을 영원히 잊어버릴 수 있다면, 차라리 아빠가 그 일을 알게 된 걸 다행으로 여길 거예요."

"관련 서류를 읽었다."

"맙소사. 아빠……."

나는 힘겹게 침을 삼켰다.

"아빠 머릿속에 그런 일들이 새겨져 있는 게 싫어요."

"뭔가 잘못되었다는 느낌이 들기는 했어."

아빠가 슬픔과 고통이 가득한 눈으로 나를 물끄러미 바라보았다.

"그날 그레이브스 형사 입에서 나단 베이커라는 이름이 나왔을 때, 캐리가 네 옆에 앉는 걸 보고 내게 뭔가를 말하지 않았다는 걸 알았다. 그래서 네 입으로 직접 들을 수 있을 때까지 기다렸어."

"나단을 잊으려고 무진 애를 썼어요. 내 삶에서 그가 오염시키지 않은 몇 안 되는 사람 중 하나가 바로 아빠예요. 그냥 그렇게 묻어두고 싶었어요."

아빠가 내 손을 더욱 세게 그러쥐었다.

"진실을 말하렴. 정말 괜찮은 거야?"

"아빠, 2주 전에 본 딸과 똑같은 딸이에요. 아빠랑 샌디에이고에서 함께 지낸 그 딸이요. 전 괜찮아요."

"임신을 했었더구나."

아빠의 목소리가 갈라지면서 눈물이 뺨을 타고 흘러내렸다.

나는 내 눈물은 두고 아빠의 눈물을 문질러 닦았다.

"언젠가는 또 임신을 할 거예요. 어쩌면 한 번이 넘을지도 모르죠. 아빠도 곧 손자들과 방마닥을 기어다닐 날이 올걸요."

"이리 오렴."

아빠가 콘솔에 몸을 기대고 나를 끌어안았다. 우리는 오래
도록 차 안에 앉아 울었다. 괴로움을 털어버리며.

기데온은 보안용 카메라로 이 모습을 지켜보며 침묵의 응원
을 보내고 있을까? 그럴 거라고 생각하니, 마음이 편안해졌다.

그날 저녁은 캐리와 아빠, 내가 평소 뭉칠 때처럼 떠들썩하
지는 않았지만 걱정했던 만큼 썰렁하지도 않았다. 음식은 훌
륭했고, 와인은 더 훌륭했으며, 캐리는 마구 불평을 늘어놓
았다.

"그 여자, 타티아나보다 못하더라."

오늘 함께 촬영한 여자 모델 이야기였다.

"계속 자기가 예뻐 보이는 쪽으로 찍어야 한다고 고집하는
데, 나중에 걸어 나가는 걸 보니 내 생각에는 엉덩이가 그나
마 예뻐 보이던데?"

"타티아나랑 촬영한 적이 있었어?"

캐리에게 물었다가 아빠에게 설명했다.

"요즘 캐리가 만나는 여자예요."

"그럼."

캐리가 아랫입술을 묻은 붉은 와인을 혀로 핥았다.

"우리가 얼마나 많은 일을 함께 하는데? 난 타티아나 길들이
기 선수거든. 그녀가 짜증을 부리기 시작하면 내가 나서야 해."

"어떻게? 아, 아니다, 아니다."

나는 재빨리 말을 바꿨다.

"어떻게 달래는지는 별로 듣고 싶지 않아."

"알면서."

캐리가 눈을 찡긋했다.

나는 아빠를 보며 눈알을 굴렸다.

"아저씨는 어떠세요?"

캐리가 기름에 튀긴 버섯 조각을 집어 먹으며 물었다.

"만나는 사람 있으세요?"

아빠가 어깨를 으쓱했다.

"진지하게 만나는 사람은 없어."

그건 아빠의 선택이었다. 아빠의 주위 여자들이 어떻게 구는지 본 적이 있다. 다들 아빠의 관심을 끌려고 난리도 아니었다. 아빠는 놀라운 몸집과 잘생긴 얼굴, 라틴계의 관능미까지 갖춘 섹시남이었다. 아빠는 그 중 마음에 드는 여자를 골라 만났지만, 진지하게 영향을 끼치는 사람을 만나는 것 같지는 않았다. 그게 엄마 때문이라는 것을 최근에야 깨달았다.

"자식을 더 가질 생각은 없으세요?"

캐리의 질문에 내가 놀랐다.

외동딸로 살아갈 수밖에 없다고 오래전에 단념했기 때문이다.

아빠가 고개를 저었다.

"그 생각에 반대하는 건 아니지만, 에바는 내게 기대 이상의 자식이거든."

아빠가 애정이 듬뿍 담긴 눈빛으로 나를 보았고 그 모습에 나는 목이 메었다.

"게다가 에바는 완벽해. 내가 바랄 수 있는 모든 것이랄까. 내 마음에 다른 사람을 위한 공간이 남아 있지 않을 거야."

"윽, 아빠."

아빠의 어깨에 머리를 기댔다. 이유는 최악이었지만, 어쨌든 아빠와 함께 있는 게 몹시 기뻤다.

아파트로 돌아와서 자기 전에 영화를 한 편 보기로 했다. 옷을 갈아입으러 방에 들어갔다가 서랍장 위에 놓인 아름다운 흰색 장미 꽃다발을 보고 깜짝 놀랐다. 기데온 특유의 굵은 펜 글씨로 쓴 카드를 발견했을 때는 어지러울 정도였다.

늘 그렇듯이 당신을 생각하고 있어.
난 당신 곁에 있어.
당신의 G.

지금 이 순간에도 그가 내 생각을 하고 있을 거라고 생각하며 카드를 꼭 끌어안았다. 우리가 헤어졌던 몇 주 동안에도 그는 매 순간 내 생각을 하고 있었을 것이다.

그날 밤 〈저지 드레드〉를 보다가 소파에서 잠이 들었다. 내

312

몸이 붕 떠서 어디론가 가고 있다는 느낌에 잠에서 깨어났을 때, 아빠가 날 어린아이처럼 침대에 눕히고 이불을 덮어주고 이마에 입을 맞춰주었다. 잠결에도 미소가 나왔다.

"사랑해요, 아빠."

나는 중얼거렸다.

"나도 사랑한다, 우리 딸."

다음 날 아침, 알람이 울리기도 전에 오랜만에 상쾌한 기분으로 잠에서 깨어났다. 아빠에게 같이 점심을 먹고 싶으면 연락하라는 내용의 쪽지를 써서 간이 식탁 위에 놓았다. 아빠의 일정이 어떻게 되는지 알 수가 없었다. 캐리는 오후에 촬영이 있었다.

출근길 택시 안에서 스티븐과 마크의 결혼 소식에 환호하는 쇼나의 문자메시지에 답장을 보냈다.

'저도 정말 기뻐요.'

'도움이 필요해요. 당신, 징집할 거야!'

쇼나가 다시 문자를 보냈다.

나는 빙그레 웃으며 다시 답장을 보냈다.

'뭐라고요? 신호가 끊어지……, 메시지를 읽을 수가 없…….'

크로스파이어 빌딩 앞에 택시가 멈췄을 때 길가에 서 있는 벤틀리가 보이자, 평소처럼 온몸에 짜릿함이 휩쓸고 지나갔다. 택시에서 내려 벤틀리 앞좌석 쪽을 빠끔히 져나보다가 앙구스를 발견하고 손을 흔들었다.

앙구스가 차에서 내려 운전기사 모자에 손을 올리며 인사를 했다. 그도 클랜시처럼 겉모습만 봐서는 무기를 소지하고 있다는 사실을 알 수가 없었다. 그는 무기를 몹시 편안하게 지니고 다녔다.

"안녕하십니까, 트라멜 양."

그가 인사를 건넸다. 그는 빨간 머리 곳곳에 은발이 마구 섞여 있었지만, 기데온을 보호하는 그의 능력을 의심해본 적이 없었다.

"안녕하세요, 앙구스. 오랜만이에요."

"오늘따라 사랑스러워 보이는군요."

나는 연한 노란색 원피스를 내려다보았다. 아빠에게 좋은 인상을 심어주려고 일부러 밝고 쾌활한 색으로 골라 입은 옷이었다.

"고마워요. 앙구스도 좋은 하루 보내세요."

회전문을 향해 돌아서며 말했다.

"다음에 만나요!"

그가 모자 끝을 살짝 들어 올리며 인사를 건넬 때 연한 파란색 눈동자에 다정한 기운이 깃들었다.

위층으로 올라갔을 때 메구미가 평소보다 밝은 모습을 하고 있었다. 미소는 진심으로 화사했고, 눈빛은 평소처럼 반짝거렸다.

그녀의 책상 옆에 걸음을 멈추고 물었다.

"오늘 기분 어때요?"

"좋아요. 마이클과 점심을 같이 먹기로 했는데, 그 자리에서 끝내려고요. 멋지고 세련되게 말이죠."

"그래서 킬러 복장을 하고 왔군요."

그녀가 입은 에메랄드빛 원피스를 감탄스럽게 바라보며 말했다. 그녀의 몸에 꼭 맞았고, 가장자리에는 적절한 길이의 가죽이 덧대어 있었다.

메구미가 일어서서 무릎 높이의 부츠도 보여주었다.

"드라마 〈굿바이 와이프〉에 나오는 칼린다 샤마 같아요."

내가 말했다.

"이러다가 마이클이 다시 매달리는 거 아니에요?"

"퍽이나."

그녀가 코웃음을 쳤다.

"이 부츠는 그냥 걷기 위한 것이에요. 그 사람, 어젯밤까지 전화 한 통이 없었어요. 연락하지 않은 지 나흘이나 되었죠. 완전히 터무니없는 정도는 아니지만, 이제 나도 나만 바라보는 남자를 찾으려고요. 내가 생각하는 만큼이라도 나를 생각해주는 남자, 함께 있지 못하는 걸 몹시 싫어하는 그런 남자요."

나는 기데온을 생각하며 고개를 끄덕였다.

"한 우물만 파는 게 좋죠. 마이클과 점심 먹는 동안 내가 남자인 척하고 전화 한 통 걸어줄까요?"

그녀가 씩 웃었다.

"아니에요. 고마워요."

"괜찮아요. 마음 바뀌면 알려줘요."

내 자리로 돌아가서 전날 일찍 퇴근한 것을 보충하기 위해서라도 열심히 일해야겠다고 생각하며 곧장 업무에 뛰어들었다. 마크도 스티븐이 몇 년 동안 온갖 결혼식 아이디어로 두꺼운 파일 하나를 가득 채웠다는 소식을 전해주고는 곧바로 업무에 착수했다.

"그런데 저는 왜 그 소식이 놀랍지 않은 걸까요?"

"난 정말 깜짝 놀랐어."

마크가 빙그레 웃으며 말했다.

"비밀로 하려고 그동안 사무실에 보관해두었더라고."

"직접 봤어요?"

"그럼, 스티븐이랑 같이 처음부터 끝까지 살펴봤는걸. 몇 시간이나 걸리더라고."

"세기의 결혼식이 되겠군요."

내가 놀렸다.

"누가 아니래."

투덜거리는 말투였지만 그의 표정이 여전히 행복해 보여서 내 입가에도 미소가 떠나지 않았다.

11시 직전에 아빠가 전화를 걸어왔다.

"안녕, 우리 딸."

평소처럼 업무용으로 전화를 받자마자 아빠가 말했다.

"기분은 어때?"

"좋아요."

의자에 몸을 기대고 아빠의 사진을 보았다.

"잘 주무셨어요?"

"못 잤어. 아직도 잠이 안 깨는구나."

"왜요? 그럼 다시 침대로 가서 누워 계세요."

"점심은 다음에 먹자. 그 말 하려고 전화했어. 내일쯤이 좋
겠다. 오늘은 네 엄마를 만나야 해."

"어머."

아빠가 사람들을 제압할 때 쓰는, 권위와 겸손함이 완벽하
게 조화를 이룬 말투였다.

"아빠, 이 문제로 엄마 아빠 사이에 끼지 않을 거예요. 두
분 모두 어른이고, 전 어느 한 사람 편을 들지는 않아요. 하지
만 엄마도 아빠에게 그 이야기를 하고 싶어 했다는 건 아셔야
해요."

"네 엄마는 내게 말했어야 해."

"엄마는 혼자였어요."

불안하게 발끝으로 카펫을 두드리며 강조했다.

"이혼 중이었고 또 나단을 상대로 소송도 벌이고 있었죠.
노 세 치료 문제도 감당해야 했고요. 엄마에게도 기댈 어깨가

간절했을 거예요. 엄마 성격 알잖아요. 엄마는 죄책감에 빠져 있었어요. 그때는 무조건 엄마 뜻에 따를 수 있었고, 실제로 그랬어요."

수화기 건너편에서 아빠가 묵묵히 침묵을 지켰다.

"엄마와 이야기를 나누시더라도 이 점은 고려해주세요."

마침내 할 말을 끝냈다.

"알겠다. 집에 언제 올 거니?"

"5시 조금 넘어서요. 헬스클럽에 가실래요? 아니면 크라브 마가에 가시겠어요?"

"퇴근 후 상황을 보고 결정하자꾸나."

"알겠어요."

엄마 아빠가 어떤 이야기를 나눌 것인지 불안한 마음은 애써 무시했다.

"필요하면 전화하세요."

전화를 끊고 나서 다시 관심을 집중할 수 있는 일이 있다는 사실에 감사하며 업무에 들어갔다. 점심시간이 다가오자 빨리 먹을 수 있는 음식을 사다가 책상에서 일하면서 먹는 게 좋을 것 같았다. 쇠고기 육포와 병에 든 건강 음료를 사러 마트까지 나왔다가 과감히 대낮의 사우나로 들어섰다. 기데온과 다시 만나기 시작하면서 운동을 자주 건너뛰었기 때문에 벌을 받을 때라고 생각했다.

기데온에게 '당신을 생각하고 있어요'라고 쪽지를 보낼까 하고 망설이며 크로스파이어 빌딩의 회전문을 지나갔다. 힘든 하루를 한결 참을 만하게 해준 기데온의 꽃다발에 대해 뭔가 감사의 뜻을 전해야 할 것 같았다.

그때, 다시는 보고 싶지 않은 여자가 내 눈에 들어왔다. 코린 지로였다. 게다가 그녀는 내 남자의 가슴에 친밀하게 손을 올려놓고 이야기를 나누고 있었다.

둘은 게이트를 드나드는 사람들 물결에서 한 발짝 떨어진 기둥 옆에 서 있었다. 허리까지 닿는 코린의 긴 갈색 머리가 고전적인 검은 원피스를 배경으로 윤기 있게 빛나고 있었다. 그녀도, 기데온도 옆모습만 볼 수 있어서 눈이 보이지는 않았지만, 나는 그녀의 눈동자가 고혹적인 아쿠아마린 빛깔이라는 것을 알고 있었다. 아름다운 그녀가 기데온과 함께 있으니, 눈이 휘둥그레질 만큼 멋진 그림을 이루고 있었다. 게다가 두 사람 모두 검은색 옷을 입고 있었고, 유일한 색이라고는 기데온이 맨 파란색 넥타이뿐이었다. 내가 좋아하는 넥타이였다.

기데온이 불쑥 고개를 돌렸다가 나를 발견했다. 마치 내가 보고 있는 것을 느끼기라도 한 것 같았다. 우리의 시선이 만나자 영혼 깊은 인사가 내 안으로 뚫고 들어오는 느낌이 들었다. 그와 함께 있을 때만 느낄 수 있는 원초적인 느낌이었다. 기본적으로 내 안의 어딘가에서는 그가 내 것임을 분명히 깨닫고 있었다. 그를 처음 발견한 순간부터 그랬다.

그런데 지금 다른 여자가 그에게 손을 올리고 있는 것이다.

319

무슨 일이죠? 침묵의 질문을 던지며 내 눈썹이 위로 올라갔다. 그 순간, 코린이 그의 시선을 따라 나를 보았다. 붐비는 로비 한가운데에 멈춰 서서 자신을 지켜보는 내가 그리 탐탁지 않은 표정이었다.

하지만 그녀는 내가 당장 달려가 머리채를 잡고 내동댕이치지 않은 것을 다행으로 여겨야 할 것이다.

그때 그녀가 양손으로 그의 턱을 붙잡아 자신 쪽으로 돌리더니, 그의 단단한 입술에 입을 맞추려고 까치발을 딛고 섰다. 나도 그럴까 하는 생각이 들었다. 심지어 그들 곁으로 한 걸음 다가가기까지 했다.

하지만 코린이 목표를 이루기 직전에, 기데온이 고개를 뒤로 젖히더니 양손으로 그녀의 팔을 잡고 뒤로 뿌리쳤다.

나는 치밀어 오르는 화를 억누르며 짜증스러운 호흡을 뱉어내고 그들을 그대로 놔두었다. 질투심을 느끼지 않았다고는 말할 수 없었다. 정말로 느꼈으니까. 코린은 공개적인 자리에 그와 함께 있는데, 나는 그럴 수가 없었다. 그렇지만 예전에 느꼈던 끔찍한 메스꺼움, 무엇보다 사랑하는 남자를 잃을지도 모른다는 공포와 불안감은 느껴지지 않았다.

그런 공포가 느껴지지 않는다니, 기분이 묘했다. 여전히 머릿속에는 너무 자신만만하지 말라고 경고하는 목소리가 들려왔다. 그 목소리는 두려움을 느끼는 편이 낫다고, 상처받지 않으려면 자신을 방어해야 한다고 속삭였다. 그러나 이번만

320

은 무시할 수가 있었다. 결국, 기데온과 나는 그가 나를 위해 해준 모든 일을, 여전히 겪는 모든 일을 이겨내고 있었으니까. 믿는 것보다 믿지 않는 것이 더 어려웠다.

그 모든 일에도 우리는 예전보다 더 강해졌다.

엘리베이터에 올라탔다. 안 그래도 머릿속은 부모님 생각으로 어지러웠다. 아직 엄마도, 스탠튼 아저씨도 아빠를 비난하는 전화를 걸지 않았다는 것을 좋은 신호로 받아들이기로 했다. 손가락을 십자가 모양으로 만들며 집으로 돌아가면 나단이 기억에서 영원히 지워졌기를 기원했다. 나는 잊을 준비가 되었다. 어떤 미래가 기다리고 있든, 인생의 다음 단계로 넘어갈 준비가 되어 있었다.

엘리베이터가 서서히 속도를 줄이더니 10층에 멈춰 섰다. 문이 열리자 전동 드릴이 웅웅거리는 소리, 망치 두드리는 소리 등이 시끄럽게 들려왔다. 엘리베이터 바로 앞 천장부터 바닥까지 비닐 막이 쳐져 있었다. 크로스파이어 빌딩 어느 곳에서 공사하고 있다는 소문을 듣지 못했기 때문에 내 앞에 선 사람들 틈으로 밖을 기웃거렸다.

"누가 이사 가나?"

문에서 가장 가까운 곳에 서 있던 남자가 바깥을 흘낏거리며 말했다.

그가 나한테 개인적으로 물어본 것도 아니었는데, 나는 괜히 몸을 펴고 고개를 저었다. 움직이는 사람은 없었다. 다들 문이 닫히고 공사 소음이 차단되기를 기다렸다.

그러나 엘리베이터 문은 꼼짝도 하지 않았다.

문 옆의 남자가 버튼을 눌러댔지만 아무 소용이 없었다. 순간, 어떻게 된 일인지 알 것 같았다.

기데온이었다.

나 혼자서 씩 웃으며 말했다.

"실례합니다, 내릴게요."

엘리베이터에 있던 사람들이 비켜주어서 나와 어떤 남자 하나가 내렸다. 우리 뒤에서 문이 닫히고 엘리베이터는 계속해서 위로 올라갔다.

"대체 무슨 일이야?"

남자가 고개를 돌려서 나머지 세 개의 엘리베이터를 살펴보며 얼굴을 찌푸렸다. 나보다 약간 더 키가 컸지만 많이 크지는 않았고, 정장 바지와 짧은 소매 셔츠에 넥타이 차림이었다.

또 다른 엘리베이터가 도착했다는 알리는 소리가 들렸지만, 공사 소음에 묻혀버렸다. 엘리베이터 문이 열리자 기데온이 걸어나왔다. 부드러우면서 씩씩하고 약간 짜증이 난 것 같았다.

그 모습이 어찌나 섹시한지 당장 그의 품에 뛰어들고 싶었다. 게다가 그가 최고의 수컷으로 보일 때 나를 완전히 달아오르게 한다는 사실을 인정해야 할 것 같았다.

당신을 위해서라면 돌아가는 지구도 멈출 수 있어. 가끔은 그가 정말로 그렇게 하는 것 같은 느낌이 들기도 했다.

짧은 소매 셔츠를 입은 남자가 뭐라고 불평의 소리를 중얼거리며 기데온이 내린 엘리베이터에 올라탔다.

기데온이 뒷짐을 지고 서자, 재킷이 벌어지며 매끄러운 몸매가 드러났다. 틀림없이 고급인 스리피스 정장은 섬세한 광채가 돋보이는 검은색이었다. 드레스 셔츠도 검은색이었고 커프스단추는 금과 마노로 된 낯이 익은 것이었다.

그를 처음 만난 날 입었던 옷이었다. 그날도 나는 당장 그의 몸에 올라타 미친 듯이 섹스를 하고 싶었다.

몇 주가 지났지만, 그 마음은 변하지 않았다.

"에바."

섹시한 그 목소리에 내 발가락이 오그라들었다.

"당신이 생각하는 그런 거 아니야. 내가 전화를 안 받으니까 코린이 직접 찾아온 거야."

나는 그의 손을 꼭 붙들며 그의 말을 막았고, 반대편 손에 찬 아름다운 그의 선물 시계를 내려다보았다.

"30분 남았어요. 당신의 과거 여자 친구 이야기를 하느니 차라리 섹스를 하는 게 낫겠어요. 당신만 좋다면요."

그가 잠시 움직이지 않고 서서 나를 빤히 내려다보았다. 마치 내 기분을 저울질하는 것 같았다. 그의 두뇌와 몸이 기어를 바꾸며 짜증 모드에서 깨달음 모드로 바뀌는 것이 보였다. 그가 눈을 갸름하게 뜨고 날 보았다. 광대가 붉게 달아오르고 입술이 벌어지더니 날카로운 한숨이 뒤따라 나왔다. 피가 달아오르며 남성이 굵어지자 그가 서 있는 자세를 바꾸었다. 한잠 잘 자고 일어나 기지개를 켜는 검은 표범처럼 그의 관능성이 마구 소용돌이치고 있었다.

우리 사이에 성적인 기류가 잔금을 일으키며 화르르 불꽃을 피워올리는 것이 생생히 느껴졌다. 나는 훈련된 대로 반응했다. 부드러우면서도 빠르게 내 중심부 깊은 곳이 가만히 조이며, 그를 애원했다. 주변의 소음이 더 달아오르게 했고, 심장 박동에 다급함을 더해주었다.

기데온이 재킷 안주머니에서 휴대폰을 꺼내 급히 다이얼을 누르더니, 여전히 내 눈을 바라보면서 휴대폰을 귀로 가져갔다.

"30분 늦을 거야. 앤더슨 쪽 사정이 여의치 않으면 일정을 조정해."

그가 전화를 끊고 아무렇게나 주머니에 집어넣었다.

"당신 때문에 완전히 달아올랐어요."

욕망으로 허스키해진 목소리로 말했다.

그가 손을 내리고 자세를 바꾸더니 김이 모락모락 피어오르는 눈길로 나를 향해 손을 뻗었다.

"좋아."

그가 내 허리의 잘록한 부분에 손을 올렸다. 그 자리에 압력과 온기가 느껴지자 기대감이 물결쳤다. 어깨 너머로 그를 올려다보니 입가에 희미한 미소가 보였는데, 그 역시 순수한 그 접촉이 내게 어떤 영향을 끼치는지 잘 아는 표정이었다.

비닐 막을 밀고 엘리베이터 앞을 떠났다. 온통 햇빛과 시멘트와 비닐 막이었다. 막 너머로 일꾼들의 그림자만 흐릿하게 보였다. 음악 소리가 소음에 묻혔고 서로에게 고함을 치는 남자들의 목소리도 들렸다.

기데온이 길을 아는지 비닐 막 너머로 나를 이끌었다. 그의 침묵이 한층 더 나를 자극했고, 걸음을 옮길 때마다 기대감이 점점 묵직해졌다. 어느 문 앞에 도착하자 그가 문을 열고 나를 안으로 밀어 넣었다. 누군가의 모퉁이 사무실이었던 것 같았다.

우리 앞에 도시가 펼쳐져 있었다. 자랑스러운 역사를 입은 건물들이 점점이 박힌 현대 도시의 정글이었다. 구름 한 점 없는 파란 하늘에 불규칙한 간격으로 연기가 굽이쳤고, 자동차 행렬이 강물의 지류처럼 거리를 흘러다녔다.

등 뒤로 문 닫히는 소리가 들리자 기데온을 향해 돌아서서 재킷을 벗는 것을 거들었다. 방 안에는 책상과 의자, 그리고 구석에 응접 세트가 있었다. 모든 가구가 방수포로 싸여 있어서 공간 자체가 어수선했다.

그가 일정한 순서로 조끼와 타이와 셔츠를 벗었고, 나는 그의 완벽한 남성미에 푹 빠져 그를 바라보았다.

"누가 들어올지도 몰라. 엿들을 수도 있고."

"신경 쓰여요?"

"당신이 신경 쓸까 봐 그렇지."

그가 바지 앞섶을 열고 그 사이로 팬티의 허리 밴드를 고스란히 드러내며 내 쪽으로 다가왔다.

"일부러 그러는 거죠? 당신이 누구라도 끼어들게 놔둘 사람이에요?"

"내가 먼저 멈추지 않는 한 누구도 우릴 방해할 수 없지. 내가 당신 안에 들어가 있는데 누가 날 막겠어."

그가 내 손에서 핸드백을 낚아채 의자 위에 던졌다.

"당신 옷을 너무 많이 입고 있잖아."

그가 양팔로 내 몸을 감싸더니 능숙하게 등쪽의 지퍼를 내렸다. 그가 내 입술에 대고 속삭였다.

"너무 흐트러뜨리지 않게 조심할게."

"난 흐트러지는 거 좋은데."

원피스를 벗고 브래지어의 고리를 풀려는데 그가 갑자기 나를 번쩍 들어 어깨 위에 걸쳤다.

깜짝 놀라 꺅 소리를 지르며 양손으로 단단한 그의 엉덩이를 때렸다. 그가 따끔할 정도로 내 엉덩이를 찰싹 때리더니 내 원피스를 집어던져서 그의 재킷 위에 완벽하게 착지시켰다.

그가 소파 위에 드리운 방수포 자락을 걷어내고 나를 앉히더니 내 앞에 웅크리고 앉았다. 끈 달린 하이힐 너머로 팬티를 잡아빼며 물었다.

"별일 없어, 앤젤?"

"응."

나는 웃으며 그의 뺨을 어루만졌다. 그의 질문은 부모님 일부터 직장 일까지 모든 것을 망라하는 것이었다. 그는 내 몸을 갖기 전에 늘 내 머릿속 상황부터 확인했다.

"다 괜찮아요."

기데온이 소파 가장자리까지 내 엉덩이를 잡아당기더니 내 다리를 양쪽으로 활짝 벌려 내 여성의 갈라진 틈이 자신의 눈앞에 드러나게 했다.

"그렇다면 오늘 이 예쁜이가 뭘 그렇게 욕심내고 있는지 말해봐."

"당신."

"훌륭한 대답이야."

나는 그의 어깨를 밀쳤다.

"당신, 우리가 처음 만났을 때 입었던 옷을 입고 있군요. 그때도 당신과 몹시 자고 싶었는데, 아무것도 할 수 없었죠. 지금은 할 수 있어요."

그가 부드러운 손길로 내 허벅지를 눌러 더 넓게 벌리고 엄지로 클리토리스를 문지르기 시작했다. 쾌락이 물결치며 내 그곳이 움찔 떨었다.

"이제는 나도 할 수 있지."

그가 검은 머리를 숙이며 중얼거렸다.

나는 밑에 있는 쿠션에 기댄 채 간절하게 헐떡였다. 그의 혀가 느긋하게 내 틈을 핥자 배가 딘딘히 뭉쳤다. 그는 나의 그곳으로 가는, 떨리는 가장자리를 감질나게 핥다가 안으로 혀를 밀어 넣었다. 그가 부드러운 속살을 괴롭히는 동안, 나는 격렬하게 몸을 틀며 등을 활처럼 휘었다.

"그날 내가 당신을 두고 어떤 상상을 했는지 알아?"

그가 혀끝으로 클리토리스 주위를 동그랗게 핥으며 가르랑거렸다. 내가 애무에 격하게 반응하자, 그가 손으로 내 몸을 가만히 눌렀다.

"검은색 새틴 시트 위에 당신을 눕히지. 주위에 당신의 머리카락이 쫙 펼쳐져 있어. 당신의 눈빛은 거칠고 뜨겁지. 내가 단단하고 부드러운 당신의 그곳으로 내 물건을 마구 치받고 있는거야."

"맙소사, 기데온."

너무도 은밀하게 나를 맛보는 그의 모습에 신음이 새어나왔다. 환상이 실현되고 있었다. 호흡을 멎게 하는 정장 차림의 음험하고 치명적인 섹스의 신이 모든 여자를 날뛰게 만드는 조각 같은 그 입술로 나를 애무하고 있었다.

"상상 속의 당신은 내 손에 단단히 붙들려 있어."

그가 거칠게 말했다.

"나는 당신을 가지고 또 가져. 내 입속에서 단단한 젖꼭지가 부풀어 올라. 당신의 붉은 입술은 내 페니스를 핥느라 흠뻑 젖었지. 방 안은 당신 입에서 흘러나오는 음탕한 신음으로 가득해. 당신은 절정을 멈출 수가 없어 하릴없이 낑낑거리지."

그가 혀를 심술궂게 놀리며 내 클리토리스를 할짝거리자, 나는 입술을 깨물며 낑낑거렸다. 나는 벗은 그의 어깨 위로 한쪽 다리를 걸쳤다. 그의 피부에서 솟아나는 열기가 내 무릎 뒤쪽의 민감한 살에 뜨겁게 닿았다.

"당신이 원하는 것을 나도 원해요."

그가 환하게 웃었다.

"나도 알아."

그가 단단해진 속살을 빨아들일 듯이 핥았고, 나는 울부짖으며 절정에 도달했다. 긴장이 풀리며 두 다리가 마구 떨렸다.

여전히 쾌락을 이기지 못하고 떨고 있을 때 그가 나를 소파 위에 길게 눕혔다. 커다란 그의 몸집이 내 위로 내려왔다. 팬티를 살짝 내리면서 풀어놓은 그의 페니스가 위쪽으로 까딱거렸다. 직접 느끼고 싶어서 그를 향해 손을 뻗었지만, 그가 내 손목을 붙잡았다.

"당신이 이걸 좋아하는 게 좋아."

그가 어둡게 말했다.

"내 애욕의 포로로 잡혀 있는 걸 좋아하지."

기데온의 눈빛이 내 얼굴 위에 강렬하게 쏟아졌다. 내 절정 탓에 그의 입술은 번들거리며 젖어 있었고 그의 가슴이 크게 부풀어 올랐다. 짐승처럼 나를 범하려는 힘찬 남성과 처음부터 나의 애욕을 뜨겁게 달구었던 세련된 사업가 사이의 격차가 나를 매료시켰나.

그의 넓은 귀두가 팽팽하게 부푼 내 여성을 뚫고 묵직하게 쳐들어왔을 때, 나는 숨을 헐떡이며 말했다.

"사랑해요."

그가 매끄러운 나의 그곳을 가르며 내 안으로 밀고 들어왔다.

"앤젤."

기데온이 신음하며 내 목에 얼굴을 묻고 내 안으로 깊숙이 들어왔다. 굵직하고 단단한 그의 페니스가 내 안을 뚫었다. 그는 내 이름을 부르며 엉덩이를 돌렸다. 밀어붙이고 원을 돌리며 더욱 깊숙이 들어오려고 애썼다.

"맙소사, 난 당신이 필요해."

그 목소리에 묻어나는 절박함이 나를 놀라게 했다. 그를 만지고 싶었지만, 그가 내 손을 단단히 붙들고 있었다. 내 안에 들어온 넓은 귀두 부분이 깊은 속살을 뜨겁게 문지르며 마찰하자 흥분이 점점 고조되었다. 나는 멈추지 못하고 그의 움직임에 맞게 내 몸을 움직였다. 우리 둘이서, 열심히.

그의 입술이 내 관자놀이를 휩쓸었다.

"아까 노란색 원피스를 입고 로비에 서 있는 당신을 보았을 때, 화사하고 아름다웠어. 정말 완벽했어."

목이 잠겼다.

"기데온."

"당신 뒤로 태양이 빛나고 있었어. 현실 속의 인간이 아닌 것 같았지."

나는 손목을 빼내려고 했다.

"당신을 만지게 해줘요."

"가만히 있을 수가 없어서 당신 뒤를 쫓아갔지. 그런데 당신을 찾고 보니, 나를 원하잖아."

그는 한 손으로 내 양쪽 손목을 그러쥐고 남은 손으로 내 엉덩이를 움켜쥐고서 내 몸을 위로 들어 올려 더욱 깊게 들어왔다.

나는 그의 몸을 따라 움직이며 신음을 뱉어냈다. 내 여성이 굵직한 그의 페니스를 게걸스럽게 빨아들였다.

"맙소사, 정말 좋아. 당신이 무척 좋아요."

"당신 몸 위에 마구 사정하고 싶어. 당신 안에도 사정하고 싶어. 당신 무릎을 꿇리고 당신 뒤에서 하고 싶어. 그런데 당신은 이렇게 하기를 원하지."

"당신이 이렇게 하기를 원해요."

"당신 안으로 밀고 들어가면 참을 수 없어."

그가 고개를 숙이고 관능적으로 내 입술을 빨았다.

"당신을 너무도 원해."

"기데온, 나도 당신을 만지게 해줘요."

"내가 천사를 사로잡았어."

그의 키스는 거칠고 축축하고 뜨거웠다. 그가 입술을 비스듬히 눕히고는 깊고 빠르게 내 입속으로 혀를 밀어 넣었다.

"난 당신에게 더욱 스러운 손을 뻗어. 당신을 모독해. 그런데 당신은 그걸 몹시 사랑하지."

"나는 당신을 사랑해요."

그가 내 안을 향해 마구 치달을수록 나는 몸을 꿈틀거렸다. 나는 허벅지로 요동치는 그의 엉덩이를 바짝 휘감았다.

"날 가져요. 아아, 기데온. 날 집어삼켜버려요."

그가 무릎을 꿇고 내가 애원한 것들을 주었다. 그의 페니스가 반복해 내 안으로 쳐들어왔고, 신음과 뜨거운 애욕의 말들이 귓속으로 마구 밀려 들어왔다.

중심부 깊은 곳이 단단히 조이며 그의 골반이 닿아올 때마다 클리토리스가 고동쳤다. 기데온이 내 안을 향해 돌진해올 때마다 묵직한 그의 음낭이 허벅지 안쪽 깊은 곳에 닿았고, 소파가 콘크리트 바닥 위에서 조금씩 앞으로 움직였다. 그의 온몸에서 근육이 움찔거렸다.

불같이 달아오른 섹스의 음탕한 소리들이 일꾼들이 겨우 몇 미터 떨어진 곳에 있다는 의식을 집어삼켜버렸다. 둘 다 절정을 향해 질주하기 시작했고, 두 육체를 배출구 삼아 격렬한 감정을 쏟아냈다.

"당신 입에 쏟을 거야."

그가 관자놀이로 땀을 흘리며 으르렁거렸다.

생각만으로도 마음에 불이 붙었다. 내 여성이 절정을 향해 치달으며 요동치는 그의 페니스를 조였다 풀었다 했고, 끊임없이 몰려오는 오르가슴의 고동이 손끝과 발끝으로 뻗어나갔다.

그는 여전히 멈추지 않고 엉덩이를 계속 돌리고 찔러대며 내가 그의 밑에서 축 늘어질 때까지 노련하게 나를 만족시켰다.

"에바, 지금이야."

그가 몸을 빼자, 나는 무릎을 꿇고 앉아 번들거리는 그의 페니스 밑에 입을 갖다 댔다.

흡입의 기운이 느껴지자마자 그가 강력하게 정액을 분출하며 내 입안을 가득 채웠다. 나는 계속해서 정액을 꿀꺽꿀꺽 삼켰고, 그는 흡족한 신음을 뱉어냈다.

그가 내 머리카락을 쥐고 내 몸 위로 고개를 숙였다. 그의 가슴이 땀으로 번들거렸다. 나는 뺨이 홀쭉해지도록 그의 페니스를 빨아댔다.

"그만."

그가 헐떡이며 나를 밀어냈다.

"그러면 또 단단해질 거야."

그는 여전히 단단했지만, 굳이 그 사실을 지적하지는 않았다.

기데온이 양손으로 내 얼굴을 감싸고 내게 키스했다. 서로의 맛이 섞였다.

"고마워."

"뭐가 고마워요? 당신이 다 했는데."

"당신과 섹스할 때는 수고라는 게 없어, 앤젤."

그가 순수하게 배부른 만족한 남성처럼 느긋하게 미소를 지었다.

"그 특권을 줘서 고마워."

나는 뒤로 몸을 젖혔다.

"날 죽일 셈이군요. 그렇게 아름답고 섹시하면서 말까지 멋지게 하면 어떡해요? 너무 과해요. 내 뇌가 타버릴 것 같아요. 날 녹이고 있다고요."

그가 더욱 환하게 웃으며 다시 내 입에 키스했다.

"그 느낌이 뭔지 알 것 같아."

『크로스파이어 집착 2』로 이어집니다.

KI신서 5118

크로스파이어 집착 1

1판 1쇄 발행 2013년 8월 23일
1판 2쇄 발행 2013년 9월 23일

지은이 실비아 데이 **옮긴이** 이주혜
펴낸이 김영곤 **펴낸곳** (주)북이십일 19.0
부사장 임병주 **이사** 간자와 타카히로
미디어콘텐츠기획실장 윤균석 **DC개발팀장** 정지연
책임편집 이보람 **디자인** 정란 **해외기획팀** 조동신 김영희 송효진
마케팅영업본부장 이희영 **영업** 이경희 정경원 정병철
광고제휴 김현섭 강서영 **프로모션** 민안기 최혜령 이은혜 유선화
출판등록 2000년 5월 6일 제10-1965호
주소 (우 413-120) 경기도 파주시 회동길 201(문발동)
대표전화 031-955-2100 **팩스** 031-955-2151 **이메일** book21@book21.co.kr
홈페이지 www.book21.com **블로그** b.book21.com
트위터 @21cbook **페이스북** facebook.com/21cbooks

책 값은 뒤표지에 있습니다.
ISBN 978-89-509-5059-0 04840
        978-89-509-5061-3 04840(SET)